U0925405

上海女性人才研究中心编

主编：徐佩莉

百合之爱

上海女性成才的心路历程之八

百合之爱

上海大学出版社

图书在版编目(CIP)数据

百合之爱/上海女性人才研究中心编.—上海：上海大学出版社，2015.3

（上海女性丛书/徐佩莉主编；7）

ISBN 978-7-5671-1580-4

Ⅰ.①百…　Ⅱ.①上…　Ⅲ.①报告文学-中国-当代　Ⅳ.①I25

中国版本图书馆CIP数据核字（2015）第032864号

责任编辑　焦贵平
　　　　　姜红莉
封面设计　倪天辰
技术编辑　金　鑫
　　　　　章　斐

百合之爱

徐佩莉　主编

上海大学出版社出版发行

（上海市上大路99号　邮政编码200444）

（http：//www.shangdapress.com　发行热线021-66135112）

出版人：郭纯生

*

南京展望文化发展有限公司排版

上海上大印刷有限公司 印刷　　各地新华书店经销

开本787×960　1/16　印张17.75　字数281千字

2015年3月第1版　2015年3月第1次印刷

ISBN 978-7-5671-1580-4/I·271　定价：38.00元

上海慈善基金会理事长冯国勤题词

《上海优秀女性成才丛书》编委会

前言

当我走出东方电视台“2014蓝天下的至爱”慈善晚会，听到人们“节目太感人啦！”的感叹时，心中涌起一股幸福的暖流。上海有成千上万的人在做公益，慈善之举处处可见。晚会演绎讲述的是平民百姓无私奉献，相互关心关爱的真实故事。观众渐渐散去，但晚会凝聚的慈爱之情将激励更多的人崇德向善。

上善若水，厚德载物。善行的真人真事最能感动人，最能激发人世间美好的情感。同时也使我萌发了继续编写出版第八本女性人才丛书的想法，将上海历届女性慈善之星和正在公益道路上行善的女同胞们的事迹流传下去，让她们行善的心路历程和慈善心得广为传播。我的这一想法得到了丛书副主编朱慰慈同志的支持，于是《百合之爱》在编委、作家、记者们饱含钦佩之情和辛勤工作下诞生了。上海市慈善基金会理事长冯国勤同志还为《百合之爱》一书题写了“巾帼善行”的题词。

一路走来，我们上海女性成才丛书已出版了八册，共记载了136位上海的优秀巾帼女性。《百合之爱》是继《玉兰正盛开》、《曼妙的玫瑰》、《芬芳紫罗兰》、《绚丽郁金香》、《幸福康乃馨》、《变幻的芙蓉》、《吉祥的牡丹》之后第八本叙述上海优秀女性人才的书籍。同样这本书一如继往按照惯例记叙了18位从事公益慈善事业的上海优秀女性的人生故事以及她们伴随着上海社会的发展而做出的慈善义举。书中充分体现了这些优秀慈善女性的情趣、胸怀和人生追求，书中每位主人翁内心强大的博爱和仁慈、善良的品格给我们留下深刻的印象。

陈铁迪是上海的一位市领导，更是一位可敬可亲的大姐。她是全国第一个慈善基金会的创始人，也是上海市慈善基金会唯一授予的“杰出贡献奖”

获得者。她以自身的人格魅力身体力行的带领大家行慈善，使上海市慈善基金会从无到有，从小到大，凝聚越来越多的慈爱力量，共同创造将净化心灵与扶贫济困融为一体的伟大事业，编织上海这个国际大都市蓝天下一道最绚丽的至爱彩虹。曹小夏用音乐搭建爱心的桥梁，创办了关爱自闭症孩子的"天使之音沙龙"，她凝聚了志愿者、家长和"星星的孩子"的合力，通过音乐的语言和情感交流，帮助自闭症的孩子打开与社会交流之门，挖掘开发他们的独特创意和潜能，创造了一个又一个奇迹。陈群13年的爱心之路，挽救了无数位贫困先天性心脏病患儿的生命。帮助开发"生命的礼物"慈善项目的外籍友人实现了救死扶伤的梦想。上海奶奶沈翠英为四川汶川地震后的重建，把自己的住宅捐出拍卖，所得450万元赠予四川都江堰市新建一所小学。62岁学创业，办"聚爱实业"，帮助灾区产业振兴。胡红娣下岗后自我创业，多年来投身公益慈善事业，在经受爱女意外离世的沉重打击后，依然以博大的母亲情怀，关爱更多困境中的孩子，帮助藏族同胞。黄吉人自身不能走，本应是受社会重点关爱对象。她却坐着轮椅行善，长期从事"智力助残"工作，她就像一团火照亮别人，燃烧自己，让孩子们在感动和温暖中展翅飞翔。多次参加献血和骨髓捐献的于井子是申城第二名实现造血干细胞捐献的医务工作者，爱他人胜过爱自己，她身体力行，践行着医务工作者救死扶伤的天职。沙拉·伊马斯是中国籍的犹太人，仁慈博爱使她的人生在真善美中升华。她历经劫难，却热心慈善，心怀宽容，为上海的慈善事业做出了贡献。徐佳莉是位体育健将，也是一位受人尊敬的慈善大使，她之所以成为"感动上海"人物，那是因为，她将生命中最热爱的帆船之破浪进取的气魄，大海般宽广的胸怀与扶贫济困的情怀相结合。爱心使她更美丽，竞技更光辉。许译雯是年轻白领从事慈善的典范。她用一颗赤诚之心带领大批年轻白领伸援手，献爱心。她倾心调动和凝聚了六年媒体和十年奢侈品牌市场营销工作的资源以及广泛的人脉资源，做了许多善事。"爱心花园"、"艺术花园"盛开的不仅有人见人爱的鲜花，更渗透着引领青年人生价值观的慈爱力量。本书还有许许多多平凡而崇高的生动故事，请读者细细品味和感悟。

百合花素有"云裳仙子"之称，种类繁多，外表高雅纯洁，花色艳丽丰富，白色纯洁无暇，黄色热情温暖，粉色甜美吉祥，花形典雅大方，姿态娇艳，花朵皎洁无疵，晶莹雅致，清香宜人。此书以百合花命名，蕴意深远……

慈善，是一种奉献，更是一种充满着大爱和智慧的力量，这力量润物细无声，似春风化雨，将慈爱、智慧融入生命的意义之中，形成完美的人格从而使世界充满阳光，充满温馨。

我们希望本书的出版能使更多的女性人才，尤其是青年学生，投身于公益慈善事业，希望广大读者尤其是让女性青少年通过阅读从中感受得到人生的真谛和生命价值的启迪，从而获得成才的动力，梦想的期盼，创新的灵感、生活的快乐。

在本书的编辑和出版工作中，我们衷心感谢上海市慈善基金会冯国勤理事长的题词。衷心感谢丁言昭、马信芳、唐蓓茗、朱慰慈、江跃中、项玫、苏珊、吴苡婷、王瑜明、汝晶晶、张林凤、孙钰、郑诗亮、詹静、李汉林、徐铁汝、张文菁、宫赛赛等作家、记者热情的参与和奉献，感谢上海第二工业大学、上海大学出版社的大力支持和帮助。

全国女性人才研究会常务副理事长

上海女性人才研究中心主任　徐佩莉

目　录

百合之爱

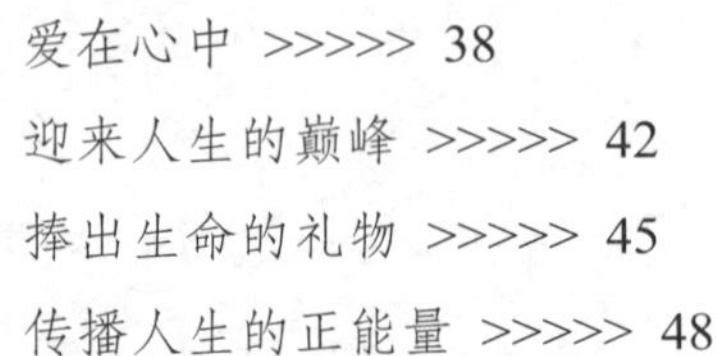

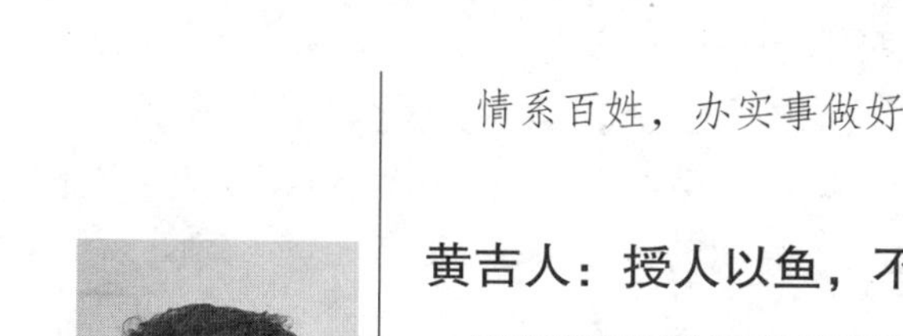

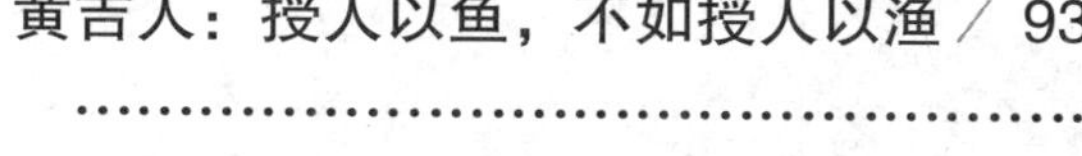

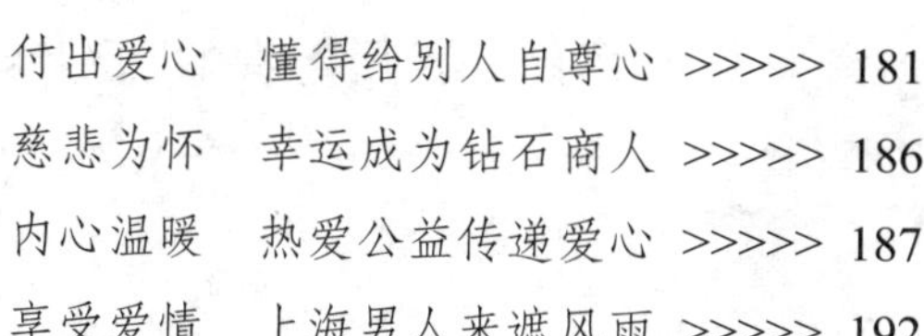

慈善感言：

慈善不仅是扶贫济困，更是净化心灵的事业

陈铁迪，1935 年 12 月生，湖南长沙人。大学学历。1956 年 9 月参加工作，1952 年 1 月加入中国共产党。曾任南京工学院助教、讲师，以及同济大学数力系党总支书记、同济大学党委副书记。1979 年被评为全国“三八”红旗手。

1983 年后任中共上海市委常委、市教卫工作党委书记、市人大常委会副主任、党组副书记、中共上海市委副书记等职。1993 年 2 月至 1998 年 2 月任上海市第八届政协主席。1995 年 11 月任中华慈善总会名誉副会长。1998 年 2 月至 2003 年 2 月任上海市人大常委会主任。1994 年 5 月至 2009 年 6 月任上海市慈善基金会会长（理事长）。

目前为上海市慈善基金会名誉理事长。

上海慈善事业的奠基人

2014年5月7日，上海市慈善基金会成立20周年座谈会在上海展览中心友谊会堂举行。上海市委副书记、市长杨雄出席会议，他向上海市慈善基金会名誉理事长陈铁迪，颁发了上海市慈善基金会“杰出贡献奖”。这是慈善基金会诞生20个春夏秋冬以来，唯一颁发给个人的一个“杰出贡献奖”。

全场掌声雷动，与会者专注的眼神，齐刷刷地聚焦陈铁迪，眼神里满是敬重、敬佩、敬仰——老会长名至实归！

上海市委书记韩正送来了贺信。贺信充分肯定了上海市慈善基金会20年来为上海的社会保障体系建设作出的贡献。韩正在贺信中写道：“上海市慈善

在捐赠仪式上陈铁迪与国际友人合影

基金会建会20年来，坚持以安老、扶幼、助学、济困为重点，为上海的民生保障和社会文明进步作出了积极贡献。‘蓝天下的至爱’慈善活动已成为广大市民参与慈善公益事业的平台，成绩显著。”

现任上海市慈善基金会理事长冯国勤作的“上善若水，继往开来”为主题的报告中，罗列了这样一组翔实的数据：“20年来，基金会成功地发动捐赠31.6万人次，共募集善款善物总收入77.8亿元（含物资），支出资金55.2亿元，资助项目直接受益群众达493万人次。组织了210支慈善义工队，注册慈善义工达4.86万人。”

数据的背后，是陈铁迪作为上海慈善事业的奠基人，在这20年间所付出的辛勤汗水和奔波操劳。上海的慈善事业开展得如火如荼，卓有成效，陈铁迪堪称最大的功臣。

争议声中她挺身而出

“这是一项从未做过的事业，我想请铁迪同志出面来组建上海市慈善基金会是最合适不过的了。她有爱心，有担当。”——上海慈善基金会副理事长施德容说。

回忆起上海市慈善基金会的诞生过程，施德容至今难以忘怀。1994年的上海，正是改革如火如荼之际，出现了失业、下岗等弱势群体，市场经济呼唤社会力量协助政府拾遗补阙，为弱势群体“雪中送炭”。当时，中华慈善总会正在酝酿成立中，上海能否也成立一个类似的机构呢？

时任上海市民政局副局长的施德容感到，当时在国家慈善立法不够健全，社会慈善意识还不强的情况下，发展慈善事业必须依靠政府推动。成立慈善机构，有助于充分利用社会资源，健全社会保障体系，既是精神文明建设的重要载体，也是对政府职责的有力补充。

他专门跑到时任上海市政协主席的陈铁迪办公室，恳请她出面牵头，筹建一个慈善基金会。陈铁迪一时不敢应承，主要的顾虑是：我一个市政协的主席，去做一个民间社团的法人合适吗？她唯恐会引起议论，给党的干部形象增添一些不必要的麻烦。

慈善是充满爱心的事业。可在当时，说“慈善”二字还并不那么理直气壮，慈善常被人指责为“宗教行为和资本主义的伪善”。但在陈铁迪这个出身书香门第且多年从事过教育的女性看来，慈善实质是与扶危济困的中华传统美德画等号的。作为大都市的上海，虽在不断发展，但的确还是有很多贫困的人，虽然政府从“帮困”的角度给予了很大的支撑，还是需要全社会来献爱心，把扶贫济困的工作做得更好，为政府做一些拾遗补阙的工作……

几经考虑，陈铁迪决定接受这项“重任”。报告到了时任上海市委书记黄菊的案头，黄菊仔细看过后，予以同意和支持。这样，在一片疑虑和争议声中，陈铁迪挺身而出，把这个只有责任和义务、却无半点权力和报酬的“会长”一职，义无反顾地扛在了肩头。

陈铁迪出任筹备小组的组长，曾经分管民政工作的时任副市长谢丽娟、孟建柱、冯国勤等都先后担任基金会顾问，为慈善站台，助推慈善事业发展。

在“星之港”专项基金成立仪式上，陈铁迪与周小燕（左三）、黄准（左七）章含之（左一）等合影

1994年初春时节，南市区普育西路105号，从上海儿童福利院借来的一间房子里，上海市慈善基金会开始了筹建。人都是借来的，被作为开办费的20万元，同样也是借来的。在白手起家的日子里，唯有一样不需要找人借，那就是陈铁迪等人满腔热情的投入和无私忘我的奉献。

慈善在当时的中国，是不折不扣的新事物。偌大一个中国，已有的一些慈善机构每年募集的慈善款物，充其量不过数十亿元，还不如美国首富比尔·盖茨一个人的捐献。中国内地工商登记注册的企业超过1 000万家，而有过捐献记录的不超过10万家。如此巨大的反差，除了税收制度的滞后、捐赠渠道的不畅、捐赠程序的繁杂等等原因外，也从一个侧面说明，慈善的观念和理念，远没成为一种社会共识。

怎样办慈善？怎样办中国式的慈善？陈铁迪想要探索一条有中国特色的社会主义慈善之路。她把忙完政协主席公务之余的时间，都给了基金会。她走访福利院、敬老院、盲童学校……深入了解孤寡幼残等弱势群体的生存状况和生活需求；她走进小弄堂，踏上小阁楼，探望那些烈士遗属、抗日老战士、退休老工人……陈铁迪的记事本上，出现了一长串让她牵肠挂肚的数据：205万老龄人口，50万残疾人，5万多名老年痴呆症患者，1万多户丧失劳动力的家庭——这都是基金会将要重点关注的工作对象啊！

她四处求援，从编办要来了几个编制，精挑细选聘来了专职工作人员；从自己熟悉的老部下、老同志中，请来既有能力又有奉献精神的离退休老干部，跟她一样打“义工”；招募来了一批事业心强有能力的活动积极分子，组成慈善活动志愿者队伍……

她深思熟虑提出办会宗旨——“依靠社会办慈善，办好慈善为社会”，在深入了解社情民意的基础上，和创办人员一起确立上海慈善基金会的主要任务是：“安老、扶幼、助学、济困”，制定了基金会内部相关工作制度，提出了近期和长远工作目标，尤其在法律的规范化和财务的透明化方面，制定出与国际惯例接轨的严格而超前的规章制度，从而保证了基金会从筹备成立之日起，既有规范的操作程序，又经得起来自任何方面的监督和检查，让公信和诚信永远立于不败之地。

当年5月7日，上海市慈善基金会以一场简朴的挂牌仪式正式登台亮相，陈铁迪衣着简朴，胸别红花，脸上洋溢着她那永远和善的笑意，她的致辞没

有豪言壮语，人们却长久记住了她充满真挚情感的一番话：

“当我们享受改革开放成果的时候，怎能忘记在我们这个大都市里，还有这些特殊困难的群体？我们应该以自己的爱心，去帮助他们摆脱困境……”

“我担任会长只有一个念头，按照国际惯例，依法治会，规范管理，取信于民，专款专用。”

这是陈铁迪对上海人民的承诺，也是她担任会长的就职誓言。

激发调动民众爱心

“基金会初创时，铁迪会长最注重的就是如何激发、调动全社会普通大众都来做慈善、献爱心，扶贫济困。”——上海市慈善基金会副秘书长马仲器说。

“慈善”两个字，在上海老百姓的心中，分量是很重的。他们以实际行动，积极支持陈铁迪和她的团队。还在筹备期间，基金会就收到了第一笔捐赠。虽然只有区区1 000元钱，但钱的来历让所有工作人员都被打动了。

捐赠者本身就是一位靠国家救助的孤老曹炳生。他在上海第三社会福利院生活，福利院每月给老人发8元零用钱，曹炳生舍不得花，大部分都积攒了下来，他在福利院内外为老人们理发，每次得一角、两角，他也放在一起，两笔钱凑成1 000元，用布包包好，托福利院的领导，全部捐给了即将成立的上海市慈善基金会。工作人员不肯收，但老人说，他自己受到党和政府的资助，也应该为贫困的老百姓做一点事。

还有一个让人动容的故事，和一个电话号码有关。1997年，市慈善基金会要设置一条慈善热线电话，接受市民捐款捐物，当时大家一起选了个号码——2584343，谐音就是“让我拨慈善慈善”。不过，这个号码是不是有人用？是谁在用？没人知道。市慈善基金会的马仲器拨通了这个号码，电话那头是一个中年男子，他说这是他家里的电话。马仲器说明了事情的前因后果，希望他能转让这个号码。男子听了，一口答应，还谢绝基金会出钱帮他安装其他号码。

“事后我才知道，这是一位刚回归社会不久的特殊人士。他心里有颗善

良的种子。我相信，从捐出这个电话开始，他的人生轨迹就会发生很大的变化。”马仲器为此感到欣慰。

这些事都给了陈铁迪和她的团队以深深的教育和启发。中国的老百姓是善良的，中华民族充满爱心乐于助人的传统美德是根深蒂固的，问题在于，怎样激发和调动起大家的爱心，让慈善的理念更加深入人心？无疑，与新闻媒体合作是必要途径。

于是，上海市慈善基金会一挂牌成立，即刻筹划与新民晚报社共同在《新民晚报》开辟了“慈善热线”专栏，以“人间自有真情在”为主题，宣传社会主义精神文明，倡导人与人之间互助互爱的道德风范，表彰热心公益事业的慈善家，反映济贫帮困的新人新事。热线专栏自1994年12月正式开通，引起社会的关注。有一个叫宋玲的妇女，待业在家，其丈夫因公殉职，女儿患有脑瘫急症，无力诊治。慈善热线以《帮帮这个破碎的家》为题作了报道后，有200多人打来电话，表示愿意出资捐助。1995年3月，基金会又与东方广播电台共同出资，设立“792为您解忧基金”，每周五在东方电台792千赫早新闻中播出，每次为1名（批）有特殊困难的对象排忧解难。

陈铁迪深有体会地说，慈善事业是一个群众的事业，只有千万人来认识、来参与，慈善工作才能做下去。想要尽快争取社会的认同，最好的办法就是加大宣传力度，慈善报道“再多也不嫌多”。

1995年新年伊始，上海市慈善基金会又牵头联合起方方面面的力量，组织开展了名曰“蓝天下的至爱”大型主题慈善系列活动。那年的1月14日，首场活动——群星爱心演唱会在上海体育馆举行。参加演出的除上海的知名演员外，还有来自北京、广州、南京以及台湾、香港等地的演员、歌手。上海市党政领导和社会各界代表人士参加了这个大会。领导带头捐款，演员们不仅不取分文报酬，还纷纷捐款，上海40多家较大企业代表也排成长队，登台献爱心，慈善捐款累计1 350万元。

除演唱会外，基金会还进行千店义卖、义拍、义诊等活动。从1996年4月20日开始，由市百六店、市百七店、华联、友谊、新世界等20家大商店，共同倡议开展千店义卖，将义卖收入捐献给基金会。商店不分大小，利润不论多少，做足生意，为慈善事业献一份爱心……这样的系列活动年年举行，已成为基金会的常年品牌活动。

在“成龙慈善明星杯”赛上陈铁迪接受捐赠

上海市慈善基金会还与新民晚报社联合发起“慈善一日捐”活动，成为中国内地最早开展类似活动的省市。活动得到了上海全市机关、企业、社会各界的纷纷响应。上海市委、市政府领导带头捐赠；上海市检察机关，决定每年3月5日为“慈善一日捐”活动日。上海市农业委员会确定每年4月8日为慈善捐赠日。市公安局、司法局、市交警总队等干警均投入慈善一日捐活动，静安区400多个单位数万名干部参加慈善一日捐活动。锦江集团全体职工参加“回报社会，奉献爱心”一日捐，新黄浦集团的5 000名员工在一日捐仪式上，拿出一天收入投进捐款箱。仅1996年一年中，全市就有1 400多个单位、近20万名职工捐款，共1 030万元。

还有，每年春节前，基金会分别组织万余名以中学生为主体的志愿者，开展上街劝募活动，他们头戴白色红心帽，胸佩慈善募捐卡，手持募捐袋，对行人进行宣传劝募。1997年1月25日，上海市慈善基金会与新民晚报社、东方电视台、东方广播电台共同发起以“万人捐帮万家，让特困家庭过好年”为主题的万人上街慈善募捐活动，一天就募得捐款55万元。

骄人业绩的取得，更在于陈铁迪本人的人格魅力和身体力行。

陈铁迪认为，要使慈善事业发展必须整合社会资源，联合多方力量。她领导基金会分别与工会、共青团、妇联、社科院以及其他基金会、协会等，联合开展了112项救助项目；与各类医院合作，发放了20.6万张慈善医疗卡，为贫困老人看病提供救助和支援，并为9 100位老人摘除白内障使他们复明，为15万农村妇女免费做妇科检查；基金会的教育培训中心与各区县教育基地合作，累计对8.6万人免费进行了就业或再就业职业技能培训，培训后的上岗率达到60%以上，这其中就包括了有上万名外来的媳妇重新获得了生存技能；基金会还加强了与民政局、教委、卫生局等政府部门的信息沟通，做好衔接工作，使他们最初要为政府作些“拾遗补阙”工作的设想，一步步落到了实处……

作为不拿一分钱报酬的上海市慈善基金会的领导者，陈铁迪在捐款捐物上从不落于人后，她带头捐出了自己全部的稿费不说，每遇慈善募捐活动，仍照旧捐款。即使是兄弟省市赠送给她的纪念品或礼品，她也全部捐给基金会，作为义拍物品或奖励给工作人员。她十分关心贫困学生和患病孩子的生活，和他们直接结对，从精神、物质上长期对他们帮助。而在这10多年中，陈铁迪竟没在上海慈善基金会吃过一顿客饭。用基金会副监事长袁采先生的话来说，她是一位“高风亮节的老人”。

培养“新人”壮大队伍

“是铁迪会长领我走上慈善路，使我的精神与心灵，得到更多的荡涤和洗礼。”——上海市政协常委屠海鸣说。

教师出身的陈铁迪，在慈善这片新天地里，依然“教书育人”，不断培养“慈善新人”，为慈善事业发展“添砖加瓦”，壮大队伍。

20世纪60年代的一个秋日，上海开往温州的“民主18号”客轮上，整船的乘客正在屏息等待一个小生命的降生——

因为大风颠簸，一位离预产期还有两周的孕妇突然临盆。那一刻，大家的心都为这个早产的婴儿揪紧。在广播的号召下，大家纷纷伸出援手，乘客中的医生来了，好心的大姐来了……沐浴着爱心，婴儿呱呱坠地，母子平安。

船长拉响长长的汽笛声以示庆祝，并把这件事记入航运手册。顺理成章，船长给这个孩子起名“海鸣”。

这个孩子就是屠海鸣。经过数十年的拼搏奋斗，如今，他的人生已经笼罩上许许多多光环：著名企业家、市政协常委、香港华侨社团领导、复旦大学校董……但在这些头衔中，屠海鸣最在意的一个，是“慈善家”。

在上海市慈善基金会成立20周年座谈会上，一批为上海慈善事业作出突出贡献的个人和集体受到表彰，其中颁发的16个“特别贡献奖”中，屠海鸣榜上有名。

“一出生就沐浴在爱的海洋中”的屠海鸣，正是陈铁迪培养的许许多多“慈善新人”里的一位。他用慈善慈悲，延续着这份爱心、这份感恩。屠海鸣很清醒：从大学毕业当记者，到香港创业，再到回上海投资开发房地产，除了靠自己努力，“我有今天，得益于上海的改革开放，得益于上海的创业和投资环境，我是上海人民哺育的。”说起“慈善家”的称誉，屠海鸣更是感慨万千：“许多受助对象经常感谢我对他们的帮助、支持，其实，真正要感谢的

陈铁迪接受屠海鸣捐赠

是陈铁迪会长。是她当年把我引领上慈善这条路，使我的精神与心灵得到更多的荡涤和洗礼，同时造就了我人生的另一段旅程。”

屠海鸣虽然当过《解放日报》的记者，但以前对“慈善”这个词也不敏感。只是在自己敬重的老领导陈铁迪当上慈善基金会的会长后，他的心中才有了“慈善”的概念。陈铁迪见屠海鸣渐渐对慈善有了感觉，就有意识地引导他慢慢向慈善靠拢，带他参加各种各样的慈善活动。

屠海鸣清楚地记得，在跟随陈铁迪做慈善的日子里，她的五次“流泪”，给他莫大的心灵震撼。

第一次接触慈善，屠海鸣是和陈铁迪一起到卢湾区聋哑学校看望孩子们。陈铁迪俯下身子，向孩子们问寒问暖，关心他们的学习、生活，叮嘱老师要把这些学生当作自己的子女那样对待。孩子们也用手语向陈铁迪问候：“陈妈妈好！”、“陈阿姨好！”屠海鸣看到，陈铁迪的眼睛里，涌出了眼泪。她对屠海鸣说：“这些残疾儿童多么不容易，我们一定要多给他们送去温暖啊！”

陈铁迪的第二次流泪，是在上门看望全国劳模杨富珍时。那段时光，杨富珍的老伴身患重病，她身心俱疲，整天沉浸在痛苦中。陈铁迪带着药品和营养品等，前来杨富珍家探望，她紧紧握住杨富珍的手说：“劳模曾经为国家建设作出过很大贡献，是我们的宝贵财富。现在生活遭遇不测，有了困难，我们尤其要多加关心，基金会更是责无旁贷……”说到动情处，陈铁迪的眼眶里闪出了泪花。此情此景，让一旁的屠海鸣深受感动。

每次参加慈善拍卖活动，陈铁迪总要从家里拿出点东西贡献出来，甚至是女儿尽孝心送她的围巾，她也舍得“交公”。在一次拍卖活动中，陈铁迪又拿出了一支价值2 000元的钢笔，被屠海鸣以8万元的价格拍下。陈铁迪激动万份：“做一个白内障手术，需要2 000元。这些钱又可以让40个困难群众完成白内障手术了，这能帮助他们重见光明，改善生活质量。海鸣，你做了一件大好事，我代表困难群众，向你说一声谢谢！老百姓特别需要雪中送炭啊！”话语中，陈铁迪数度哽咽。仿佛，这些困难群众，是她的爷爷奶奶、爸爸妈妈、叔叔阿姨。

有一年春节前夕，天气很冷。陈铁迪想到了老劳模们，想请他们吃一顿年夜饭。老劳模们被请到了市政协机关的食堂，还给每个人准备了红包、年货。“今天大家来吃年夜饭，是慈善基金会邀请的，但费用是我们上海的企业家屠海鸣出的。他一直支持慈善事业，我们也要‘回报’，今天就给他一个惊喜。”

屠海鸣怎么也没有想到，这个惊喜竟然是陈铁迪通过全国劳模杨怀远，找到了当年在船上为他母亲高肖笑接生的医生，以及当时拍电报报喜讯的电报员……一瞬间，食堂里爆发出一阵阵雷鸣般的掌声和喝彩声，受到现场气氛感染陈铁迪，热泪夺眶而出，屠海鸣也被深深地打动。一股爱的暖流，涌上所有人的心田。

汶川大地震发生后，16岁的羌族女中学生雷晓凤失去了多位亲人，自己也身受重伤，面临高位截肢的危险。她被紧急送到上海治疗，陈铁迪会长非常同情花季少女的境遇，她找到屠海鸣，希望他对雷晓凤提供帮助：“海鸣啊，这个女孩妈妈去世了，爸爸还没有下落，自己又可能截肢，太不幸了……”说着说着，陈铁迪的眼睛又湿了。

屠海鸣安排专项资金，用于雷晓凤的医疗等各项开销。在华山医院医生的努力下，女孩的双腿保住了。屠海鸣还出钱帮助雷晓凤在上海读书，并保障她的生活。

大地无情人有情。屠海鸣先后捐赠了1 500万元，给汶川大地震灾区，为救灾和灾后重建，作出了重要贡献。目前，屠海鸣在全国各地已建起大约40所希望小学、侨心小学、侨爱中学、希望楼、图书馆，为全国各地的温暖工程、帮困工程、希望工程等，累计捐助1.3亿元人民币。屠海鸣说，陈铁迪是他慈善的引路人。

乐善好施频送温暖

“多年来跟随基金会领导下基层送温暖，得益匪浅，体会到慈善行为能够感染乐观和体验豁达人生。”——著名滑稽表演艺术家王汝刚说。

讲话、写文章谈到慈善，曾经担任市慈善基金会理事和宣传大使的王汝刚，最喜欢用到的一句话是“慈善快乐行”。的确，对陈铁迪和她的慈善团队来说，每做一件慈善事，就是获得快乐的一个过程，哪怕经历千辛万苦，哪怕遭遇风雨兼程。

有一年春节，王汝刚随陈铁迪会长，去慰问老城厢的一户人家。男户主是全国劳动模范，早年在湖北工作，退休后，回沪安度晚年。当时，这位劳模年近古稀，老母亲尚健在，儿孙辈人数不少，可谓子孙满堂。

印象最深的是这家老太太，她头脑清晰，十分健谈。陈铁迪一进门，就被她认出来了，操一口苏州方言，诚恳地说："你阿是市领导陈铁迪？我昨晚一夜没有睡好，心想，我这个老太婆福气哪能介好，市领导要亲自来看我？"风趣的开场白，一下子活跃了气氛，陈铁迪笑着说："这说明我下基层太少了，应当经常来看望你。"老太太反应极快："领导同志日理万机，不敢当的。快请坐吧。"

陈铁迪取出慰问金交给劳模："你为建设祖国作了贡献，祝您晚年幸福。"劳模感动得不知说啥好，嘴里反复念叨："感谢政府，感谢党……"老太太不失时机插上一句："还要感谢市领导亲自把慰问金送上门。"陈铁迪亲切地与老太太拉起了家常："家里还有什么困难？"老太太说："现在生活蛮好，最苦要算三年困难时期，当时，儿子媳妇在湖北工作，孩子放在上海让我带，真苦呀，好在已经熬过来了，我一直相信电影《列宁在一九一八》里的一句话……"王汝刚好奇地问："哪一句话？"没想到，老太太竟然模仿起电影中的一句台词："面包会有的，牛奶也会有的。"老太太的乐观和豁达，引得一

陪同李嘉诚先生慰问金山众仁老年护理医院的老人

片笑声。

工作人员递上两张申请表，是帮助老太太两位重孙子免除学杂费的，老太太粗粗看一眼，转手交给家人填写。细心的陈铁迪问道："老人家视力不太好吧？"老太太说："我一辈子粗茶淡饭，身体不错，就是近年来眼睛白内障。"陈铁迪安慰她："我们有个点亮工程，免费为老人施行剥离白内障手术。"老太太婉言回绝："这种机会留给比我年轻的同志吧，让他们恢复视力，多为国家作贡献。"陈铁迪劝说她："视力改善后，可以看报纸，看电视，提高生活质量。"老太太这才松口："喔唷，手术费一定蛮贵的，这样吧，我就开一只吧。"陈铁迪高兴地说："还是两只眼睛一起动手术吧，好事就要办好。"

后来，在市慈善基金会的安排下，老太太接受了治疗，很快恢复视力，喜得她逢人就说："感谢市慈善基金会的好心人，使我重见光明。"

"市慈善基金会在铁迪会长的带领下，脚踏实地，为民办实事；乐善好施，频频送温暖。春暖花开，为癌症俱乐部的患者做义工。夏日炎炎，开办

在"万人上街劝募"活动中陈铁迪与志愿者交流

方便老百姓的慈善超市。秋桂飘香，组织明星演唱会为慈善事业添砖加瓦。冬季严寒，全体人员为让贫困群众过好年上街募捐。”王汝刚用说唱一样的语言，评价陈铁迪和市慈善基金会的工作。

2003年12月19日，这一天气象台预报气温为零下3℃，是上海入冬以来最寒冷的一天。清晨7时，年近七旬的陈铁迪带领工作人员，携带着棉被、衣物、食品等物资，登上了开往崇明岛的轮船。

崇明、横沙、长兴三岛，地处长江入海口，受自然条件限制，三岛上贫困人口相对较多。自2001年开始，基金会对三岛居民设立了一个常年的救助项目叫“温暖送三岛”，即在每年春节前，把社会捐赠的生活物资，发送给岛上的困难群众。这天，是又一次的“温暖送三岛”活动。

江风挟裹着凛冽的寒意，肆无忌惮地吹向小船，小船颠簸得像跳摇摆舞一样，同行人中有的开始有了晕船反应，陈铁迪自己也感到恶心，可她强忍着，微笑着安慰大家：“再坚持一下，就快到了……”其实，此时的她不仅在遭遇恶风险浪的折磨，还要忍受腿疼的煎熬。因为就在两天前，她不慎摔了一跤，伤了腿。可她不顾别人的劝阻，一定要坚持这次崇明之行。

她牵挂着岛上的贫困人家，要亲手把衣物食品送到他们手上，再问一声过年还需要什么，明年想要些什么？事儿太多，她不能不来。无论严冬酷暑，雨雪风霜，作为上海慈善基金会的当家人，像这样的奔波劳作，走“亲”探“友”，她总是要亲临现场的，去了多少次，谁也算不清了。

大家感慨道：“陈铁迪是一个率先垂范的好领导，又是一位德高望重的老太太。”无论是慈善基金会的理事，还是刚来慈善基金会工作的志愿者，甚至是在办公楼打扫卫生的阿姨，大家都深深地敬爱着陈会长。

管好钱袋取信于民

“基金会成立至今，没有发生一分钱坏账。铁迪会长把关把得紧、把得严。”——上海市慈善基金会副理事长兼秘书长方国平说。

2004年10月，浦东新区91岁的孤老伍文秀，准备把毕生积蓄的4万元捐出去，她委托邻居“一定要找一家信得过的慈善机构”。邻居深感责任重大，就请单位的领导当参谋。结果，邻居和她的领导都不约而同地想到了上海市慈善基金会。

无独有偶。同月，有位来沪仅两个月的美籍华人，适逢妻子提前一月早产，经上海医务人员全力抢救挽救了小生命，美籍华人当即决定要做“善事”报答，在第一时间里，他也选择了上海市慈善基金会。

上海市慈善基金会的魅力何以如此之大？上海绿地集团一位办公室主任的话，颇有代表性：“因为我们信任基金会，每次捐款后，每一笔善款的去向，他们都用书面的形式反馈给我们。”

慈善事业可谓是弱者最后的保障，是社会良知的最后一道屏障。只有当人们确认过程是纯洁神圣的，这一事业才可能得到最为广泛的支持。如果因为有了“污点”被人质疑，那么，这道屏障便有坍塌的危险。正如卡耐基基金会主席说的：慈善事业要有“玻璃做的口袋”。意思很明显，你做什么事情，口袋里有多少钱，要透明得像玻璃一样，人人都看得见。

陈铁迪上门慰问贫困残疾人士

“人民把钱交给我们，是对我们的信任，我们一定要管好用好每一分钱。”陈铁迪的这句话，时常萦绕在人们的耳边。

陈铁迪敢于把善款放在“玻璃口袋”里进行运作。基金会成立伊始，她就为诚信和信誉提出了一系列的原则：“对基金要做到来源公开、使用公开、财务公开。”“随时接受社会各界和审计单位的监督、检查。”“各项审计结果每年都要在《解放日报》上刊登，向全社会公布。”这些原则后来演变成基金会运作和管理的系列规范和制度。当时上海知名的律师沈国明、徐晓青、朱洪超、江宪等人，组成了法律顾问团，不仅参与了基金会筹备建设的全过程，还将《公益事业捐赠法》《收养法》《银行法》《老年人权益保障法》等法律法规中与慈善公益相关的100多项内容，汇编成《慈善公益相关法律法规（节选）汇编》，成为当时很受欢迎的一本以法治会的工具书。

相继成立的还有以众华沪银会计师事务所会计师为主的会计顾问团；由人大、政协、公检法司以及税务、工商财政等部门法规处人士组成的法务委员会和法务部；由捐赠人代表和审计部门组成的与理事会并列的监事会。

作为一个非营利机构，上海市慈善基金会所有的捐赠收入和经费开支，均经会计师事务所审计后通过媒体向社会公布。这种严格的公示制度，20年来从未间断，上海市慈善基金会也因此始终保持着良好的财务形象，在诚信评估中，上海市慈善基金会获得了诚信最高等级——3A级。基金会还设有独立的监事会，监事由专门的律师、会计师、评估师组成，监事会负责预算决算审批与执行监督。

按国家现有基金会管理条例，允许有小于10%的成本，而上海市慈善基金会成立15年了，每年的办公加活动经费的成本，仅为3%左右。

上海市慈善基金会是全市，乃至全国范围内，最早（1995年初）通过媒体公布第三方审计报告全文的慈善组织之一。在规范化和透明度方面，市慈善基金会一直走在前头。

时至今日，市慈善基金会累计募集捐款捐物已超过80亿元。守着这么一大笔钱，光靠存银行，跑不赢通胀怎么办？保值增值的问题显得尤为迫切。陈铁迪在2004年接受《财富人生》专访时就明确表示，要依法、安全、可靠地对基金进行保值增值，无风险是底线，决不能亏一块钱。当时国家刚刚出台《基金会管理条例》规定：在坚持合法、安全、有效的条件下，基金会可以对资产进行保值增值。

市慈善基金会顺势而为，在原有的保值增值委员会的基础上，成立了资产管理委员会，2007年又独资成立一家投资公司，帮助基金会进行资产的保值增值。基金会把资金分为两部分，一部分放在银行，另一部分放在专业投资公司运作，这样既保证了资产的安全性，又在投资收益上有所提升。

上海市慈善基金会副理事长兼秘书长方国平打心眼里敬佩陈铁迪，他表示，一个敢于把善款放在玻璃口袋里的人，一定具有一颗像玻璃一样纯粹透亮的心。陈铁迪就是这样一个拥有像玻璃一样纯粹透亮心的人。

陈铁迪在2004年接受《财富人生》专访时提及一个小细节，有一次路过一家商店，店里的人跑出来跟她打招呼。末了，在她身后叫道："好人一生平安。""我很感动，我想这个好人是指所有好心人，也说明慈善两字深深地印在人们心中。"陈铁迪说。

"退休"保留会长头衔

"铁迪会长打的是一份'义工'，投入的却是全部的心血。为慈善事业奉献一辈子，是她的坚定意愿和决心。"——上海市慈善基金会副理事长郭开荣说。

上海市慈善基金会规模越做越大，正面影响也遍及国内外。在好评如潮的形势下，陈铁迪却很冷静，提出了"创新发展"的理念。

随着社会对慈善事业的认同度和关注度越来越高，老百姓捐款越来越"有的放矢"，自主选择的意愿更强烈。上海市慈善基金会坚持"依靠社会办慈善，办好慈善为社会"的方针，挖掘、创新了不少好的慈善项目。20年的经验证明，慈善募捐必须以项目为导向，好项目不仅能汇聚爱心、汇聚善款，更能将慈善理念推而广之。

陈铁迪在一个座谈会上说："慈善事业需要善良、乐于奉献的人参与，这些人参与后又带来很多感动和爱的力量，使我们思想上得到升华。慈善不仅是扶贫济困，更是净化心灵的事业。所以，我相信，慈善将成为弘扬社会主义核心价值观的重要抓手和平台。"

"我马上快要退休了。退下来后，别的都不想干，就想把慈善继续做下

去……”这是当年陈铁迪对自己的老伴黄鼎业的约定，黄鼎业一点也不感到意外，这位曾担任过10年同济大学副校长的老教授，对妻子实在是太了解了，他当即表态：“没问题，我一如既往地支持你。”他知道那是她童年的梦，那是她一生的追求，也是她和他幸福的源泉所在。

在四川都江堰看望灾区老人

2003年上海市人大换届，陈铁迪从位子上退了下来。果然，面对蜂拥而至的各种邀请，她毅然决定：就保留自己一直兼任的上海市慈善基金会会长的头衔，其他一概谢绝。她要潜心做“专职”会长，继续为上海慈善事业尽心尽责，打一辈子的“长工”。

2009年6月20日，上海市慈善基金会先后召开第三届理事会第九次全体会议和第四届理事会第一次全体会议，依法选举产生了第四届理事会和监事会领导班子，会议还一致赞成和拥护授予前三届连任理事长、深受大家爱戴的陈铁迪为名誉理事长。

如今已近80的陈铁迪，注定要与慈善共进退。只要慈善在，她也会在，在为慈善事业奔走的路上，在为慈善事业呼号的路上。“慈善事业是一个让生活更美好、人与人更亲密的事业。慈善好比一把伞，天下雨了，困难的人们都能在伞下避避雨。”陈铁迪形象地说，“慈善事业就是这座城市当中的一道彩虹，我希望我们全社会更多的人用他们的爱心来编织它，使它更加绚丽。”

江跃中

慈善感言：

爱心有源，慈善无疆。音乐之魅，和谐之光。

曹小夏，生于1955年。1967年加入静安区学生交响乐团。1972年考入上海警备区宣传队。1976年进入上海歌剧院管弦乐团。1984年赴日本，1986年日本新桥国际学院毕业，教授小提琴。2005年回国，创办大陆第一家民非社团——上海城市交响乐团，任团长。

2008年，任“天使知音沙龙”负责人，这是上海市慈善基金会与上海曹鹏音乐中心联合创办的，以关爱自闭症儿童为其主要项目。后任上海学生交响乐团和上海城市青少年交响乐团执行总监。

自2006年起，上海城市交响乐团连年荣获上海市群众文化奖，连年被评为上海市优秀慈善义工集体。“天使知音沙龙”连续多年荣获上海市优秀慈善项目公益奖。

用音乐搭建爱心的桥梁

我们身边有这样一群孩子，他们似乎从出生起就注定无法与社会建立正常的交流。他们不聋不瞎，却听而不闻、视而不见；他们有一双如星星般明亮的眼睛，却不愿与人对视，甚至拒绝所有试图走进他们世界的“外人”；他们有个好听的名字——星星的孩子，而另一个名字却让他们的父母在梦中都能哭醒，那就是“自闭症孩子”。

这些属于先天性发育障碍的孩童，被拒绝于正常儿童之外，不能上学，不能学习，但在中国上海，有人却用音乐将他们唤醒，让他们迈开了融入社会的脚步，这是用爱心的力量换来的奇迹。

2009年5月，在上海城市交响乐团的伴奏下，“天使知音沙龙”的孩子们随着音乐，准确地演奏了海顿作曲的《玩具交响曲》，并与好小囡儿童合唱团一起在上海音乐厅首次登台。

2010年10月，以“人文世博，关爱自闭症”为主题，我国首次举办为自闭症呼吁的专场音乐会。

2012年4月，上海恒隆广场举办“爱在城市——献给世界自闭症关爱日”公益慈善快闪音乐活动，“天使知音沙龙”木琴组演出“真善美的小世界”。

2013年6月，上海市黄浦区青少年科技活动中心，30多名自闭症小朋友演奏起木琴、铜管和钢琴。16岁的周博涵在美国费城交响乐团两位打击乐手的非洲鼓伴奏下，完成了《克罗地亚狂想曲》钢琴独奏。为了练好这首曲子，他前后花了一年的时间。而12岁的孙皓淳则别出心裁地发明了钢琴与口风琴合奏，迎接他的是全场热烈的掌声。

2014年4月，在“世界自闭症日”这个特殊日子里，“爱在城市”关爱自闭症专场音乐会拉开了序幕。在贝多芬命运交响曲的伴奏下，“天使知音沙龙”的孩子们用肢体语言共同完成了《手舞足蹈》。这套虽然只有1分40秒的“舞蹈”，但对动作协调缺失的自闭症孩子来说，其难度可想而知。台下的家长和观众在送上热切的掌声的同时，激动得泪流满面……

美国费城交响团成员教自闭症孩子打手鼓

著名指挥家、89岁高龄的曹鹏先生欣喜万分地说："许多普通人，也许一生都不可能到舞台表演，但是这群特殊的孩子做到了。"

曾与这些自闭症孩子同台演出的美国费城交响乐团的团长艾迪森不无感慨地说，这简直是个奇迹！

这确是个奇迹，而创造这奇迹的就是"天使知音沙龙"的创办者——上海城市交响乐团团长曹小夏和她的团员及志愿者们。

上海诞生了业余城市交响乐团

上海泰兴路上的一幢公寓房，这里是上海城市交响乐团的办公室。房子是借的，十分简陋，会客厅里一张长桌，几把椅子，惟一引人注目的是摆放在墙角边的一组雕塑——一个大乐队演出时的盛况。曹小夏介绍说，"这是热心观众给'城交'团员做的群雕，像吗？"我们的交谈也就此开始了。

曹小夏，出生于音乐世家，父亲是新中国第一代指挥家曹鹏先生，母亲是上海音乐学院声学系教授。在这样家庭里长大的孩子，耳濡目染，从小对音乐就有一种特殊的爱好。不过她没有接过父亲的指挥棒，成为像郑小瑛式的女指挥家；也没有跟随母亲学习声乐，成为花腔女高音歌手。她偏偏爱好乐器，6岁就拉起了小提琴，童子功打下了扎实基础，尔后终于成为一名小提琴手。

曹小夏与父亲

除了音乐以外，父母的慈爱之心和乐于助人对曹小夏从小就有影响。曹家亲戚朋友中有发生困难的，母亲都会把那家的孩子接来住在家里。有时父母还要帮亲戚的孩子们付学费。不论曹小夏还是她妹妹，说起班上有家庭困难的同学，母亲还会买了学习用品叫转送给他们。

曹小夏幼年时曾住在北京，她还记得，“有一回北京发生地震，当时，爸爸妈妈的朋友的孩子都被送到我家，家里像个托儿所，我妈妈早上起来给我们布置任务，晚上回来检查作业，忙得不亦乐乎。所以，助人为乐可以说是我们家的一个传统。”

曹小夏从小是听着她爸爸的音乐会讲解长大的。曹鹏率领上海乐团赴工厂、到学校、下农村、上部队讲解交响乐。他还发起了双休日讲解音乐会，得到了很多音乐工作者的响应，并得到音乐界泰斗贺绿汀先生的肯定和支持。“我有不少朋友，跟我说他们就是听着父亲的讲解音乐会后，喜欢上交响乐的，我非常高兴。现在帮助自闭症孩子的志愿者中不少就是这批人。”曹小夏回忆道。

1972年，曹小夏考入上海警备区宣传队。1976年进入上海歌剧院管弦乐团。她参加了许多难忘的音乐会。1984年，在汹涌的出国潮中，她东渡扶桑，来到日本，并很快当上了雅马哈小提琴的教师。怀着对音乐的爱好，日本馆

曹小夏的音乐家庭

山市决定创办馆山市业余交响乐团，曹小夏是创建人之一，并担任世界业余交响乐团联盟理事。

不用说，曹小夏在日本的生活很优越，有自己的事业，还保留着难得的专业和爱好。曹小夏也很自得地说，国外业余乐团一演出，比专业乐团还要热闹，亲戚、朋友、同事们都会来捧场，“感觉好极了！”

然而，故乡情、父亲梦，把她召回到上海。

作为中国著名的音乐指挥大师，曹鹏一生都致力于高雅音乐的普及，工厂、农村、部队、学校到处遍布着他传道音乐的足迹。曹鹏除担任上海专业乐团指挥和总监外，还长期担任上海南洋模范中学及上海交通大学乐队的指挥，20年来曹鹏指挥过的学生一批一批地毕业了，他们没有业余乐团可参加，可还想跟着曹先生继续走音乐路，组建一个业余乐团成了共同的愿望。曹鹏曾惋惜地说，他们从小就学乐器，想坚持下去是件很难得的事，我们国家目前还不具备组建业余的乐团的条件，真是太可惜了。

曹小夏懂得父亲的心愿。父亲经常去国外演出，他喜欢了解当地的音乐普及情况。在美国，几乎每座城市的每个区都有一个交响乐团；在德国，音乐团体的密度达到了每平方公里一个；日本全国注册的非职业交响乐团近300

个，还不包括学生的乐团。可见，我们国家与世界有多大的文化差距。于是，为实现父亲和大家的共同梦想，曹小夏回国了。她要组建一个业余交响乐团，将这些具有相当演奏水平的音乐爱好者集结在一起，继续为上海这座城市歌唱。就这样，“上海城市交响乐团”应运而生。

2005年9月，曹小夏出资10万元，注册了中国内地第一支非职业交响乐团——上海城市交响乐团。在资金、场地、人员等都缺乏的情况下，靠着全体成员的努力和政府部门的支持，乐团乘着音乐的翅膀慢慢起飞了。这年秋天，不同国籍、不同年龄、不同职业的几十名志同道合者汇聚到一个琴行的地下室。乐器和谱架是借来的。曹鹏还亲手劈开木头做成了响板。从此，每周三的夜晚，乐手们从四面八方赶来，陶醉在两个小时的排练中。队伍很快壮大到了70多人。没有报酬，只有被视作生命的音乐梦。

2006年1月22日，上海城市交响乐团在上海音乐厅首演，世界业余交响乐团联盟理事长森下元康指挥特地赶来祝贺。乐团就此正式加入世界业余交响乐团联盟组织，成为全球有31个国家、22万人的世界业余交响乐团联盟中的一员。

这里就像一个“联合国大家庭”：美国、英国、法国、荷兰、日本等多国音乐爱好者聚集到这里，共享音乐之美、共为公益尽职，这是由爱心组成的和谐的国际大集体。乐团演奏者用磅礴的音乐和娴熟的技艺令听众折服，而曹鹏老先生对于乐曲直白形象、丝丝入扣的讲解，更使得高高在上的交响乐一下拉近了与观众的距离。

2007年在上海文广局的支持下，世界业余交响乐团联盟在上海演出成功。联盟主席指出：“中国上海城市交响乐团的加入，表明了亚洲市民的交响乐水平进入了一个划时代的转折点，更给联盟带来了强有力的影响。”

当时的情形，曹小夏历历在目，“城交”由此更坚定了创建时的定位：“城市之声、走进市民、走进企业、走出上海、走向世界”。自那以后，上海城市交响乐团名声越来越响，各种约演不断，商演也找上门来了，可乐团不忘初衷。曹小夏说：“我们不是为了赚钱，普及音乐，公益演出永远排在第一位。乐团坚持参加每年的‘爱耳日’、‘知识改变命运’、‘星期广播音乐会’、‘东方市民音乐会’等公益音乐会和慈善音乐会的演出。乐团是靠社会支持的，所以要回报社会。”曹小夏更赞同父亲的意见：上海城市交响乐团是属于上海的，为慈善和公益事业服务是乐团义不容辞的职责。

自闭症患者来到敬老院

2007年，曹小夏从一份联合国报告中读到有关自闭症儿童的情况，她惊讶地发现这个群体远离社会，正受到不公正的待遇，而更令人担忧的是，差不多每150名儿童中就有一个自闭症儿童，并有更加扩大的趋势。报告还提到，自闭症无法根治，但可以用音乐进行干预。“我心动了，也行动了。”

曹小夏打开电脑，仔细寻查，在自闭症的条目下，看到了这样的介绍：

自闭症，又称孤独性障碍(autistic disorder)等，是广泛性发育障碍(pervasive developmental disorder，PDD)的代表性疾病。主要特征是漠视情感、拒绝交流、语言发育迟滞、行为重复刻板以及活动兴趣范围的显著局限性，一般在3岁以前就会表现出来。自闭症者“有视力却不愿和你对视，有语言却很难和你交流，有听力却总是充耳不闻，有行为却总与你的愿望相违……”人们无从解释，只好把他们叫作“星星的孩子”——犹如天上的星星，一人一个世界，独自闪烁。

也许，音乐的魔力真能打破“天使儿童”心灵的壁垒，爱心可以唤醒他们对外部世界的感受。可喜的是，曹小夏的这个想法马上得到了城市交响乐团的支持，一致建议成立“天使知音沙龙”，并甘当志愿者。就在大家为场地奔波时，曹小夏得到了原上海市人大教科文卫委员会主任（后为上海慈善事业基金会副理事长）夏秀蓉的鼎力相助。这位长期在上海市教委领导岗位上的教育专家说：“这个主意好，我支持！”同时她请上海市教委何幼华处长帮助，卢湾区早教中心很快免费提供了场地。

2008年六一儿童节，在上海市教育局、原卢湾区教育局、卢湾区早教中心合力下，由上海市慈善基金会和上海曹鹏音乐中心创办的公益慈善服务项目——“天使知音沙龙”正式诞生。首批来自全市的16名自闭症孩子，成了沙龙的第一批成员。

每周六下午，孩子们在家长的陪伴下来到这里，而来自上海城市交响乐团的志愿者们则放弃休息，为自闭症孩子首先送来迷你欣赏音乐会。志愿者们想通过情感沟通和音乐语言，打开他们与社会接触之门；通过活泼的音乐

游戏形式，挖掘开发自闭症儿童的独特创意和潜能。但是，这谈何容易！

家长从一开始，就给志愿者们设了很多禁区。比如，自闭症的孩子不能接受肢体碰触，不能听高音，等等。但志愿者们并没有被难倒。通过不懈尝试和努力，志愿者们发现，有的孩子还是具有音乐天赋的，于是开始教他们学唱歌。虽然精力要比教正常孩子付出很多，但大家信心十足。终于这些孩童从不听指令，到能随着音乐节奏开始和停止；从不能肢体接触，到可以手拉手登台演出；从围困在自己的小世界，到能够与其他伙伴协作完成一首首乐曲。曹小夏一直告诉家长："要把不可能变为可能。"

周舒亦小朋友，自从发现患有自闭症后，原本有很好工作的母亲就辞去了工作，专心照顾和教育他。当周舒亦来到沙龙后，他的举动引起沙龙里最年长的志愿者曹鹏先生的注意，曹先生发现当大家在欣赏音乐时，周舒亦却打起了拍子，而且都打在节拍上。于是，曹先生大胆地提出让他学习乐器的建议。就这样，城交的朱昕祎、吴飚两位老师接下了教他学小提琴和钢琴的任务，两位老师的辛苦换来了周舒亦的进步，更为其他孩子树立了榜样。部分小朋友也做起了学习乐器的试验，有的学拉小提琴，有的学钢琴，有的学木琴，更有的学习铜管乐器的小号、长号和圆号。随着对几位自闭症孩子的初试成功，志愿者的想法越发大胆，他们要为自闭症孩子建立小乐队，并安排上台演出。

正常人学一首曲子也许只有几分钟、几小时，而自闭症的孩子，学一样东西却是以月计，甚至以年计。想想有位母亲等儿子叫声"妈妈"，等了几年，志愿者们的耐心都得到了最大的考验。欣喜的是，孩子们的情况在不断变好。从刚见到陌生人就大声尖叫，到看到熟人会礼貌地问好，说出自己的名字；从刚进沙龙时不会抬头看黑板，到如今能够听得懂指令，还能完整弹出一首曲子。与其说这是音乐的干预，不如说更是心与心的交流，这是用爱浇灌出来的花朵。

一年后的2009年11月，上海城市交响乐团携"天使知音沙龙"木琴组登上了上海音乐厅的舞台。当自闭症孩子敲起木琴，奏响《小星星》时，家长和观众的掌声伴随着热泪在全场响起。

音乐让"星星的孩子"远离孤独。有家长说，自从孩子学习了吹号，智商大大开发，能融入人群了，能面对父亲交流对话了。沙龙里的自闭症孩子每年春节都会登门看望曹鹏，甚至还会主动拥抱曹爷爷，这对他们来说需要莫大的勇气以及对人无比的信任。在志愿者的帮助下，这些自闭症儿童初步达到了社交礼仪的基本要求。他们努力学习唱歌、舞蹈、小提琴，并成立了木琴组、铜管五重奏组。他们已经有十二次与志愿者们一起同台演出，用音乐报答社会对他们的关爱。

那天，“天使知音沙龙”的成员去敬老院看望老人，并送上一台管弦乐的演出。

大巴已经开了半个小时，曹小夏几乎没沾过自己的座位，车前车后一直忙碌着。“曹老师，我想向你推荐一首曲目。”坐在车后排的一名志愿者拿出一张《伦敦德里小调》的简谱，叫住了她：“这首歌可以在下次天使知音沙龙上，教给孩子们唱。”

曹小夏接过乐谱，一看说：“这首歌不错，我现在就去问问教声乐的老师。”说着，向车中间的一名志愿者走去。几分钟后，曹小夏又回了过来，高兴地说：“可以教，而且我们就教英文原版歌词，正好这些孩子想学说英语。”

自闭症孩子组成的铜管乐队

“曹老师好！”话音刚落，坐在窗边的一个自闭症小男孩大声地向她问好。这以前，这个男孩见人就躲，现在却能奇迹般的大方热情地问好。曹小夏笑着回应说：“今天爸爸没有来，那你要负责照顾妈妈，知道吗？”

转过身后，曹小夏又和坐在旁边的几位自闭症患者家长聊了起来，她一直在鼓励家长多带孩子来参加活动：“我们并不是说用音乐一定能起到治疗自闭症的效果，但是音乐可以帮助孩子们更好地融入这个社会。”

经过一个小时的车程，嘉定众仁花苑敬老院到了。曹小夏迅速下车，背着提琴，搬着谱架，招呼自闭症孩子们和志愿者们到剧场旁边的通道上进行彩排。

“我最爱的豆豆龙，世界什么都有，只要你愿意自由感受。爱是最美的拥有……”曹小夏站在最前面，举着iPad，里面放着《豆豆龙》的舞蹈视频。孩子们跟着志愿者一起，随着音乐伴奏手舞足蹈起来。

连续排练了3遍，孩子们开始有点耐不住了。有个自闭症男孩跑出了队伍，被曹小夏叫了回来：“我说了，排练的时候不能随便说话，不要随便乱跑。”小男孩拉起曹老师的手，跟着说了一句：“不要随便乱跑”，又低头亲了亲曹小夏的手，把周围的家长和志愿者都逗乐了。

一台名为“用音乐和爱回报社会”的演出开始了。弦乐五重奏响起，这是“城交”的乐手们首先向老人观众送上的开场曲。接着，一支由小号、长号、圆号组成的管乐队走上舞台，他们均是自闭症患儿。《小星星》《欢乐颂》……这些耳熟能详的铜管乐顷刻在舞台上响起，台下是鼓励的眼神和欣喜的笑容。这些自闭症的孩子在台上发挥自如，甚至比同龄的普通孩子更不怯场。吹奏完毕，台上最小的男孩大喊一声“鞠躬”，管乐小队谢幕，全场掌声响起。

曹小夏始终没有坐下来，而是站在一旁，默默地看着孩子们，她还提着摄像机，不停地将孩子们的表现和现场观众的互动拍摄下来。

“爷爷奶奶再见，下次我们再来！”孩子们在家长和志愿者的引导下，依依不舍地和老人们告别。

回到车上，孩子们兴奋依旧，没有一个瞌睡。于是，曹小夏打开了话筒，当起了节目主持人，让意犹未尽的孩子们一个个到车前来唱歌。欢声笑语一路不断，你方唱罢我登场，不仅这些自闭症的孩子唱到过瘾，孩子的家长们，城交的“歌星”，还有志愿者们，也纷纷加入了大家唱。窗外是湿冷的春雨，车内却是一片热腾的温暖。“不管是排练，还是出去演出，‘天使知音沙龙’就像一个大家庭。”自闭症家长如是说。曹小夏说，只要有机会，她会尽可能多地为孩子们创造更多展示自己的舞台。

上海，在充满爱的音乐声中悼念遇难者

2010年11月15日，上海市静安区胶州路728号公寓大楼因无证电焊工违章操作引起特大火灾事故，造成58人死亡，71人受伤。此事惊动全国。

11月21日，在事故发生后第七天，按照中国民间传统丧葬习俗，是“头七”的日子，当天正逢周末假日，大批上海市民来到火灾现场献花。据估计当天大约有10万人前来献花，整个火灾现场周围被献花包围，有媒体称之为“花海祭”。

与众不同的是，上午11时，一支带着各种乐器的队伍也来到这里。这就是曹小夏带领的上海城市交响乐团部分团员，他们要用音乐来安抚灵魂，悼念遇难者。

这场灾难已经过去四年，曹小夏回忆起依然十分清晰。她说，当天下午4时多开始，罪恶感便在她心里挥之不去。

原来，那天发生火灾时，她正乘车送一位朋友去机场，路过大楼附近，看见冒着黑烟，火苗正往上蹿。她同时看到大楼四周都是防护网，以为那只是建筑工地，里面没人住，便匆忙赶往机场。谁知两小时后，有朋友打电话告诉她，那栋失火的大楼里住着人，并且很多人已遇难。她突然觉得，自己当时就那样路过，太漠然了。

当天晚上回到家里，父亲曹鹏痛心不已地告诉她，“乐团应以自己的方式表示一下。”自从1960年搬到静安区后，曹鹏家一直住在这个“文化底蕴很好”的地区。他说，作为一个城市的交响乐团，况且我们还是这个区的区民，一定要为这次灾难的善后做点什么。

曹小夏第二天一上网，看见乐团成员们已在网上讨论组织义演的事。因为团员们平时都要上班，只有周末有时间，于是，大家把悼念的时间定在这一天。

在火灾现场，一场没有掌声和喝彩的演出

“如果‘头七’不去，作为一个市民，就太不尽义务了。我们要用音乐悼念逝去的人们，来体现上海是一座高雅的城市。”曹小夏说。那天，团员们接到通知，只要不出差，不上班，在上海的，都可报名参加。曹小夏用短信告诉各位：“有乐器的请带乐器，没有乐器的请唱歌。服装为素服。”

因为是临时动议，正值曹鹏先生出国演出，临走前推荐了自己的一位学生——上海音乐学院的越南留学生童光荣当指挥。

当天11时15分，团员们站立在胶州路边的4条台阶上，随着《圣母颂》的音乐响起，“城交”的演出正式开始。

《圣母颂》是乐团成员选定的第一首乐曲，这是一首安魂的音乐，想用它来告慰那些“可能正在回家”的灵魂。为了与现场气氛一致，他们特地把《圣母颂》改为弦乐，以便更好地起到“安魂、平抚和告慰的作用”。

曹小夏说，那天团里来了50多人，“报名的来了，没报名的也来了。乐团公关经理徐俊的本职工作是投资，他正在外地考察项目，周六连夜赶回上海。很多人还带上了自己的父母、爱人。来的除了中国人，还有拉小提琴的日本人等。许多没有赶回来的团员打电话给年轻的圆号手汪淳，让他帮着献束花，或者帮他们多唱一首歌。”

演出曲目，除了交响乐《圣母颂》，还选了《贝多芬四重奏》中的一段。团员们觉得，此时的场面音乐有它特殊的作用，因此，除了几首交响乐，他们又挑了3首大家会唱的歌：《爱的奉献》、《爱的代价》和《让世界充满爱》。团员陈寅提前在网上找好歌谱，特地多打印了几份，现场分发给群众，让大家一起跟唱。

前来悼念的群众，唱着唱着，默默地流出了眼泪。唱完最后一首《让世界充满爱》后，站在曹小夏身边的一个小女孩问，能不能再唱一遍？于是，音乐重新响起，众人又跟着汪淳重唱《让世界充满爱》。

约12时，演出结束。乐团成员陈怡倩在现场以乐团名义致悼词。所有成员集体朝大楼的方向默哀了3分钟，周围群众也跟着一起默哀。佩戴着黑纱的家属，则向乐团鞠躬。曹小夏感觉，那一刻周围“跟剧院里一样肃静”。

火灾现场的悼念演出

而从那一刻起，只持续了几分钟的《圣母颂》，成为人们反复说起的话题。网络上，人们传递着现场拍下的视频。各种版本的《圣母颂》被翻了出来，有人在北京“一遍一遍地和上海人一起听”。

当晚，乐团志愿团团长沈嘉立接到二哥从美国打来的电话，说已看到关于这次演出的报道，当地媒体称，这是“最高尚的悼念方式”。

奉献给他人，收获于自己

未来，上海“城交”还将如何运行？不少人热切地关心着。

曹小夏说，“有些人可能会问，你们做公益，到底帮助了多少人？我想说的是，做公益不是看他捐了多少钱，帮助了多少人。诚如习总书记在文艺座谈会上指出的那样：追求真善美是文艺的永恒价值。艺术的最高境界就是让人动心，让人们的灵魂经受洗礼，让人们发现自然的美、生活的美、心灵的美。我们要通过文艺作品传递真善美，传递向上向善的价值观，引导人们增强道德判断力和道德荣誉感，向往和追求讲道德、尊道德、守道德的生活。”

“音乐就是这样一种黏合剂。”曹小夏说，“我们是奉献者，也是收获者。上海城市交响乐团在服务社会的同时，也让团员们实现了个人价值，成为城市可爱的一群人。”从参加“星期广播音乐会”、“市民音乐节”等普及音乐的活动，到成立“天使知音沙龙”，以及坚持了四年的“爱耳日”公益演出，上海城市交响乐团普及高雅艺术，关爱弱势群体，用音乐搭建起一座传播爱心的桥梁。

曹小夏说，“城交”在其发展的路上，一直受到各界的关爱和支持。2009年5月，时任上海市市长的韩正同志亲临现场，观看由曹鹏指挥“城交”的精彩演出后说：“你们演奏的个个音符都让我感动，作为市长，为上海有这样一支乐团感到骄傲和自豪。你们是代表了市民素养和上海形象的一个文化团体，是上海都市形象的一张名片……”韩市长不是说说而已，他知道“城交”完全是公益演出后，多次为它牵线搭桥，请来了企业赞助。因此上海城市交响乐团团员表示：“要以更大的热情回报社会、奉献公益。”

陈铁迪、夏秀蓉、刘淑英等上海市慈善基金会的负责人不止一次地观看

“城交”的演出，并参加“天使知音沙龙”的活动，他们也如义工一样，关爱着自闭症儿童。看到这些儿童的点滴进步，她们也激动得热泪盈眶。这对于“城交”来说，无疑是种鞭策和激励。

城交义工大队队长沈璘的丈夫原是青浦区的特警。为让自闭症孩子在仪表和行为上也有所提高，她特地把当时还是男朋友的他请来当老师。当他穿着警察制服来到沙龙，教起“立正”“稍息”动作，效果特别好。小朋友愉快地学着“正规走路”。后来，这位男朋友被调往浦东机场，青浦区警署的朋友们继续了这份义工义务，还特地为孩子们组织了一次游览“东方绿洲”活动。当警官时俊转到上海公安高等学校当老师后，又把孩子们接到特警学校参观，让自闭症孩子享受社会的温暖。

曹小夏的儿子在复旦大学上大四时，班里的同学也当起了志愿者。自闭症孩子忘不了那次“复旦之行”，高等学府让他们开了眼界，而在大草坪上玩起欢乐的“老鹰捉小鸡”游戏，至今让家长们久久难忘。

上海花样溜冰队队长殷志珍教练得知“天使知音沙龙关爱自闭症儿童”项目后，主动向曹小夏“请缨”。日前刚开张的训练班，就吸收部分自闭症儿童参加。她表示，即使再大的困难，也要试着教会他们溜冰。

曹小夏告诉我，团员们的无私付出不但帮助了孩子，还感化了家长们，重新燃起信心帮助自闭症孩子走进正常人的生活，同时也渐渐走出了自认为是不幸家庭的心理阴影。一个家长在留言册中写道：“我们从心底里捧上一束鲜艳的玫瑰，献给所有的义工们，向你们这些辛苦的人们再一次鞠躬，你们是我们心中的玫瑰！”

科学研究显示，自闭症患儿最早2岁就会出现交流时眼神不集中等症状，若是及早发现，将对其康复大有益处。因此，曹小夏呼吁要成立由专业医护人员组成的队伍，以加强对教师、家长的知识普及和培训，使更多的患儿得到早期诊断、康复和教育。

而对于她，公益和慈善将伴随着她的生命，一直做下去。曹小夏推崇习近平总书记的这句话，“只要中华民族一代接着一代追求真善美的道德境界，我们的民族就永远健康向上、永远充满希望。”

马信芳

慈善感言：

历经13年的爱心之路也是我人生集中接受爱的教育、爱的熏陶、爱的实践的人生之路。

陈群，1943年12月生，1971年起在上海市胸科医院开始从事心胸外科，1983年获得上海第二医学院硕士研究生学位，1984—1986年赴澳大利亚进修心血管外科。

长期专职于儿童先天性心脏病外科诊治工作，1992年被评为上海市“十佳”中青年医师，1993年获国务院特殊贡献知识分子津贴，2014年荣获上海市第六届“慈善之星”称号。

生 命 礼 赞

来自安徽利辛县偏僻小村庄贫困家庭的6岁男孩张广龙得到爱心的资助，成功地完成了心脏修补手术；南昌市儿童福利院的2名患有先天性心脏病（简称先心病）的孤儿洪唐玲、洪董萍接受了爱心手术，绽放出了久违的笑容；盱眙市120多个来自贫困农村、下岗家庭、残疾双亲家庭的先心病患儿分别进行了爱心资助的心脏修复手术……

一份份生命礼物让一个个身患心疾的孩子获得了新生，13年间，在陈群医生的主持下，700名先心患儿获得成功手术，全部存活。而陈群在每一次手术完美结束后，总会感受到清泉般的幸福和快乐。

四十五年的医者生涯中，对医生的职责和担当化作了对病患的执着和深沉的爱，这已经融入了陈群的血液中，也融入了她整个生命的旅途中……

偶然中成为白衣天使

1943年12月，陈群出生在上海法租界南区一个名叫“花园弄”的小弄堂里。这是一个由将近20座矮平房毗邻而成的弄堂，这里的住户大多数是来自苏州、苏北地区的“移民”。有点像上海滑稽戏《七十二家房客》里描述的，他们中有开成衣铺的，有卖花的，有拉黄包车的，也有做巡捕的……

陈群的母亲身体孱弱，所以很希望自己的孩子能成为一名医生，但是陈群从未想过这种可能，因为她天生胆子小，看到老鼠和蟑螂都会害怕得乱叫，她认为像自己这样的性格怎么可能成为一名白衣天使呢？陈群曾经梦想过成为一名美丽的园丁，一名受人尊敬的人民教师，或是一名身段婀娜多姿、唱腔婉转优雅的越剧演员。

读小学时，陈群常常会召集一些年纪小的孩子们到自己家，她为他们上课，学着老师的样子在小黑板上写上粉笔字，给他们布置课堂作业，还会学着老师批改作业，圈出订正部分让他们修改，俨然像一名称职的小老师。她也是一位不折不扣的越剧迷。寒暑假，她会和弄堂里的姐妹们一起唱戏做戏，找出自己家的绸被面，披在身上，当作戏衣水袖，渐渐地姐妹们不再满足于自唱自乐，她们竟然在弄堂的空地上搭建起了戏台，上演越剧名段《十八相送》和《楼台会》，引来了众多邻居的围观。上中学后，陈群对越剧的迷恋越发厉害，常常会把零花钱省下来看戏，有一次上海越剧院在人民大舞台演出《红楼梦》，这个小小越剧迷甚至带了一个小凳子凌晨到售票处排队买戏票。

命运的安排往往出人意料，初三毕业后，在一群同学的煽动下，陈群考进了上海第二医学院附属护士学校，与“白衣天使”挂上了钩，朝着母亲的心愿迈出了第一步。

护士学校位于当时广慈医院内，是一所全日制寄宿学校，宿舍就在复兴中路路口，思南路41号那幢红色小洋房里。在病房见习时，陈群好羡慕那些医生和护士们，他们穿着白色制服，在病房里进进出出，看上去充满了神圣

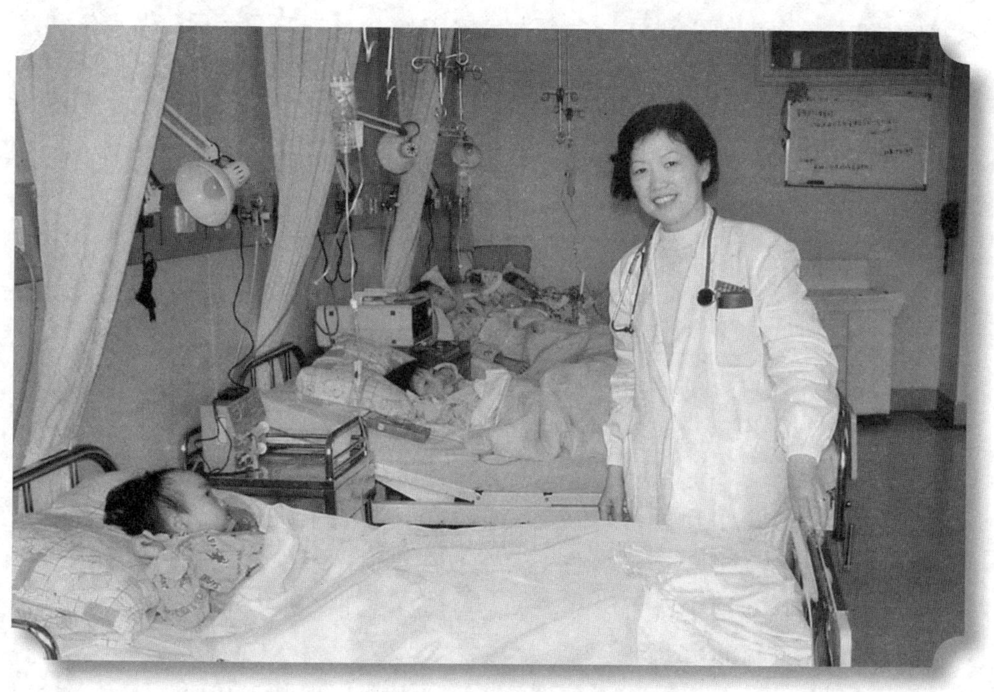

在小儿术后监护室

的自豪感和高尚的职业感。

1960年暑假，尚在临床实习阶段的陈群听到了一个好消息，当年医学院因为招生名额不满，要挑选一批护士学校的学生上大学。陈群幸运地被录取为上海医学专科学校的学生。在大学里，她是学习成绩最优秀的学生之一，是班级解剖课代表，也是学校的学生会副主席和团委书记。

一次临床实习让陈群真切地感到了医生这个职业所赋予的含义。当时她被安排在上海市第六人民医院。一个周日，陈群在外科病房值班，一位70多岁的老太太在直肠癌手术后继发多种并发症，处于昏迷状态。整整24小时，陈群守在病人的床前，量血压，数脉搏，看呼吸，写记录。随着老人深长的临终呼吸缓慢下来，在家属的嚎啕哭声中，处于疲惫状态的陈群送走了裹着白布的老人。第一次目睹生命的渐渐远去，她多了几分感慨：医生是在第一线上与死神进行斗争的勇士，是病人心目中的救世主，但是也必须要面对一份份沉重的死亡。

正当陈群踌躇满志想要成为一名优秀的医生时，命运和她开了一个玩笑，她被通知去上海市卫生局计划生育办公室工作。一个未婚女子要做宣传和落实节育、避孕等方面的工作，着实有些尴尬和困难，但是陈群很快适应了新的工作。

1970年，即将临盆的陈群终于结束了8年的计生工作，被分配到上海胸科医院，那一年她27岁。

爱在心中

陈群被分配进入的科室是胸外科。一个刚生完孩子的年轻母亲能够胜任胸外科沉重的工作压力吗？在一些同事的质疑目光中，陈群开始了她挚爱的“医者人生”。

每天清晨，陈群总要背着一个大包，包里装满了尿布、奶糕之类的婴儿用品，她怀里抱着儿子，挤上公交汽车。在车上一手抱着儿子，一手紧抓住把手，到站后从人堆中费力地挤下车，直奔医院托儿所。把孩子交给阿姨后，她再飞奔到胸外科病房上班。

胸外科病房收治的大多是肺结核、肺脓肿、良性肿瘤和部分肺癌、食道

癌的患者，还有部分是因为车祸和工伤引起的胸部外伤患者。这里的工作特点是手术种类多、手术时间长、伤口换药多。耐心、细致、踏实的工作作风，使陈群很快适应了外科医生的职业。

经过一年半繁重的工作考验后，陈群被安排到要求更高的心脏外科工作。第一次触摸心脏让陈群十分激动，那是一个心脏二尖瓣膜狭窄的病人。在主刀医生完成胸腔扩张手术后，陈群的手指第一次触摸到跳动的心脏，她感到手指被瓣口周围的血液冲击着，那是生命的搏动，那是生命展现出来的活力！在人生的长河中，心脏每分每秒都在有规律地跳动着，它是造物主赐予人类生命的杰作！心脏外科工作虽然辛苦，但是挽救的却是一个个鲜活的生命，这让作为一名医生的陈群很有成就感。

陈群所在的心脏外科是一个学习氛围十分浓郁的群体。老前辈们经常推荐一些国外的英文文献，当时陈群的英语基础很差，怎么办呢？只有学习！陈群的爱人是解放日报的记者，平时工作也很繁忙，为了更好地掌握心脏外科的技术，陈群将一岁半的孩子送到了一家弄堂托儿所全托，这样自己可以全身心地

悉尼海港的水比天还蓝

投入到工作和学习中去。她像上紧了发条的时钟，开始了分秒不停顿的节奏：白天在手术台、病床边学习手术操作知识，晚上在书桌前台灯下学习医学理论、啃英语单词。就像一张挤压后的海绵反弹开了无数个空隙，陈群贪婪地吮吸着知识的营养。看不懂外文杂志，就先看中文书，陈群选择了几本国内心脏病学专家撰写的书籍。经过学习消化，她按照病种缩写了每种心脏病的综述，其中包括胚胎学、病理解剖、生理学、临床表现、诊断学要点、手术方法、麻醉、体外循环等。除了自己学习，她还为护士们上课，让她们分享自己的学习体会。在全科业务学习会议上，她和医生们一起热烈地探讨业务知识。

中文心外科理论学习过关了，英语学习随之加强，一本字典、一本语法教科书，几本英文文献，陈群一坐下就可以学习老半天。20世纪70年代末的生活条件很差，陈群一家三口住在父母家的后客堂间，老房子年久失修，经常是外面下大雨里面下小雨，夏日蚊虫多，就点上几盘蚊香。到了寒冬腊月，她就用棉大衣把自己裹得紧紧的，再抱个“汤婆子”（铜制的热水袋）在手里。常常因为太过于专注，每次看完书起身，陈群总是觉得两腿不听使唤，需要用双手敲打片刻才能缓解。

这样的自学苦读整整持续了4年，陈群的英语阅读能力有了显著的飞跃。而随着学习和实践的深入，她的业务能力也有了很大的提升，她开始接触到各种心脏病手术。

对病人深沉的爱凝聚在陈群的心中，很少有医生会记住自己病人的名字，但在陈群的自传体文学专著《爱在心上——一个心脏外科女医生的自述》中，详细记录着很多台心脏病手术的详情。其中包括病人的年龄、姓名、家庭情况，以及手术细节、术后的护理、康复情况，有时候还会配上她和病人的合影。

1978年，陈群遇到了苏州的老卫夫妇，他们家的两个儿子都是先心病，大儿子小军在心脏修补手术后因为肾衰竭并发症而结束了短暂的生命。已经失去了一个儿子，不能让这个家庭再失去第二个儿子，对二儿子小鸿的治疗，陈群竭尽全力。小鸿的心脏病情也已经到了晚期，达到了禁忌手术的标准。陈群细致观察，发现心脏杂音还在，动脉血氧还在90%以上，她果断判定还有进行手术的希望，不能耽误，手术马上进行。但是术后几天，还是遇到了类似的突发情况，小鸿无法解尿，血压心率都在上升，再不解尿便会引发膀

在2011年上海书展上

胱破裂，心急火燎的陈群马上用手在孩子的小腹部轻轻按摩。10分钟后，孩子解尿，终于脱离了危险。如今老卫一家三口已经移居香港，小鸿已经结婚生子，过着正常人的生活。

1982年，浙江省沈家门普陀山地区的一个工厂干部带着8岁的儿子刘青来到上海求医。他的儿子这两年口唇渐现出青紫，经诊断孩子得的是名叫法洛四联症的严重先天性心脏病，陈群利用科室自主研制的带瓣牛心包补片，成功地完成了四联症心脏修复手术。术后面对病人家属感激的话语，陈群为之动容。原来手术之前，刘青父母前往普陀山求佛，僧师说他们能遇到一位像观音菩萨一样的医生。在他们眼中，陈群就是那位普渡众生的观音菩萨。其实这个世界上哪有什么神灵，但是病人对于医生的信赖和尊敬，让陈群对医生这份职业不敢有丝毫的懈怠。术后刘青恢复得很好，不仅正常上学，还能参加体育课。15年后，这个昔日的心脏病患儿已经成为一家公司的职员，他再次来到上海，特意找到陈群表达他的感激之情。

1983年，一个名叫柏吉的三岁男孩走进了陈群的生活，这个来自上海郊县的满头黄发的男孩因为反复肺炎被查出心室间隔缺损，病情已经发展到并发肺动脉高压。经过8个小时的手术，孩子的心脏功能得到了恢复，但是术后并发症接踵而来。那是个周日，正当陈群打算兑现长久以来的承诺，陪丈夫和儿子去公园划船时，接到了医院的紧急电话——孩子呼吸困难，大汗淋漓。顾不上家人的反应，陈群急匆匆赶回医院，仔细查看症状后，快速做出了“气管切开”的决定，吸出大量黄黏痰和红色分泌物，成功挽救了孩子的生命。2003年，当柏吉抱着自己的孩子，捧上鲜花再一次来到胸科医院看望自己的救命恩人时，陈群百感交集。

……

这样的事例在陈群那本厚厚的自传回忆录中，还有很多很多，一言一语记录着一个个与死神作战的惊心动魄的故事，以及医生与病家心灵交汇的感动记忆……

迎来人生的巅峰

朝着医学的高峰不断攀升，进取和拼搏成了陈群人生的“代名词”。1978年，因文化大革命中断了10多年的中国研究生教育制度重新恢复。1980年，38岁“高龄”的陈群在取得主治医生职称后，一鼓作气考上了上海第二医学院医疗专业研究生。

研究生第一年学的是基础理论，如生理、生化、细胞学，还有外语、数学、统计学等，陈群的高中阶段在护士学校度过，没有学过三角、几何和微积分。于是在无线电厂担任工程师的妹夫被她请来做老师，每隔一天上门辅导。那些犹如天书般的数学题目逐渐被破解，经过一个学期的努力，陈群奇迹般地通过了微积分考试。

当时陈群的家只有小小的12平方米，常常是她在书桌前学习，儿子在饭桌上吃饭看电视，而丈夫则蜷缩在小沙发上接待来访的朋友。就是在这样艰苦的环境中，陈群完成了研究生阶段的学习，取得了硕士学位。

20世纪80年代，刚刚打开国门的中国开始派出大量科技、教育、医疗卫

生领域的专业人员赴国外学习。硕士毕业后，陈群被派往澳大利亚墨尔本圣文森医院心脏外科中心进修学习。

出国，让陈群的视野变得开阔起来。在一年的时间里，她不仅出奇顺利地度过了语言关，还作为澳方导师拔克斯顿医生的第一助手参加了近300例手术，其中包括冠状动脉搭桥手术、瓣膜置换手术以及动脉瘤、心脏肿瘤等复杂疑难手术，在大洋彼岸她学到了当时世界上最先进的技术。

和普通的留学生不同，陈群一边学习，一边还在思索医院制度的改革，她被澳大利亚医院先进的管理理念和制度深深折服，她将自己在澳大利亚医院的所见所闻写成了一份份论文，其中涵盖了医院管理、学科建设、人才培养、各级医生职责、护士训练等各个方面。其中的《圣文森医院见闻》、《世界第一个冰冻胚胎婴儿诞生》、《澳大利亚移植心脏成功》三篇文章先后在国内报刊刊发，撰写的对国内医院改革的10条建议先后登载在《健康报》、《半月谈》杂志和解放日报的内参上，引起了国内相关领导的关注。

和江西12个被治愈心脏病的孩子在一起

紧接着，她又来到了墨尔本皇家儿童医院开始了为期半年的小儿心脏外科的学习和实践。这家医院是国际著名的儿童心脏医学中心之一。在那里，陈群依然是最用功的留学生。她每天要跟着老师进行2—3台手术，天天连续作战，没有节假日。为了节省时间，陈群每天中饭宁可吃一块三明治而不去餐厅。百余次的手术、日夜的监护室观察处理、多学科病例讨论，涉及到了几乎所有复杂先天性心脏病的诊断、手术和术后处理。当时的陈群无法设想到，这些宝贵经验在她日后救治中国先天性心脏病患儿生命的战役中发挥了巨大的作用。

回国后，陈群担任了上海胸科医院小儿心外科病区的负责医师。规范医疗流程，引进先进设备，攻克复杂心脏病手术……陈群发起了人生中新的一轮冲刺！

她参照墨尔本皇家儿童医院的经验，结合国情，写出了少儿心外病房工作常规、先心病外科治疗临床手册，手术前病人准备要点，体外循环心脏手术操作步骤，以及术后治疗室检测处理常规，尤其对术后病人的检测指标、用药种类、剂量，人工呼吸机支持模式、撤离指征等辅助治疗护理做了统一规定，严格要求每位医生、护士在实践中学习执行。

设备落后，她就引入了美国强生公司优质缝线、增配监护仪和微量输液泵、采购进口气管插管；专业落后，她就培训年轻医生和护士人员。在回国后的临床实践中，陈群和同事们又发现了一个独立的先天性心脏病种类“双腔右心室”，积累相关病例后，他们总结经验将相关论文刊发在《中国循环杂志》上。对临床诊断容易混淆和手术修补易为疏漏的心脏室间隔膜部肿瘤，陈群和同事们通过学习和实践，总结出此畸形诊治要点，在全国儿童先心病大会上，她做了“27例室间隔膜部瘤外科治疗的临床经验”的专题报告，与国内同行分享工作成果。

与此同时，一个个复杂的先心病手术获得成功，不少危重病儿从死亡线上被抢救过来了，上海胸科医院的小儿心脏外科的治疗技术进入国内先进行列，开始达到国际先进水平，如连续78例年龄从1—12岁一大组心室间隔缺损伴重度肺动脉高压手术治疗无一例死亡。

正如同春夏的辛勤播种总会在秋日的暖阳下得到满满的果实一般，陈群也开始收获自己播种下的事业果实，一篇篇论文在国内外专业会议和杂志上

发表。

1989年11月，陈群受邀来到泰国首都曼谷参加第三届国际小儿心脏病大会，并进行了主旨演讲。不久，上海市卫生局选中她作为上海市小儿心脏外科代表，参加卫生部主办的“第七届走向世界——中国医药发展新进展讲座”的专家演讲团，赴云南昆明和四川成都进行巡回演讲。

1992年春，陈群的论文被日本胸外科医师学会选中，她被邀请参加第五届日本国际心胸外科医师学会大会，发表论文，主持专题会。日本国际心胸外科医师学会还正式邀请她作为该学会的国际会员。

1992年夏，上海市十佳中青年医生颁奖大会举行，陈群当选。在颁奖现场，她的眼睛湿润了。这次评选采用的是读者投票方法，来自四面八方的百万个读者剪下了印在报纸版面一角的选票，投选心中的好医生。面对雷鸣般的掌声，陈群的脑海中浮现出了太多的场景：一年四季在手术台前的一次次拼搏，寒夜酷暑下的一次次苦读，术后一个个彻夜守候在病人身边的长夜，一次次将在死亡线上挣扎的病人抢救回来……这些辛勤的付出让她得到来自社会的强有力的反馈，医患之间深沉的爱和浓浓的交融，在这儿体现出来了，没有比这更好的收获了！

1993年，陈群受邀前往美国波士顿参加第二十届世界名人大会，她用英语做了《用我的心修补病人的心脏》的精彩报告，迎来了全场暴风雨般的掌声。会后她应邀参观西雅图美国太空实验室，在那里亲眼看到了研制和生产用于太空宇航员生理监护的仪器系统，领略到国外医学仪器的先进性。

1995年，她受邀奔赴意大利参加第十五届欧洲国际心胸外科医师学会年会，17年的临床经验报告得到现场许多国际心脏病专家的好评。陈群还在法国巴黎参加了“心脏二尖瓣修复”国际培训班。刚从欧洲回到上海又接到上海市妇联的通知，她被荣幸地选为在北京怀柔召开的第四届世界妇女代表大会“1995非政府组织妇女论坛”的上海代表团成员之一。

捧出生命的礼物

与慈善结缘是一次相当偶然的经历。也是在1995年，正值上海太平洋保险公司成立五周年之际，公司和上海福利院联系，准备把庆典的50万元用于

共同撑起“生命的礼物”

患有先天性心脏病的孤儿的手术治疗上。上海福利院联系到陈群，希望她能帮助这些孤儿进行手术，陈群一口应允下来。手术进行得很顺利，那份来自社会的关爱也深深地注入到陈群的心里。

先天性心脏病的治疗费用高达2—3万元，对于贫困家庭而言，这绝对不是一个小数目，每次在门诊看到那些因无钱治病而耽搁病情的心脏病患儿，陈群心里总是有说不出的难受和无奈。如果能够有社会的援助，那么这些患儿就有了新生的希望。

2001年初，一个偶然的机会，陈群结识了一群居住在上海的外籍人士。其中有一些是国际扶轮社会员，在接触中，他们提到一个名叫“生命的礼物”的慈善项目，已经帮助世界上成千上万个贫困先天性心脏病患儿。他们也有意捐款帮助中国贫困的先心病孩子进行手术治疗。陈群心底深处最柔软的部分被震撼了。

2001年5月14日，安徽利辛县一个小乡村的6岁男孩张广龙来到了陈群的诊室，这个可怜的孩子被查出先天性心脏病间隔缺损，引发肺动脉高压，急需马上手术。但是孩子的母亲刚刚去世，家里还有个10岁的哥哥，父亲在无锡建筑工地干杂活，每个月收入仅三四百元，根本无力筹措手术费用。门诊室外，这对绝望的父子跪倒在陈群面前。扶起父子后，陈群犹豫着拨通了扶轮社联系人的电话。没有想到一切出奇的顺利，很快捐助款项到位。陈群亲自主刀，为小广龙摘掉了“心脏病”的帽子，这个安徽农家孩子也成为了中国“生命的礼物”爱心手术成功的第一例。“六一”国际儿童节时外国友人还专门来到病房与广龙父子聚会。这对于医者陈群而言，真是一段美好感人的经历。

中国还有很多贫困家庭和先天性心脏病的孩子，做完小广龙的手术，陈群萌发了一个想法，能不能通过自己的努力架起一座连结贫困患儿和慈善机构的桥梁呢。前不久在江西南昌的咨询义诊活动让她牵挂不已，多个先心病患儿因为资金问题无法进行手术。在陈群的联系下，这些孩子的手术费用问题很快得到落实。

一边要得到捐助，一边要落实家庭经济情况很差的心脏病患儿，接近花甲之年的陈群找到了新事业的起点。她一次次出现在国际扶轮社上海分会的

江西双胞胎姐妹喜获新生

慈善晚宴上，介绍中国先心病的发病情况和临床进程，阐述手术治疗后的生命质量的明显提升，抒怀贫困家庭先心病患儿的满怀期待。工作之余，她还奔赴德国妇女俱乐部进行周会演讲，以最通俗的表达方式，让这些家庭主妇们了解先心病的危害性和良好的手术结果。在陈群一次次的努力下，一笔笔善款积少成多地聚集起来，成为了“生命的礼物”源源不断的救助基金。

为了寻找合适的受助者，陈群利用妇联组织的人脉层层宣传和落实，而滚雪球式的传播效应也使得这份礼物的涉及面越来越广。安徽省妇联和蚌埠市妇联寄来了几十份先心病贫困儿童的病史检查资料，盱眙市妇联主席亲自带了三名贫困先心病患儿来到胸科医院，云南市丽江福利院送来了3名先心病患儿，江西慈善基金会送来了51名贫困先心病患儿的申请资料……光是联络还不够，复杂的落实工作还等待着陈群，她不厌其烦地阅读和处理一份份申请材料、病史报告，并亲自写回信，为手术者安排检查时间和住院日期，并亲自上台主刀或作为助手参与到每一项手术中去。

陈群用整个身心在挽救病人。2005年秋，母亲病危，她虽牵挂担忧，但没有离开奋战的手术台，江西残疾人家庭的一对双胞胎女儿，因为患有巨大心脏缺损，伴有肺高压，正需要她全力以赴。陈群说，没有能陪伴母亲走完最后的人生，感到无限遗憾和自责，但是她相信慈爱的母亲能理解女儿的心愿。2011年，她出国归来，刚到浦东机场，就听到一名贫困患儿手术后突然病危需要抢救，疲惫的她顾不得回家，直奔医院监护室，在病床前严密监护处理了大半天，直到孩子转危为安她才转身离去。

为了让爱心互助的活动透明合理，让爱心传递下去，十三年间，陈群坚守着一条原则，那就是确保善款的安全透明。前往贫困地区义诊的车费、住宿费，外地手机话费，她始终坚持“自掏腰包”，而对于资助款项，她也从不经手，都是由捐助人直接打到医院的财务科的。

传播人生的正能量

爱，是一种经久不衰的正能量，陈群说，每次看到病人恢复健康，她都感到一种发自内心的快乐和充实，病人术后出现问题，她都要陪在他们身边，否则她的心无处安放。

与维多利亚·贝克汉姆探望术后康复的女孩

最让她印象深刻的是在无锡人民医院进行的一次爱心手术，她为一位盱眙农村的患儿做手术，孩子的亲戚都赶来了，一封有点发皱的感谢信，一双双充满期待和求助的眼神，和一句句朴素无华的言语，让她刹那间又一次感受到医生这个职业的崇高和伟大，小儿心外科医生的身上寄托着一个个家庭的希望和憧憬啊！

2005年12月，陈群面临着退休，事业的终点眼看就要来临，高级专家到了60岁延聘两年后必须办理退休手续，但是医院准备回聘她作为小儿心外科主任医师。面临退休的抉择，她有点犹豫。在孩提时代，陈群就阅读了奥斯特洛夫斯基写的《钢铁是怎样炼成的》这本书，作者在首页的扉语曾经震撼过她的心灵，“人的一生应该怎样度过，当他回忆往事的时候，不因为他的碌碌无为而悔恨。”对于奋斗了35年的医学事业，陈群无怨无悔，她的医者人生可以圆满地画上一个句号。可是“生命的礼物”刚刚启动，她还想继续传递一种爱的关怀，还想帮助更多的贫困先心病患儿，决不能因为晚年生活的快乐，而放弃这个慈善事业，于是她接受了领导的安排。

如今心中满满都是爱的陈群虽然已退休多年，但是容貌和步履却看似只有50岁上下。陈群说，爱尔兰都柏林大学医学院神经学研究所所长伊恩·罗伯逊教授提出了一种新观点，老年始于80岁，这就为我们留出了很长的时间去创造出一种全新的生活方式。正是那种乐观向上的精神、淳朴和执着的爱心，能够让陈群罕见地保持着年轻的容颜。

“静如山，动若水”是陈群的座右铭，山能接地气，也能高耸入云直冲云霄，不管遇到多大的暴风雨自当巍然屹立。而水则是平静地奔流，从不害怕孤独和寂寞，默默地流入大海。为了保持自己的心灵能量，陈群每天依然坚持学一个小时英语，她还学习了电脑，学会了驾车。在陈群看来，身体、情感、精神、思想和心灵上的健康才是真正的健康。

人生的博弈之情趣未减，跃跃欲试的热情和憧憬从未消退，生命深层的原动力继续在勃发，生命就是体验，人生重在经历，“宝刀不老”的陈群依然在慈善的道路上坚持不懈地行走着。

吴苡婷

慈善感言：

发自内心的慈善会引领你一切的行动。

沈翠英，1947年6月出生，上海市第四聋哑学校退休教师。从事教育事业二十多年，先后在奉贤江海人民小学、奉贤县聋哑学校、上海县聋哑学校、上海市第四聋哑学校任教，参与编写、修订全国聋哑语文教材。20世纪90年代初下海经商。

2008年“5·12汶川大地震”发生后，沈翠英把自己的住宅捐出拍卖，所得450万元赠予都江堰市兴建一所小学。62岁后又自主创业，为都江堰的重点农产品猕猴桃的生产和推销奔走出力。

曾荣获2008中华慈善奖、2009全国道德模范提名奖、2011上海市三八红旗手、2012全国三八红旗手、感动上海十大人物，以及2014全国五好文明家庭奖。

上 海 奶 奶

从当初做出决定捐赠房产，到数次赴都江堰实地考察，最终孤注一掷拿出自住房屋抵押，62岁创业做“聚爱”，沈翠英自己都没有想到，她在可以享受闲适生活的晚年选择了一条艰难的公益道路。

义卖房产援建灾区

5·12汶川大地震牵动着全国人民的心，看到国家面临严峻的考验，灾区人民受到如此的创伤，上海退休教师沈翠英感同身受，忧心如焚。经过再三考虑，在得到全家的支持和鼓励后，60多岁的老人把半生积蓄、准备留给小辈的一套位于上海市徐汇区中心地段的住房拿出来拍卖，希望援建一所小学，帮助灾区的孩子早日重返校园。在“百家拍卖行赈灾拍卖会”中，这套房产以450万元的价格成功拍卖。

2008年8月份，上海组织都江堰的孩子来沪旅游，沈翠英在虎门大酒店见到了来自柳街小学的小学生刘琪。她询问后得知，柳街小学的孩子们都还在板房中上课，这让沈翠英牵挂了很久。9月，沈翠英到都江堰实地考察，和上海对口支援都江堰重建指挥部协商后决定，把卖房所得的450万元在柳街小学原址上兴建尚慈翠英小学。新学校按照八度抗震的标准进行建造，由上海绿地集团设计，中铁公司负责施工。

2008年12月5日，第二届中华慈善大会暨2008年度中华慈善奖颁奖仪式在人民大会堂隆重举行。上海奶奶沈翠英荣获“最具爱心慈善行为楷模”称号，受到了中共中央总书记、国家主席胡锦涛同志的亲切接见。2008年中国民间慈善捐款额达到了1 000亿元，是2005年的32倍，大灾大难面前，中国人团结一致凝聚成的“爱心”份量让沈翠英深受鼓舞。

沈翠英拍卖房产援建学校的事迹见报后，《故事大王》杂志社联系到她，要为她援建的小学捐助文具和图书；世界五百强企业拉法基公司无偿为学校

带领四川都江堰孩子参观上海世博园区

提供石膏板；大金空调公司为学校提供空调；远在美国的羽佳小朋友为学校带来了两大箱书包、文具；最令人感动的是三位八十多岁高龄的老人用颤抖的手送来了两万元捐款，其中一位是抗美援朝的老军人，一位是身患癌症的垂垂老者……拿着这样的爱心捐款，肩负着大家的信任与托付，沈翠英暗下决心：一定要把学校造好！2008年10月，尚慈翠英小学在都江堰柳街镇破土动工，抗震小学造价不菲，上海市慈善基金会为这所学校贴了不少钱，但仍以沈翠英的名字命名。沈翠英把这看作是对她最大的支持，帮助她完成了心愿，内心充满了感激！

一辈子勤俭持家，当年房屋装修时为了节省费用，专门从市区跑到莘庄黄浦江边码头买黄沙的沈翠英说："450万元放在桌上我也用不来，我只相信，国家好了，老百姓才会好。"

地震过后一个月，沈翠英与十二位"上海爱心奶奶"同去四川，当亲眼看到满目疮痍、一片断瓦残壁，同胞们失去亲人后无奈的眼神、孩子不谙世事依旧童贞的笑脸、一望无际的"帐篷营"，她的心再一次揪紧了。

四川一家媒体曾经算过一笔账，500万的灾民，每天10元钱，一斤粮，三个月下来就是100个亿!“长此以往，国家难啊!”灾区领导的话一直萦绕在她耳边，国家要承担的太多了，救援、赈灾、规划、重建，接下来还要解决生产、就业、安置……“而我，还能做些什么?”从小就想着为家庭分忧的沈翠英从不把自己置身国事外。可她只是一个普通人，还能有什么财力、能力可以付出呢?

2008年8月的一天，四川食品企业的负责人找到了沈翠英，他们为企业、为职工的生计正在四处奔走，寻求帮助。他们带来了自己企业生产的小食品让上海朋友品尝，沈翠英于是成了四川食品的义务推销员。推荐儿子媳妇的企业团购一批，再介绍给他们朋友的朋友，徐汇区老龄办的同志也给予了团购支持，可这毕竟不是长久之计。为了帮助灾区企业搭建销售平台，沈翠英开始联系各大超市，可是，每家卖场二三十万元的进场费令她

和爱心朋友在尚慈翠英小学的留影

望而生畏。

9月份，四川省都江堰市商务局陈局长带来了好消息，上海市政府为他们开辟了“绿色通道”，都江堰的食品可以无条件进入百联、农工商等集团超市。希望更多的人了解都江堰，关心它的发展重建，沈翠英于是做起了都江堰食品在上海的总代理，承诺把盈利捐献给需要帮助的所有人，变“输血”为“造血”，用长期的爱心援助为都江堰的重建添砖加瓦。

在家人的支持和大力协助下，沈翠英把自己现有住房抵押的400万元拿出来，和几位有共同梦想的朋友一起创立了一个慈善团队，取名“上海聚爱实业有限公司”，专门推广都江堰的特色农副产品，成为都江堰8家食品生产加工企业的上海总代理，经销的产品有牛肉干、花生、泡菜、茶叶、猕猴桃等，并承诺将销售额的15%捐献给灾区。

“上海的叔叔阿姨、大伯大妈，感谢你们购买灾区的产品。”在沈翠英牛年春节销售的都江堰特色产品大礼包中，超过200元的都附有一张类似的贺卡，总共有900多张，是尚慈翠英小学的900多名孩子亲手制作的。“浦江爱·岷江情”慈善义卖得到了上海市民的热烈响应，很多单位团购礼包作为年货发放给员工。2009年正月十五，沈翠英带着承诺的414万销售额的15%——62万元再赴都江堰，这笔善款专项用于都江堰贫困家庭和学生的新年资助。

60多岁创业学吹打

进入超市的销售渠道并不意味着盈利，在同类产品的激烈竞争中都江堰并无优势，当地的畅销品牌“遛羊狗”牛肉干在上海乏人问津，缺乏特色的产品无法从根本上立稳脚跟，2009年以来的销售情况并不理想。沈翠英至今还记得，在当年东亚大厦的办公地点，上百万资金投入的都江堰特色大礼包在经历年前上海市民的“爱心购买”后，4月份即将过期，销售不出去的产品堆满了办公室的走道。怎样才能把最好的产品带给上海市民？都江堰的重点农产品——猕猴桃进入了沈翠英的视线。

都江堰有最优良的猕猴桃品种，但长期以来由于皮薄且嫩，运输途中损耗太大，又因甜度高，储藏时间短，好东西一直“藏在深闺”。在都江堰种植猕猴桃的果农超过十万，种植面积达到十五万亩。经过多次考察和调研，

与当地果农分享收获

沈翠英决定以构建现代化猕猴桃产业园为切入点，摸索标准化种植、精细化营销、产业化运作的方式，把猕猴桃打造成都江堰的“希望之果”。2009年5月7日，由上海市慈善基金会和都江堰猕猴桃产业推进发展办公室主办的“‘浦江爱·岷江情’——猕猴桃产业振兴计划启动仪式”在徐家汇公园举行。“红欣”猕猴桃产业振兴计划酝酿出台，每卖出一只猕猴桃就有5分钱进入上海市慈善基金会的“沈翠英专项基金”，用于都江堰猕猴桃产业的发展与振兴。

可是，理想很“丰满”，现实太“骨感”。

2009年，沈翠英投资的都江堰猕猴桃种植基地第一年播种，“希望之果”5年后才能有收成，而投入每年都在增加。2010年，沈翠英在上海帮都江堰的果农卖猕猴桃，品尝过的人对“红欣”一见倾心。可是，一年就这么两三个月的销售期，即使是生态种植、不用任何药水浸泡人为延长保质期的

"聚爱红欣"，还是没能解决保存问题，堆在冷库里的猕猴桃没能及时销售，一百多吨果子大部分烂掉。此前，沈翠英曾经耗费了大量人力和时间挑出好果子，几千箱几千箱地送到敬老院、社区，给老人们品尝，"与其扔掉，不如给都江堰猕猴桃做个广告，让大家知道它的好"。从苦日子里走过来的沈翠英，看着这么好的果子烂掉、扔掉，那份心疼溢于言表。

2011年、2012年，尽管有很多朋友和单位的支持，也在东方购物、淘宝网等帮助下拓展销售渠道，但沈翠英依然没能赢利。上海市相关部门给沈翠英介绍代售的新疆特产倒是因为不存在保存问题，销售不错，多少填补着猕猴桃带来的损失。沈翠英常常自嘲，土话说"60岁学吹打"，我是典型代表。以前"下海"是帮人忙，自己做些幕后管理，没想到现在60多岁直面残酷的市场。"我不是做生意的料，更不是做水果生意的人"。可是已经到了这一步，门店每月两万元的开支，两地冷库几十万元的成本，都江堰猕猴桃基地连续五年的不菲投入，沈翠英把自己甚至儿子的一家一当都投入了进去。

尽管艰难，"沈翠英专项基金"依然在每年交善款做好事，社会对她的了解和认可，让她没法停下脚步。

作为一名六旬老人，巨额捐赠后的沈翠英一夜成名，沉甸甸的荣誉背后是沉甸甸的责任。曾经靠那套住房每月坐收八千元租金的闲适生活如今不再，自住抵押的这套房子每月还有不菲的利息支出。现在，在公司忙一天，晚上7点多筋疲力尽回家，只为了心中依然不变的慈善信念。

"60岁学吹打，但我希望还能学得好、吹得好，还能创造成绩"。2014年，都江堰猕猴桃种植基地五年前播下的种子有了收获，沈翠英像看自家孩子似的走在田里，查看、分拣、采摘，这不仅是都江堰的希望之果，这也是沈翠英的希望之果。

穷人的孩子早当家

沈翠英61岁那年，因为汶川大地震，与千里之外的都江堰结下了不解之缘，那里的孩子们用童稚的声音叫她"上海奶奶"。看着这些和自己的孙子孙女一般大的孩子，想到他们小小年纪就承受失去亲人的伤痛，沈翠英就觉得

读小学时的全家福（右一为沈翠英）

心疼。

时光倒转半个世纪，幼年的沈翠英就曾品尝过那样的苦。

沈翠英8岁时，父亲早逝，母亲一个人带他们五个孩子。沈翠英排行老二，有一个姐姐，两个弟弟，一个妹妹。母亲是纺织女工，每天在隆隆的织机声中赚着微薄的薪水。那时纺织工人的工作时间都是“三班倒”，累了一天回来，母亲没时间休息，还要给孩子们挑水、做饭、洗衣服，小翠英看在眼里，疼在心里。

那时，家家户户都还没有自来水，用水要到接水站去挑。家里有个大瓦缸，母亲每天回来的第一件事就是去接水站挑水，瓦缸水满了，一天的家务活才能“开张”。瓦缸很高，到小翠英的脖子那儿了，二年级的小姑娘那时就想着，别的活帮不了妈妈，挑挑水还是可以的，就算力气小也没关系，大不了拎个水桶跑个十趟二十趟，总能把瓦缸灌满。要强的她就这样做起了“田螺姑娘”，两只手拎一个水桶，从家里到接水站往返20次，直到把水灌满。

三年自然灾害，小翠英放学后就到菜场捡菜皮。回家把菜叶子切成丝，和豆腐渣拌在一起，再掺点面粉，刷一点点油摊成饼，就这么分着吃。这个时候多半是母亲上夜班的时候，11岁的小翠英俨然成了家里的“老大”。

妹妹是遗腹子，在母亲肚子里三个月的时候父亲就去世了。沈翠英觉得自己有照顾好妹妹的义务。母亲上夜班，妹妹小还要吃奶，怎么办？小翠英就让母亲带着她和妹妹一起上班，母亲在车间里忙，她就坐在厂里食堂边上的一块木板上，把妹妹平放在上面，自己看着书，妹妹哭了，就拍一拍、抱一抱，安抚一下，到时间了母亲就出来给妹妹喂口奶。

最让小翠英觉得“幸福”的是晚上十一二点，母亲厂里免费提供的夜宵。

沈翠英把这叫做“半夜饭”，先是远远的闻到饭菜香，然后就看到母亲端着搪瓷碗向她走来，那是当年最普通的白底蓝边碗，碗上还用蓝色的魏碑体写着“申新九厂”四个字。那个时候，在车间的灯光下吃着热气腾腾的“半夜饭”，小翠英觉得自己很幸福。

沈翠英是兄弟姐妹中读书读得最多的。因为家里经济拮据，姐姐小学毕业就去读了卫校，想早点帮家里减轻负担，大弟弟16岁去新疆支边，小弟弟去常州插队落户，家里没有人读到高中。

沈翠英当时在市三女中读初中，临近毕业，是继续读高中考大学还是争取早点工作？到了抉择的时候了。老师把母亲叫到学校商量，读高中意味着必须要考大学，考上了当然好，考不上还要寻找就业门路，出于家庭经济状况的考虑，读师范是个不错的选择。老师推荐了上海市幼儿师范学校，不仅包吃包住，每个月还有10块5毛的津贴。

当时，沈翠英一家六口人蜗居在舅舅的一间十平方米的屋子里，年轻的她多么向往拥有一片自己的天空。从小经历过艰苦生活的沈翠英一直要求自己，人穷志不能短，要做一个受人尊敬的人。教师是受人尊敬的职业，还能减轻母亲的负担，考师范就这么定了。

进入师范，沈翠英有了规律的生活，一日三餐不用发愁，少吃一顿还可以退餐费，她记忆犹新的第一双尼龙袜就是用退的餐费买的，一穿好几年。原来的胃病和虚弱的体质在安稳的学习生活中也彻底得到了改善，刚进学校时有次晕倒在操场的“林妹妹”渐渐长成了健美开朗的“准教师”。

读师范时期的沈翠英

师范毕业正是“文革一片红”的年代，本该去学校教书的沈翠英被分配到奉贤南桥镇江海公社插队，和农民同吃同住同劳动。江海公社是标标准准的农村，距离南桥镇有45分钟的路程。早上四五点钟出工，头上戴块方巾，扛着锄头下地，沈翠英的动作尽管有些生疏，但从小就好强的她努力学着尽快适应。

毕竟是大城市里来的姑娘，哪干过这些，

和沈翠英分在一屋的女生逃回市区了。第一次下地，就踩到了已经经过处理马上就要插上秧苗的“熟地”上，老乡们恼了，“上海人，啥也不懂，把地都踩坏了”。沈翠英脸红了，她受不了这样的奚落。原来，农民把犁过的地称为熟地。她仔细观察老乡插秧的手势，她照葫芦画瓢，慢慢模仿着。公社广播站里开始表扬沈翠英了，半年多劳动结束的时候，这个来自上海大城市里的姑娘成了小队里公认的插秧能手。

村里每家每户轮流的倒马桶，沈翠英也没有落下。一根扁担挨家挨户去挑，前面两个，后面两个，把粪便倒坑里，再到河边把马桶刷干净，城里女孩子嫌脏嫌累、碰都不愿碰的活，沈翠英偏偏干得欢。“干这个活，一样的工分，还可以省出半天的时间来呢”。天性乐观的她总能从“黑暗”中看到“光明”。老乡们也对这个不折不扣与他们干一样活的姑娘跷起了大拇指。

热心的特殊学校老师

1969年8月，沈翠英因为表现好，被分配到江海人民小学任教，成了一名语文老师。一个人住在一间破庙里，没有上海同伴，上了一天课回家还要自己做饭，尽管这样，沈翠英还是想尽办法改善自己的生活。她在屋子周围的一小块空地上种起了蔬菜，茄子、刀豆、鸡毛菜，有时回来早一点，还跑到河里去钓鱼。南桥镇上的同学跑来看她，沈翠英随手摘两棵自家“菜园”的新鲜菜，一碗普通的蔬菜浇头阳春面把同学吃得赞不绝口。

这期间沈翠英成了家，有了孩子，但爱人在市区上班，孩子年幼离不开母亲，沈老师只能把孩子带在身边。办公室与教室只有一墙之隔，上课时她就把孩子安顿在办公室，有时孩子哭，沈翠英听到了也只能忍着，课上完后赶紧到隔壁去照料。

四年后，奉贤县新办聋哑学校，年纪轻、学得快、人品好的沈翠英被组织安排学当聋哑教师。从农村调到县城，生活环境改善了不少，学校有食堂，不用做饭了，宿舍里有上海人，不再寂寞了，工作上不甘落后的她边学边教，日子过得很充实。

1977年，上海市教育局编写全国聋哑教材，从全市各学校抽调校长和骨干教师参与，奉贤县教育局推荐了沈翠英。此后她历时六年、两次参与全国

聋哑语文教材的编写和改编，先后调到当时龙华公园边上的上海县聋哑学校和卢湾区第四聋哑学校任教。这期间，沈翠英和同事们一起探索专门针对7—13岁聋哑孩子的教育方法，通过触觉、视觉、感觉，教他们学习发音。在卢湾区第四聋哑学校任教时，沈翠英上课基本不用哑语和孩子交流，通过调动他们的学习兴趣，培养他们克服障碍，增加说话的可能性。后来，她的学生都能用口语和书面语来学习和表达意思，她也成了经常开公开课的骨干教师。

对这些生活在无声世界里的孩子们，沈翠英倾注了母亲般的关爱。上海县聋哑学校的生源很多来自农村，有家在三林、芦潮港的，还有杜行的，平时孩子们就住在学校，一个月回去一次，难得有机会在城里玩。休息天沈翠英就把他们带到外滩、人民公园，看看黄浦江，走走绿意盎然的林荫小道，晚上就在她家里打地铺。那时，语文书里有一篇课文讲到国际饭店，说“站在门口仰头看，帽子都掉下来了”，当时国际饭店是上海最高的一栋楼，沈老师就带着她的聋哑学生去实地感受，孩子们的兴奋可想而知。放暑假时，在天津工作的表姐到沈翠英家做客，没想到一进家门就发现一屋子的聋哑孩子，原来这些孩子的父母亲要工作，暑假带孩子有困难，沈翠英就让他们寄宿在自己家里，不仅管吃管住，还辅导功课。

沈翠英回忆起自己走过的路，也会感慨人生的机缘。有时无心做下的好事却为日后命运的转折埋下了伏笔。

沈翠英有一个远房表哥，爱人去世后独自抚养着两个儿子，小儿子很争气，考上了上海复旦大学，可在80年代上海的那场流行性甲肝疫情中，小伙子也感染上了，住院隔离一段时间后正准备回家休养，他父亲却为难地找到了沈翠英。原来他再婚找了一位细菌研究专家，对得过甲肝的儿子回家休养这件事，这对再婚夫妻产生了分歧，他为此非常苦恼。沈翠英听了，二话没说，就去医院把这个远房外甥接回了家，让他和儿子一起同吃同住，就这样共同生活了七年。小伙子后来留学去了澳大利亚，不给父亲写信，却每个礼拜写信给他的翠英阿姨。思念儿子的老父亲后悔不已，只能经常跑到沈翠英那里了解儿子的情况，排解思念之苦。后来，这个专长搞船舶研究的表哥自己开了家公司，因为做的项目在国内是空白，市场前景相当好，他力邀沈翠英加盟做行政管理工作，把这当作是对她的一种感谢和补偿。

沈翠英的热心还曾创造过一个奇迹。离开教育岗位后，因为业务关系她认识了一位香港同行，他有个9岁的女儿不幸得了“再生障碍性贫血”，小小年纪饱受病痛的折磨，在香港已经治疗了两三年，不见起效，几乎每隔一周就要输一次血。这位父亲不相信中医，也不相信内地的医疗水平，女儿在上海时，只要一发烧，就马上坐飞机回香港治疗。有一次，沈翠英偶然看到中央电视台“东方时空”栏目介绍西安血液病研究所的一位专家，用中医方法治疗再生障碍性贫血疗效显著。她二话没说凭着这条线索就赶到西安，几经周折找到了这位专家，把小女孩的情况作了介绍，请求他收下这个病人。抱着“死马当活马医”的心态，那位父亲最终接受了沈翠英的建议，在她的陪同下坐火车辗转到西安治疗。沈翠英更是记下了医生的种种要求，到处买草药，一麻袋一麻袋地给小女孩送去。半年以后，孩子的病有了明显好转，开始恢复自身的造血功能，不用再靠输血维持生命了。前不久，已经出落成大姑娘的她告诉沈翠英，她已经大学毕业，下次到上海要请沈阿姨吃饭。

熟悉沈翠英的人都说，她的卖房救灾决非突然举动，多少年来她就是这样的人，别人觉得不可思议的“忙”，只要办得到她都会帮。沈翠英自己认为，做好事不会吃亏。十年从商的经历让过了半辈子苦日子的她生活逐渐得到了改善，当年买房时朋友临时放弃、她硬着头皮多“吃”一套的正确决定又让她分享了房产快速增值带来的资产增值。一次次的“偶然”让“苦出身”的沈翠英心中对这个国家、这个时代充满了感恩。

教子有方的沈奶奶

沈翠英的故事见报后，人们还议论，她的心愿最终圆满完成还有一个重要原因，那就是儿子媳妇的支持。在“啃老”现象见怪不怪的今天，儿子居然能支持母亲的“疯狂”举动，帮助母亲完成心愿，这样的儿子是怎么教育出来的？

“我儿子很独立。”提起儿子，沈翠英有掩饰不住的骄傲。当年，儿子考大学差了八分落选，沈翠英也和其他母亲一样，为孩子的前途操心。一个大男生，不能无所事事地待在家里，起码要有一技之长。沈翠英为了让儿子学一门技术，在闸北区找了一个修家电的老师傅，让儿子当学徒。当时的电器大件——电视机、洗衣机都很笨重，沈翠英让儿子帮师傅干点力气活，顺便在边上学学手艺，非但不收钱，每个月还给师傅两三百块钱。就这样学了三四个月，后来美能达复印机公司招维修人员，就凭着这些基础的维修经验，小伙子在60多名应聘者中脱颖而出，成为录用的8名员工之一。直到现在，有熟悉的老客户复印机坏了找到他，只要有空，已经自己做老板的他仍然热心地帮忙解决。

沈翠英自力更生从不怨天尤人的个性也耳濡目染地影响了儿子。当年她在一家船舶公司做行政管理时，公司有机会招聘人员去香港修船，在外一年回来可以赚5到10万元，这还是90年代初的时候，这样的收入颇有吸引力。沈翠英问儿子想不想去，儿子拒绝了母亲的好意，因为“不想利用母亲的关系占便宜”。后来，儿子看中了田林宾馆对面一个12平方米的小店面，经过

“上海奶奶”幸福一家门

市场调查准备开一家花店，每月房租4千，房东要求一次支付三年租金12万元，1993年时的12万元可不是个小数目，儿子从没做过生意，还不知道花店开不开得起来呢，沈翠英也不敢冒这么大的风险，可是儿子的话掷地有声："风险和机遇并存，人家赚不了钱我能赚才是本事！"他东拼西凑借了钱开起了花店，还去南京路上最好的皇家玫瑰园学人家插花，参加插花比赛交流信息和经验，结果花店开得红红火火，逢年过节，甚至出现十几部小车等在门口扎彩车的壮观场面。后来，儿子媳妇结婚，房间里的花还都是夫妻俩一起布置的。

再后来，儿子的生意越做越大，在经济上一直关照老妈，叮嘱她自己的钱自己多用点，不用考虑小辈。也正是儿子的独立和能干，让沈翠英放心把钱用到更需要帮助的人身上。而媳妇的一句话"把房子留给孙子孙女，你是他们的好奶奶，把房子捐了造学校，你就是千千万万个孩子的好奶奶！"更让沈翠英感叹自己有个优秀的儿媳。婆媳俩走在路上，常被人误以为是母女。沈翠英参加的社会活动多了，媳妇会体贴地发条短信提醒她注意身体。

和其他年龄的老人一样，沈翠英也尽己所能地为小辈分忧，孙子就是她一手带大的。可是和别的老人不同的是，孙子孙女最怕这个奶奶，因为她常常"不好说话"。沈翠英反对给小孩子的衣服翻花样，"在学校一般都穿校服，孩子的身体又长得快，没必要在穿着上浪费钱"。日常消费上，只要有一点奢侈的感觉，沈翠英就会制止。小孙子也在这样的言传身教下受影响，和奶奶一起逛超市，有时沈翠英想给孩子买些什么，孩子自己会说："奶奶，太贵了"，听到这句话，沈翠英比什么都开心。

2014年，沈翠英一家作为徐汇区唯一一个家庭获评全国最美家庭提名奖，邻居们用四个字形容：实至名归。

张文菁

慈善感言：

帮助他人就是自己的人生目标，就是人生价值的体现。

胡红娣，1986 年前在纺织厂工作，企业转制后下岗，自我创业成为个体经营者。多年来投身慈善公益事业，在经受爱女意外离去的沉重打击下，依然以博大的母爱情怀，帮助更多的孩子。

自 1998 年以来，连续十多年荣获长宁区“先进个体劳动者”称号；2003 年、2004 年荣获“上海市个协巾帼建功爱心奖”；2010 年获“第四届上海慈善之星”荣誉称号。

母爱无疆　慈善无悔

从下岗女工到上海市慈善之星，胡红娣一路走得非常艰辛却无怨无悔。

1994年5月7日，上海市慈善基金会成立。那时，“慈善”还是小众词语，社会上有着不同声音，市民对参与慈善活动的热情还不高，捐款献爱心的人也并不多。但胡红娣凭着善良纯真和助人为乐的美德，悄悄地毫不张扬地收养孤儿，资助困难家庭，给不认识的困难人员送钱送物。

1986年春寒料峭的日子，28岁的纺织女工胡红娣下岗了。面对幼小的女儿，因企业效益不好收入不高的丈夫，体弱多病的公婆，“今后的日子该怎么过啊？总不能坐、等、靠、要，让别人来接济呀！”胡红娣想凭着肯吃苦能做事的韧劲，为自己和家人蹚出一条生计之路。

有做水果生意的朋友提议胡红娣经营水果，胡红娣心动了，租了一间六七平米的小店，决定开个小水果铺解燃眉之急。她的举动却在家中引起哗然。20世纪80年代，对于“个体户”人们是颇有成见的，在单位是党员领导干部的父母和姐姐都反对她干个体户，偏偏胡红娣是个犟性子，认定的事必全力以赴做好。

胡红娣用积攒下的3 000元钱，启动她的“健强水果店”。不会看杆秤，就请妹夫陪同赶到中百一店想买一台电子秤，一看标价1 700元（当时年轻职工的月收入一般在四五十元），心一下凉了半截的她打道回府啦。坐在公交车上，思来想去的还是决定买，招呼妹夫再折回中百一店，狠狠心买下了电子秤。

没有一点经营经验的胡红娣，去水果行进货又出现状况。第一次一下子就进了30箱柠檬，每箱足有四五十斤，将水果店堆放得满满当当的。朋友无奈地对她说：“你傻呀，人家进柠檬一般都是八斤、十斤的，因为顾客买柠檬，一般都是买几个的，30箱柠檬你要卖到猴年马月呀？”胡红娣一下子傻眼啦。

可能应了“天无绝人之路”这句话，就在胡红娣一筹莫展时，附近一家

大宾馆需要几十斤柠檬，而其他摊位只有少量的。他们一路寻来，发现胡红娣水果店的柠檬竟然这么多且质量上乘，立马决定购买。其他宾馆闻讯，也前来购买，30箱柠檬竟然倾巢而出，胡红娣误打误撞地获得了生意上的第一桶金。

虽然从没做过生意，但胡红娣诚实经营、热忱待客，为她赢得先机。她选新鲜多样的精品水果进店，货架上琳琅满目，最多时达到八十多个品种，一下子就能吸引顾客的购买欲，再看标价不比超市和其他店铺高，自然成为选择重点。那个年代，胡红娣是仙霞路上第一个使用电子秤的个体户，人们认为电子秤准确，加上爽快的胡红娣，对于讨价还价的顾客，总是再送上一个水果，赢得顾客的口口相传。

胡红娣的健强水果店，在仙霞路一条街上名气越来越响，生意越来越红火。很多人从胡红娣的顾客变为她的好朋友。不少顾客即使搬离了此地，还会舍近求远赶来买她的水果。有一次，一位来沪开公司的台商，在胡红娣的

热情接待购买水果的顾客

水果店买了水果后拉下了手机，直到离开很久才发现自己的手机不见了。因手机里储存了大量的人脉信息，台商着急万分。殊不知胡红娣将手机完好地保管着，正等待他的来电呢。当他从胡红娣那里取到失而复得的手机后，感激之情油然而生。一个多月后，台商又来到胡红娣的水果店，一下子订购二十只水果篮，令胡红娣颇感意外。此后，台商总是专程到胡红娣水果店订购水果，成了她的固定客户。

当然，经历的并不都是美好时光。每天，她披星戴月地拉进和卖出水果，从未睡过一个囫囵觉。不会踏三轮车的她，全靠一手扶车笼头，一手拉着车帮去水果行进货，从水果行拉到店里是两小时的路程，每当遇到爬坡和过桥，她就心里犯怵。有一次拖了四五十箱砀山梨，每箱二十多斤，捆好弄好后，拉到中山桥上桥时，却怎么也拉不上去。刚停下车想找个人帮把手，不听使唤的三轮车“突”地一下前面翘得老高，瞬间，整车的砀山梨、苹果、香蕉“哗”地都从车上滑落下来，从箱子里蹦散了出来……瞅着满地散落的水果，很多都被压烂了，胡红娣一下跌坐在桥边上，眼泪直流……流过泪的胡红娣，咬咬牙关，起身捡拢了散落的水果，照样拉着她的三轮车前行。

后来，健强水果店发展了，从仙霞路的六七平方米移师到水城路的三十多平米。水果行的人都与这位“女老板”熟识了，每次胡红娣来到前挤后拥的水果行进货，都有人愿意用小车帮她将一箱箱水果拖出来。

当胡红娣可以将三轮车骑得“飞转起来”时，当然她的生意也越来越兴旺了。有一次，一个电视剧组要拍水果店的镜头，正在街上寻觅着，突然看见健强水果店前竟然有顾客在排队，这样的场景实在难得，导演立马要求将摄像机对准了这里。

本性善良，乐于助人的胡红娣，自己生意做得风生水起，不忘厂里同样遭遇下岗的同事和小姐妹，她为他们牵线搭桥，将自己的生意经毫无保留地传授给他们。经她指导的“徒弟”们，不少人走上了富裕之路。

与弃儿车杏的故事

“看不得别人受苦”的胡红娣，起初并不了解什么是慈善，但从家训中传承的助人为乐的美德，时常在她身上熠熠生辉。

胡红娣被推荐加入长宁区个体协会任理事。1989年，仙霞街道的霞芳孤儿院发起“给孤儿一个家”的慈善活动，胡红娣随长宁区个体协会几位会员带了很多食品和学习用品到孤儿院看望孩子。可能是胡红娣面容和善易让孩子有亲近感吧，一个六七岁瘦瘦的小男孩，总是跟在她身后。胡红娣俯下身子拉着小男孩的手问他名字，小男孩说自己叫车杏。她给他巧克力和水果，他不要；又给他笔和本子，他还是摇头。胡红娣好奇地问，那你想要什么？“我要妈妈”。孩子的这一句“我要妈妈”，强烈地震撼到了她，一下触到她内心深处最柔软的角落，爱怜之情油然而生。原来车杏是弃儿，双手手指残缺。“难道就因为孩子双手有残疾，就应该遭受被遗弃的命运？”胡红娣情不自禁地问车杏：“如果我认你做儿子，你会怎样对我？”“等我长大了，我赚钱养你！”胡红娣一下将车杏紧紧地搂在怀里，热泪盈眶的她心中认定他就是自己的儿子。谁说只有血浓于水的亲情才是至高无上的？回到家，胡红娣将小车杏的情况和自己的想法向公婆和丈夫说了，善良朴实的公婆和丈夫全都赞同她的想法，才两岁多一点的女儿贝贝，更是为自己即将有一个小哥哥而兴奋。

这是一个周日，胡红娣拉下水果店的卷帘门一整天都不做生意，她踏着批发水果用的三轮车，到孤儿院带领车杏回家。当车杏看见等候着的胡红娣的丈夫曾健强时，脱口就叫了一声：“爸爸”，还说：“我想象中的爸爸就是你呀！”曾键强这位话语不多却有担当的汉子，激动得泪流满面。他先带着车杏来到大商场，为他将里里外外的衣服买遍，回到家又为车杏洗了个热水澡。

胡红娣与车杏

婆婆烧了满桌丰盛的菜肴，一家人隆重地为“儿子”车杏接风。胡红娣清楚地记得，那是一个初春的雨天，屋外还是寒意料峭，屋内却是热气腾腾。小车杏有生以来，第一次有了家的完整感觉和温暖。

从此以后，每到周五下午，车杏就被接到胡红娣家与他们共享美好时光。那时，胡红娣家很狭小，一家三代五口人住在一起，用衣柜把房间一隔为二。公公婆婆住一间“房”，胡红娣夫妻和小女儿挤一张床住另一间“房”，大床旁边还搭张小床给车杏睡觉。夫妇俩带着车杏与女儿一起玩公园、逛商场，给车杏买好吃的和他喜爱的玩具，周日晚上再送他回孤儿院。

胡红娣还隔三岔五地到孤儿院探望，了解车杏的生活状况、学习表现。福利院的孩子们都非常期待胡妈妈的到来，因为她每次总是带去很多时鲜水果给孩子们分享。自从认领了车杏后，胡红娣每月付给孤儿院500元，用于补贴车杏的生活费用，再花100元为孩子们提供水果。当时这笔费用相当于她做水果生意半个月的收入。胡红娣用平凡而又博大的母爱，将美好的童年完整地归还给车杏，让车杏重新认识了世界、认识了自己。

如今已三十出头的车杏，是崇明一所孤儿院的工作人员，他秉承着妈妈的爱心，尽己所能为这里的孩子们服务。后来胡红娣患肠癌，他会经常打电话来，与妈妈聊上几句宽慰的话，每年的母亲节他总会为妈妈送上一支康乃馨。胡红娣得知他患了胆囊炎，将要住院手术，马上赶来医院照料他。

“真的，我很爱他，真的很爱他。”胡红娣含泪的真情告白，千言万语都凝聚在一个“爱”字里，这样的“爱”，不断衍生升华为富有时代意义的大爱。

与泽郎、卓玛等藏族儿女的故事

“在繁华的上海，有一种爱一生一世不求回报，有一个人一生一世值得我们爱！”这是来自四川甘孜康定的康巴青年泽郎多杰为“老妈”胡红娣谱的歌词。泽郎在歌词中形容胡红娣像“白度母”一样善良。“白度母是观音菩萨的一滴眼泪，是善良的化身。”泽郎如是说。

胡红娣和泽郎多杰的“母子”缘分，始于2012年初。当时胡红娣作为志愿者，前往川、藏看望上海援藏干部、援建施工人员和支教老师，泽郎是随

与泽郎多杰在义乌藏吧

团的当地歌舞团演员之一。能歌善舞的泽郎给胡红娣留下了好印象：他细心懂事，关心照顾别人。之后的事情更是证明胡红娣没看错人。泽郎在大街上和地铁里多次阻止小偷行窃，有一次小偷甚至拔出尖刀威胁泽郎，毫无惧色的泽郎与小偷搏斗时，自己的皮夹却被另外一个小偷窃去，但泽郎对自己的行动一点也不后悔。

以后泽郎来到上海寻找发展机会。在一次志愿者聚会上，胡红娣得知泽郎一直没找到稳定的工作，靠摆地摊卖家乡带来的首饰为生，心里不是滋味。“小伙子正直善良，自己创业不容易，我得帮帮他。”胡红娣决定让出一间店面无偿提供泽郎经营。这间小店铺虽然仅七八平方米，但位于水城路仙霞路地区，周围小区多，人流量高。租金总在三四千元，但胡红娣却分文不收泽

胡红娣看望藏民

郎的。不仅如此，她还帮泽郎订制货架布置店面，在他回家乡进货时，帮助照看店铺。泽郎的强项是唱歌，作为长宁区个体劳动者协会仙霞分会的副会长、妇委会主任，胡红娣人脉广、信息多，她千方百计为泽郎和他的伙伴们寻找演出机会，比如公园里的歌友会、婚礼上的助兴演唱。有时因歌手多劳务费不够分，她还默默贴钱。为方便打理小店，泽郎搬到店铺附近，住房也是她帮忙找的。“老妈”不仅在事业上支持儿子，在生活上也是尽心尽力，锅碗瓢盆、床单被套，甚至连泽郎最爱吃的辣椒酱也准备妥当。

淳朴懂事的泽郎以努力做事、诚实经营回报老妈。凡到小店购买物件的顾客，他都不厌其烦地介绍商品特点，有些老人即使不买东西，他也热情地与他们聊天，还会为他们唱上几曲藏族民歌，表演一段“锅庄舞”，人们都被泽郎的热忱快乐所感染，泽郎犹如传播藏汉文化的民间使者。最近，浙江义乌一家“藏吧”请泽郎前往帮忙指导，还不时有顾客打电话询问他几时回沪，不单是为买他的货，更是因为想念他。

上海成为泽郎生命中的福地，他不但在这里结缘老妈胡红娣，还赢得一位上海姑娘的芳心，目前正在谈婚论嫁呢！如今的泽郎为自己制定的下一目标是——参加2015年的“CCTV全国青年歌唱大赛”。

并不是所有的亲情都必须是血缘凝结的，胡红娣与藏族姑娘卓玛就有着那种不似母女，胜似母女的情感。八年前，手有残疾的藏族姑娘卓玛怀揣成为一名歌唱演员的梦想，只身闯荡上海。抑或是缘分，更应该是胡红娣无私的母爱，卓玛遇到了生命中的“贵人”。

“她就像母亲一样关心我、帮助我，让我感到无比温暖。”卓玛发自肺腑地赞叹。胡红娣为卓玛联系参与社区公益活动义演、到部队为官兵们慰问演出、参加文艺团队献演，胡红娣始终叮嘱卓玛，艺术无止境，要抓住一切机

会努力学习，提高自己的艺术表演水平。卓玛缺少演出服饰，胡红娣自掏腰包为她买；卓玛演出辛苦了，胡红娣烧上一桌美味佳肴犒劳她；过春节了，胡红娣不参与父母和兄弟姐妹的除夕团圆，而是与丈夫在家专门陪伴独自在上海的卓玛一起过年。胡红娣的拿手绝活“三文鱼炒饭”，卓玛一吃就是三碗，连呼过瘾。倍感温馨的卓玛，情不自禁地对胡红娣称呼从“胡阿姨”变成“老妈”。卓玛的父亲过七十岁生日，盼望女儿能回家。打工收入很少的卓玛为此发愁，是老妈慷慨解囊花费三万多元，置办了不少礼物，亲自陪卓玛回家乡为父亲做寿。卓玛的父母都为女儿有这样一位善良热忱助人的上海阿妈由衷的高兴。

胡红娣患病住院治疗时，卓玛放弃演出，天天去医院陪伴照料。为了让老妈心情愉快早日康复，她天天在床头为老妈唱歌。不少病友羡慕胡红娣，“看你女儿多好啊！”每逢此时，胡红娣就无比欣慰。

从大山深处来到上海的卓玛，不可避免地受到现实中灯红酒绿、纸醉

胡红娣夫妇与卓玛（中）

金迷的诱惑。犹如亲生母亲一样，胡红娣时时叮嘱卓玛。有时卓玛也会嫌老妈唠叨，觉得自己有能力处理好自己的事情，母女俩也会因观点不同而发生争执。

说来人们可能不信，做了这么多年生意的胡红娣，至今竟然仍住着一室一厅的房子，不是她没钱，而是她的钱都用来帮助了别人、投入了慈善事业。有些人借了胡红娣的钱多时没归还，见到她不好意思绕着走，反是胡红娣安慰对方："没关系的，我没催你还钱。"最近她和丈夫决定将这套一室一厅的学区房，置换成学区外两室一厅的房子，不用贴钱。胡红娣有个想法：卓玛一个姑娘在外住，总是不放心，想提供个小间给卓玛住，就能对她多些关心和督促。胡红娣说："人都有梦想，每个人梦想的实现离不开良好的环境，离不开社会的帮助，更离不开一份爱。"她想为卓玛追梦增添一份正能量。

与泽郎、卓玛同样得到胡红娣帮助的藏族青年还有阿潽、陈陈、才让、玛丽娜、齐尔珍财仁等人。他们同样称呼胡红娣为老妈。

与爱女贝贝及公婆的故事

胡红娣原本有一个非常幸福美满的家。丈夫曾健强话语不多，却是力挺妻子的坚强后盾。胡红娣结婚后与公婆同住，公婆更是将这个孝敬老人、勤奋能干的媳妇视为亲生女儿。他们同住十多年从未有过口角。

胡红娣至今难以忘怀，经营水果店时，因为生意忙得不可开交，天天早出晚归，换下的衣服来不及洗，她就塞在角落里想晚上回家后再洗，谁料回到家却发现，换下的衣服已被公婆不声不响地洗好、晾晒干、叠得整整齐齐了。女儿贝贝出生后，公婆连尿布都不让她洗一块，照料孙女的事全包了。

80年代节假日电影院播放通宵电影成为时尚。有一次晚饭时，胡红娣无意中说起，想去看一场通宵电影。公婆俩立即催小俩口出门，贝贝由他们来照看。这一晚，她与丈夫仿佛回到恋爱时光，美美地浪漫了一回。胡红娣提及此事，感激中又满是歉疚："那时我真不懂事，真的会将女儿扔给公婆，和老公去看通宵电影。"

胡红娣非常感恩公婆，家中吃用开销的钱，小夫妻俩抢着承担了，让公婆将退休金积攒着；为贝贝买什么好吃的，也总有公婆的一份。那年代肯德

基是孩子的最爱，带贝贝去吃时也总是带上公婆。她时常叮嘱贝贝，有好吃的东西，一定要先敬爷爷奶奶，天真的贝贝问为什么，她就讲一些孝敬老人的故事给贝贝听。逢年过节，公婆的三个女儿带着儿女们回娘家，胡红娣就将水果店关门一天，亲自选购食材，做出一桌丰盛的佳肴招待一大家子，这个家总是被欢声笑语充盈着。

独生女儿贝贝的不幸去世，成为胡红娣心中永远的痛。一场煤气泄漏的意外事故，让胡红娣这个其乐融融的家庭瞬间崩溃。那是2002年的一个寒冬，平日生意再忙也会打电话回家与女儿、婆婆聊上几句的胡红娣，偏偏那天被一件事耽搁没打电话，倒是邻居打来电话说她家有煤气味溢出敲不开门，让她赶紧回家。夫妇俩一路狂奔，打开家门，眼前的场景让他俩惊呆了：屋内满是浓烈的煤气味，年迈的婆婆和豆蔻年华的女儿都已没有了气息。

女儿没了，胡红娣生命的一部分似乎也死去了，犹如经受着滚烫滚烫的烙铁酷刑，胡红娣痛彻心扉。她自责、她悔恨，她终日将自己关在屋内以泪洗面不愿见人。在她和丈夫最艰难的日子里，他们得到了来自社会方方面面的关爱，朋友、邻居、顾客、社区干部、个协会员，缕缕真情爱意渐渐唤回了胡红娣直面现实的勇气，她终于走出了几乎尘封三年的家。

残酷的命运夺走了她年幼的女儿，却改变不了她那颗善良的心。她将对女儿、婆婆的爱化为博大的母爱，帮助那些更需要帮助的人。这时胡红娣才发现车杏不知去向了，急忙到处打听，终于得知车杏已被安置在崇明一所孤儿院。车杏再见到胡红娣时，哭喊着扑向她的怀里。“妈妈，我以为你不要我了！”“孩子，妈妈绝不会丢下你不管的！”母子俩紧紧相拥，让人为之动容。

平凡生活中的慈善故事

长宁区个协仙霞分会1995年成立了“双拥”服务队，胡红娣是服务队的积极分子，每次有“拥军”活动，她都二话不说拉上卷帘门停业去部队。新兵到连队，衣服因胖、瘦、长、短等原因不合身，胡红娣和服务队队员们立即修改缝制。那年，40名来自贫困地区的新兵缺少替换的短裤和衬衫，胡红娣和6名女队员就自己掏钱购买布料，然后裁剪、缝制，赶在“八一”建军节前送

仙霞地区是胡红娣创业起步的地方

到部队，让新入伍的“兵儿子”们充分感受到上海“兵妈妈”的真情实意。士兵们训练多，军装磨破损坏后不能立即置换新的，胡红娣与“双拥”服务队的“兵妈妈”们，就揽下为“兵儿子”们补衣服的活计。有时需要缝补的衣服很多，当天完成不了，就带回家继续做。胡红娣缝制和修补的服装，针脚匀称，衣缝平整，“兵儿子”穿在身上舒畅温暖。

其实，胡红娣除了会做生意，生活中还是一位裁剪缝纫的好手。咋看她的穿着并不艳丽，但细看你会发现，她的衣裳以黑白灰基色棉麻面料为主打，样式合身时尚，这些都是她自己设计制作的。胡红娣颇为得意地介绍，她还会纳鞋底做鞋子，还会编织毛衣，以前读书时的女红类活都是自己打理的。

胡红娣的这些拿手活计，来源于小时候的家教。胡红娣的父母都是离休干部，她从小在部队大院长大，上有两姐姐、下有两妹妹和一个弟弟。母亲忙于工作没有时间做衣服，每年会请一位手艺出色的苏州裁缝师傅，到家来为全家人做衣服。看着一块布料在裁缝师傅手中，不大的工夫就变成一件衣服，激发了胡红娣无限的兴趣。她从撬袖口和裤脚边学起，然后学会了盘出各种花式的衣扣；上衣袖很难缝，爱琢磨的她就对准衣袖中心线，一半一半的上；再后来她学会了量尺寸和裁剪，半天就能做好一件上衣。不但裁缝师傅对她刮目相看，也吸引了姐妹们一起来做针线活。“胡家的女儿个个是针线活的好手”，很是羡慕的左邻右舍如此评价。

服装设计、缝纫的特长，现在被胡红娣用到自己的生意经营上。沪上水果大卖场如雨后春笋般涌现，对于只有小小门店的胡红娣无疑是很大的冲击，生意每况愈下。在开服装厂朋友的鼓励下，胡红娣关闭了水果店，开出“悦衣坊”服装门店。不但外销成衣，还为顾客量身定制。胡红娣隔三岔五地往返于莘庄和市区，设法拿到流行的羊绒大衣和其他外贸成衣的出样。由于她提供的样板衣新潮时尚，尺寸量得准，并能根据顾客的需求设计，服装店很快就赢得了人气，不少原来是她水果店的老顾客，随即转为服装店的新顾客。

每个人对生存价值都有不同的理解和定义，一些人注重自我实现，终其一生不断挖掘自身潜力，另一些人为财富和名誉疲于奔忙。胡红娣将帮助他人当作自己的人生目标，当作人生价值的体现。这样一种精神境界着实令人叹为观止。综观胡红娣的人生历程不难看出，她的爱心善举，她的乐于助人并非与生俱来的，而是源于其家训与父母教诲。胡红娣的父母对儿女们灌输的理念就是“不以善小而不为”、“百善孝为先”；放手让儿女学会自己的事情自己做，要求家务事情抢着做，别人求助的事情热心做。每年放暑假，父亲会将孩子们送到乡下，让他们与农民同住同吃同劳动，体验农民生活的艰辛。这样教育下的胡红娣，具备善良纯真的品质，从小就看不得别人受苦受难。

还在孩提时代，胡红娣看到父亲买了很多果品点心孝敬外婆，她就会悄悄地拿出些送到隔壁独居的阿婆家。阿婆不肯接受，小红娣就会说：“我外婆有很多吃的，这是我孝敬您的，您放心吃吧！”有一次买菜时，她在肉摊前看到一位女顾客，向摊主提出要买几毛钱的肉，摊主很为难。原来女顾客的丈夫已过世，其独自拉扯儿子，经济很困难，但儿子想吃肉。胡红娣听了很难受，掏出钱对摊主说：“给她称10块钱的肉。”她居住的门户里有一位小袁同学，父亲罹患绝症，母亲多病，胡红娣几次发现小袁在楼道里暗自垂泪，热心肠的她了解到原来小袁为钱而犯愁，立即向居民区党支部书记汇报，自己则经常五百、一千地塞给小袁钱。小袁父亲去世后，她又捐出两千元，并发动邻居，安排小袁轮流到各家吃饭，还联系到一家企业与小袁结对帮困。众人拾柴火焰高，后来小袁以优异的成绩考进华东政法大学。

长宁区原工商局局长黄琴莉印象中的胡红娣，真心待人、热心做事。但凡知道个协会员中，有人因病住院、家中老人去世、店中失窃，她都不遗余力捐款。“三五百块，大的忙帮不了，聊表一下心意，算是一种安慰吧。”这是胡红娣的口头禅。看上去大大咧咧的胡红娣，对自己做的好事善事却从不张扬。黄琴莉说，胡红娣被评为“上海慈善之星”之前，他们并不了解很多她的善行义举，是由她收养车杏的孤儿院推荐，媒体几经寻找并报道后，他们这才得知本区的个协会员胡红娣竟然为社会做了这么多善事。

胡红娣店铺周边的集贸市场，有不少来自五湖四海的个体户，经常为孩子上学和就业的事发愁，只要胡红娣得知，就会四处奔波帮助解决困难。胡红娣居住地是水霞居民区，每当居委会组织大型为民服务活动，她总是动用自己的人脉资源，请来律师、心理师、医生、金融人员等，为居民提供多方位的服务。敬老节时胡红娣请自己的一群藏族儿女为老人们表演歌舞。胡红娣有两位忘年交，是相处了几十年的好朋友，那就是被她称为“谷爷爷、唐阿婆”的老夫妻俩。这对七十多岁的老夫妻都是从航天局退休的科技人员，每晚散步经过她的水果店，都会停下脚步，与胡红娣聊上几句。他们很赞赏小胡的热忱诚实，而胡红娣很敬重有知识有文化的人，一来二去就成了好朋友。胡红娣夫妇生意很忙，女儿贝贝放学后，就经常请谷爷爷、唐阿婆帮忙照看一下，并督促辅导贝贝的作业。谷爷爷、唐阿婆不但尽心尽职辅导，还让贝贝吃好晚饭回家，贝贝在谷家的时光非常快乐。胡红娣一直铭记着谷爷爷、唐阿婆曾经给予的帮助。她忙中偷闲编织围巾、羊毛裤等送给两位老人，既好看又保暖，老人不舍得穿珍藏着。她还会经常带着水果和营养品上门看望老人，与他们拉拉家常。

胡红娣自己都忘了有多少次到市慈善基金会捐款。2008年汶川大地震后，她到市慈善基金会捐款两万元，听说灾区很多孩子成了孤儿，她又继续捐了六千元，并申请领养两名孤儿。长宁区个协每次举办诸如帮助贫困母亲、抗洪救灾、希望工程、为西部地区打水井等捐款活动，她都带头参与。仙霞新村街道为两名特困家庭孩子成立教育基金，她除了自己捐款外，还发动居民一起参与；居委会组建敬老院，她又热心响应。

许多事许多人，在漫长岁月中被时间悄然改变，但胡红娣的命运，始终与“慈善”连在一起，牵扯不断。从投身慈善到现在，她被问得最多的问题是这两句：“你会不会被骗了？”“你这样做是不是太傻了？”面对他人的质疑或不理解，胡红娣也曾有过纠结和痛苦，但每当看到因自己的爱心付出为别人减轻了困难，每当看到全社会投入慈善的人和公益组织越来越多，就更加坚定了信念。在胡红娣的身上，有着许多做慈善的人们所共有的特点：执着。

2014年4月的一天，胡红娣应上海人民广播电台之邀接受访谈。因时间有点晚，她打了辆出租车，在车上还不时看手表，善解人意的司机了解到她是赶到电台做慈善节目的，不禁说道自己还在读中学的儿子有一位张姓同学，

父亲已去世，母亲病重，很需要得到社会的关爱与帮助。胡红娣毫不犹豫地承诺愿意资助他，她要来了小张同学的联系电话，准备过几天就上门探访。

慈善，是一种自发的精神与品质，就好比盛开在黑暗中洁白的花朵，纯洁、高尚、默默无闻却芬芳依旧。从1989年胡红娣收养车杏起，她与车杏结下的不仅仅是母子之缘，这个“缘”又开启了她心中的大爱之门，用胡红娣的话说就是“收养了车杏，对以后投身做慈善心里有底了，也更愿意去做了。”

现在的胡红娣思索的是：如何将个人有限的力量来带动更多的人，用众人的力量向现代慈善的理念上靠拢。她有一个心愿，想在上海开办一家具有西域风情特色的“藏吧”，为那些来上海求发展的藏族青年和上海的残疾青年提供就业机会，她正在寻找合适的房子。趁着泽郎在义乌指导“藏吧”的机会，她特地赶去学习求教。

授人以鱼不如授人以渔，已经“奔六”的胡红娣，别无所求，唯一所求就是为年轻人创造一点实现人生梦想的基础，引领他们从“小我”，走向“大我”，让慈善事业薪火相传。

张林凤

慈善感言：

救人一命，胜造七级浮屠。

顾明仙，出生于1954年1月，中共党员，大专毕业。曾任南汇县果园乡副乡长、南汇区劳动保障局党委组织委员、南汇区民政局副局长，退休后继任上海市慈善基金会南汇区分会秘书长、上海市慈善基金会浦东新区分会副会长。

1986年获得上海市三八红旗手称号、当上全国人大代表，2009年被评为第四届上海市“慈善之星”。2007年实施的市政府实事“白内障贫困患者免费实施复明手术”项目获得先进集体称号，2001—2007年其组织的上海市“困难妇女健康实事项目”获得优秀组织奖等。

行善是快乐的

顾明仙出身在南汇果园乡一个普通农民家庭，父母育有六个子女，顾明仙排行老三。父母虽然文化程度不高，可是家教很有分寸，经常提醒子女做什么事情都要“多做善事，常帮别人”，这也是顾氏家族的家训。

幼年时，顾明仙看到母亲孝敬长辈，经常对爷爷奶奶问暖问寒，做什么好吃的，第一先请爷爷奶奶品尝，母亲耐心细致地将爷爷奶奶伺候到临终。在三年自然灾害期间，母亲听说邻居家生孩子，没有吃的，就将自家的大米节省下送给了他们。看到饿着肚子的顾明仙和兄妹们露出的疑惑的神情，母亲耐心地教育说：“家里的口粮确实很不充裕，但我们可以用野菜充饥。生孩子的妈妈更需要粮食，她没有粮食吃，就没有奶水，没有奶水，孩子就养不活。”母亲的行动，让顾明仙明白了助人帮人的道理。

顾明仙的父亲也是一位大善人。三九严寒的一天，一位上了年纪的乞丐光着脚丫上门乞讨，父亲看到后，立即送上一大碗热乎乎的饭，还毫不犹豫地把自己脚上穿着的一双新袜子脱下，给了乞讨者。顾明仙问父亲：“你将袜子给了他，你冷了这么办”？父亲笑着说：“我有家可以想办法解决，乞丐无家可归，比我们可怜啊。”

顾明仙全家

顾明仙父母行善没有“高大上”的豪言壮语，可是常把“多做善事，常帮别人”放在嘴边，也落实在行动中。普通农民家庭中点点滴滴的善举，给子女心灵留下了深刻的印象。长大后的顾明仙在邻居之间、亲朋好友之间、素不相识人之间，只要看到别人困难，凡她有能力的，总会伸出援助之手。

顾氏家族的家训得到很好的回报，村民羡慕地说："顾家父母没有文化，很平凡，也没有什么特别，可是他们家的几个子女都培养得相当不错。"

土生土长的女乡长

1969年，顾明仙初中毕业后，回到家乡南汇果园村务农，接受贫下中农再教育。

生产队队长老蔡分配她与知青小罗承担生产队养鸡场的任务。两个黄毛丫头要承接饲养2万只小鸡仔的任务，村里人都投来了怀疑的目光，"看你们能养活多少只鸡"。农家出身的顾明仙看到过父母和邻居养鸡，知道一些皮毛，自信地对小罗说："只要掌握室温、密度、饲料、观察、防疫等重要的环节，不怕鸡养不活。"有时小罗要回上海探亲，顾明仙就一个人坚守鸡棚守夜。功夫不负有心人，她们饲养的鸡存活率达到99%。

鸡存活了，长大了，顾明仙和小罗开着拖拉机，载着成筐的活鸡，到杨浦区五角场农副产品集贸市场交易，不一会儿活鸡全部售完，扣去成本每只鸡获利一元，她们净收入达2万元。2万元，在70年代是一个相当大的数目，生产队长老蔡兴奋地说："我这辈子还没有看到这么多钱。"为奖励她们，年底分红时，顾明仙和小罗拿到全村最高的680元报酬。

养鸡成功的顾明仙名声大振，村民同声呼吁她出任村团支部书记，经民主选举、上级领导批准，18岁的顾明仙顺利地当上了村团支部书记。后来组织上又提升她为果园乡镇人民公社党委委员、团委书记。

20世纪70年代，农业生产由人民公社统一计划种植、统一分配。虽然计划统一、分配统一，但是各村农民的收入还是存在差异，农业生产好的收入就多一些，农业生产欠收的就很可怜，要靠公社贴补才能维持生活。果园乡四汇村按照公社指定以种植苹果为主，可南方的土质并不适宜种苹果树，所以每年收获季节，苹果树只长叶子，不结果实，收成相当差。农民收入微薄，村委班子一筹莫展。为解决四汇村农业生产上的老大难问题，乡领导委派团委书记顾明仙到四汇村蹲点，协助村干部抓农业生产。在调查研究的基础上，顾明仙了解到苹果树适合在干旱土质上种植，而当地土质水分多不易种植苹果树。她想改变种植计划。

在行政命令强势的年代，要改变种植计划谈何容易，搞不好会扣上一顶政治帽子。农民的利益高于一切，顾明仙顾不了那么多，她说："就是不当团委书记，也要改变种植计划。"顾明仙邀请奉贤五四农场协助，用推土机将1 000万颗苹果树拔掉，改种水蜜桃和药草。她的举措受到不少人的质疑。顾明仙说："有没有成效，到收获季节就见分晓了。"实践给了反对者很好的回答，当年种植的水蜜桃和药草，当年就获得产值利润20万元，第二年更是高达到100多万元。改变种植方向，摘掉了农民贫穷的帽子，从此顾明仙名声大振，成为上海郊区唯一一位抓农副业生产的副乡长。

临海的南汇县海盐度比较低，能否在微咸水区域饲养对虾，一直是人们感到疑虑的老问题。南汇部分乡镇曾经试养过对虾，但由于管理不善屡遭失败，"南汇不能养对虾"的看法似乎日趋肯定。1986年，县领导要顾明仙探求养对虾途径，开辟致富新门路。同时县领导也下发狠话："如试验养对虾成功，我们召开现场会嘉奖你，如试验失败，就撤你的职务，回家养猪去。"

顾明仙领到沉甸甸的军令状，丝毫不敢懈怠，她与科技人员共同研究，先从奉贤对虾育苗场取回体长4厘米的大规格虾苗60尾，置于南汇水塘的网箱内试验观察，发现虾苗可以逐步适应水质，不仅摄食、游动正常，而且能正常蜕皮，试验证明了南汇海盐度低的水面中也能饲养对虾。

于是顾明仙带领农民日夜奋战，围垦了三千亩虾塘，大规模地养殖东方明虾，做到当年围垦、当年养殖、当年出口创外汇。顾明仙没有辜负领导和群众的期盼，实现了在微咸水中养对虾的目标，为农民致富打响了第一炮。县领导也没有食言，在海边的对虾塘旁为她召开了庆功会，颁发奖金5 000元和一条毛毯。记者还专门为她写了一篇通讯报道《浪击南沙，走向滩涂的女人》，顾明仙享受到成功的喜悦。

俗话说，"做女人难，做女能人更难"。长期以来，农业生产领域一直以男性为主，当全市唯一一名抓农副业生产的女副乡长工作出彩时，势必会遭到某些人的性别歧视。一位妒忌性较强的男性领导，写了一封人民来信寄到纪委，把领导颁发的奖金说成是顾明仙的"受贿现象"……后经组织调查根本不是这么回事，还了顾明仙一个清白。

"是金子放在哪里都发光"。后来顾明仙被调任到南汇县劳动保障局任党委组织委员、尔后又任南汇区老龄委副主任、民政局副局长。有人为她惋惜，一位抓农副业生产的好乡长转行太可惜了；也有人怀疑，一张白纸的她能否搞好民政、慈善工作。顾明仙说："只要心中装着老百姓，业务不熟可以学习，困难再大也能克服。"

敢于担当的女局长

顾明仙调入区民政局担任副局长，分管低保救灾救济、社会福利等工作。她以"忧民之所忧、乐民之所乐"为工作的宗旨，不搞"花架子"，崇尚实干和有效，与同事们一起默默地保障好群众特别是困难群众的基本生活权利，用实际行动诠释了一名共产党的高尚情操。

南汇惠南镇有一家普通的三口之家，丈夫叫沈龙弟、妻子叫蔡川英，他们有一个女儿丽丽，虽然家庭不富裕，但是因为有了可爱活泼的女儿，生活还是比较快乐的。一次，妈妈在给女儿洗澡时发现她脊椎是侧弯的，夫妻两人立即赶到医院给女儿检查。医生说："你的女儿患了先天性脊椎病，从病灶看脊椎已呈S型了，倾斜四十度左右，如果不及时治疗可能会变为驼背，也有可能压迫神经变为瘫痪。"当时沈龙弟得了肝炎正在家休养，全家靠妻子每月打杂工维持生活，家庭年总收入仅在6 000元左右，要支付丽丽这笔昂贵的医疗费真是天方夜谭！沈龙弟不甘心，着急地说："我是木工，可以给女儿做一个支架，让她的脊椎直起来。"可是这种做法根本不科学，行不通，一家人为女儿的病左右为难。

为寻找给女儿治病的希望，一家人顶着39度的高温，贸然找到区民政局，寻求帮助。顾明仙对自己有一个规定：对群众来访，自己手头的工作再繁忙，也要放下，热情接待。在接待室里她一面给丽丽一家人倒水，一面请他们坐下，母亲蔡川英含泪讲述着家庭经济情况，和女儿的病情。活泼可爱的丽丽十分渴望地对顾明仙说："阿姨，我想站直，我想跳舞，我想和小朋友们一起玩。你们给我治好病，我会报答你们的。"在座所有的人听了，心里都非常难受。顾明仙亲切地抚摸着丽丽的头说："阿姨会帮助你站起来的。"她对蔡川英夫妇说："你们家庭经济条件我知道了，等了解情况后会帮助你们解决的。"

等摸清丽丽的家庭情况属实后，顾明仙立即实施政府的民心工程，先给他们办理困难家庭“低保卡”，又帮助丽丽设计治疗方案。在上海市慈善基金会的牵线下，顾明仙还争取到美国儿童拯救基金会的一笔资助，并落实了上海儿童医学中心作为治疗医院。

治疗采用了目前国内很少使用的高端技术，以延长生长捧的技术保证孩子背柱畸形控制和治疗，并通过器械装置来维持矫正背柱，促进其正常发育。在整个治疗过程中，丽丽表现十分出色，虽然开刀的刀疤有一尺多长，但她开刀时和开刀后咬破嘴唇，也不喊一声疼，即使泪水在眼眶里打转，她也没有哭出声来。手术第二天顾明仙就买了营养品去看望丽丽，顾明仙问她：“疼不疼？”她说：“还好，我要坚持下去，不会和其他小朋友一样大哭大叫的。”等丽丽出院后，顾明仙又到家里探望，送去毛衣和学习用品，丽丽感激地唤顾明仙为“顾妈妈”。后来政府继续资助丽丽做了12次手术，现在丽丽已经完全康复，像正常小朋友一样能唱歌跳舞了。

丽丽治愈后，顾明仙心里的一块大石头也落地了，她感到无与伦比的成

看望获医疗资助的丽丽

就感和快乐。

勇于突破的秘书长

推进慈善事业的发展，就是推进社会文明的进步。2002年4月，顾明仙着手筹建上海市慈善基金会南汇办事处。2004年，办事处翻牌成立上海市慈善基金会南汇分会，由民政局副局长顾明仙兼任上海市慈善基金会南汇分会秘书长。南汇分会是全市19个区县中成立慈善组织比较晚的一个，分会刚起步时，由于传统观念的束缚和慈善意识的薄弱，一度慈善工作很难展开。为走出“瓶颈”，发展南汇慈善事业，顾明仙立即进行宣传“攻势”和组织队伍建设。

每年开展的“蓝天下的至爱”新年慈善募捐活动，顾明仙与区文明办和相关单位出谋划策，制定方案，让每年的新年慈善募捐活动都有新面目。如以“携手慈善 共建和谐”为主题的新年慈善募捐活动连续举办了三次，在一曲“蓝天下的至爱”的音乐声中，南汇区四套班子的领导率先上台捐款，近300多家区政府机关、镇、企事业单位也跟着捐款献爱心。三届“蓝天下的至爱”下来，参加募捐的人数达10万余人，慈善基金会南汇分会共募集到捐款78 000多万余元，所有这些款项全部用于本区的安老、扶幼、助学、济困等慈善事业。

顾明仙还常常与同事们深入企业进行劝募游说，可是经常会“吃闭门羹”。为了激发各镇募捐工作的积极性，顾明仙又提出了“谁募捐，谁使用”的募捐机制，这样一来极大地推动了南汇募捐工作，分会从成立第一年筹集资金仅100多万元，到如今慈善基金总额达到了近2亿元，列居全市19个区县慈善分会的前列。

情系百姓，办实事做好事解难事

顾明仙是一个有求必应的“好心人”，她的手机一天24小时开着，成了困难老百姓的热线电话。多年来，她深入基层，走村入户，访贫问苦，在她的精心组织和协调下，南汇分会围绕“安老、扶幼、助学、济困”的慈善宗

旨，上下联动开展了35个救助项目，创造了许多“第一”。

第一个实现全区贫困白内障老人复明手术全覆盖。“关爱老人、携手复明”项目自2002年至今，分会共投入了近800万元的资金，为区内3 000多名贫困而无医保的白内障老人免费实施了复明手术。当顾明仙探望这些老人时，老人们都激动地说，他们盼这一天已好久了，如今总算能重见光明，感谢党和政府的关心。黄路镇幸福村82岁的倪荣根老人高兴地说：“我的右眼是5年前在光明医院开刀的，现在视力很好，今年又要开左眼，谢谢政府和医生对我们的关心。”家住芦潮港镇外中村96岁的顾玉珍，刚做完手术，顾明仙来访时她还显得有些疲惫，但还是非常兴奋地说：“手术很顺利，开刀之后我心里很是愉快，真是要好好感激党和政府啊！”顾明仙倡导的这一项目被授予市政府实事项目“白内障患者免费实施复明手术”。

南汇区还是第一个实施四个慈善项目的地方，四个慈善项目即农村合作

看望白内障复明老人

医疗项目、为城乡低保老人送平安保险项目、万名老人足浴情和万名老人快乐游。对于“农村合作医疗项目”，实施对大重病慈善救助，如针对当年参加农村合作医疗、患大重病的农村低保、低收入人群，救助标准为：实际自负超过1万元的，给予1 000元救助；实际自负超过1.5万元的，给予1 500元救助；实际自负超过2万元的，给予2 000元救助。虽然不能给予全部或大部分的救助，但对没有分文医药费报销的农民来说，已经是旱田淋甘露了，农民们奔走相告。顾明仙还会同其他领导一起走访慰问白血病患者、尿毒症患者，并送上慰问金，鼓励患者要勇敢面对生活。“农村合作医疗项目”已经使3万余人获益。

“困难老人快乐游”项目，是针对南汇户籍的60周岁至80周岁很少有机会外出的困难老年人的。上海市慈善基金会南汇分会已先后组织困难老人前往上海市区的外滩、南京路步行街、洋山深水港、鲜花港、临港滴水湖，以及杭州游玩，在游玩中让困难老人共享改革开放的成果。该项目累计6万人

鼓励潘女士自食其力

次受益。

顾明仙与智残儿童

开展“困难老人足浴情”项目，缘于顾明仙的一次偶然发现。一天她到敬老院慰问，发现老人的脚趾甲又长又厚，有的将棉鞋都戳破了，于是顾明仙就提出开展“困难老人足浴情”项目，委托南汇老年保健服务中心负责，聘请专业扦脚师一年三次到各镇为老年人服务，还细心地为足浴老人每人送上一双袜子。该项目累计7万多人次受益。

“城乡低保老人送平安保险项目”于2008年推广，这项活动每份20元保险费，可得最高理赔金达2万元，实实在在为老人解决后顾之忧。该项目累计2万7千多人受益。

这一个个“第一”，是顾明仙与同行们捧出的一颗颗爱心，温暖了农村弱势群体的心房，也扶正了社会大环境的正气，其影响力是广泛而深远的。

此外，她第一个率先开展了“内脏器官移植慈善救助”项目。顾明仙发现南汇年轻人患肾病、心脏病的有不少，有的因家庭经济困难失去了治疗机会，有的将动拆迁房子款用来治病，家庭因此贫困潦倒。为救助这些青年人，让他们获得第二次生命，顾明仙与基金会的同仁们推出“内脏器官移植慈善救助”项目，先后救助了20多位青年人。还多次与区合管办协调出台了“为农村低保人员垫付住院费用”的实施办案，低保家庭凭着慈善医疗卡可以先看病，据统计共向困难人群发放慈善医疗卡3.3万张。

顾明仙与她的团队还为全区90岁老人发放藤椅8 810把，为95岁以上的老人上门免费理发，为百岁老送上轮椅1 000辆。

多年来，在顾明仙的精心组织和带动下，南汇分会的慈善工作成效显著，累计募集基金近2亿多元，名列全市各区县前茅。开展35个救助项目，累计出资8 000多万元，使20多万人次的困难群众直接受益。

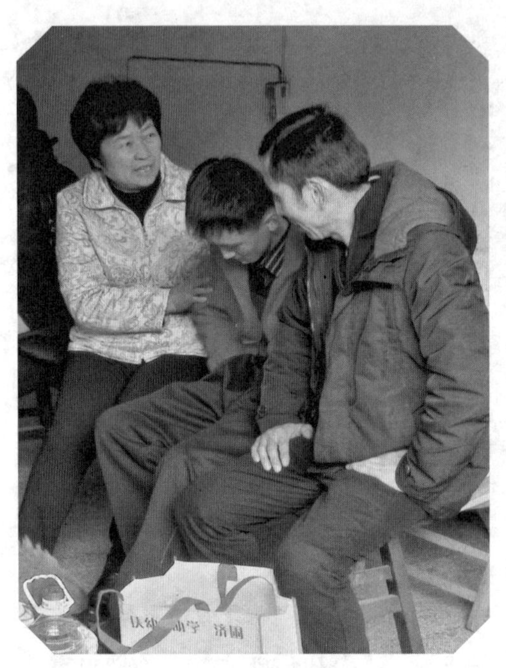

关心有心脏病的小金

上善若水，厚德载物。2009年5月，南汇正式并入浦东，顾明仙也由南汇慈善基金会秘书长，提升为上海市慈善基金会浦东新区分会副会长，她将慈善救助的舞台做得更加大，创新思路更加活跃。

唐先生被上海复旦大学肿瘤医院确诊为难治性霍奇金淋巴瘤，在治疗过程中不仅花光了家中所有的积蓄，还欠下了大批外债。得知唐先生的病情后，顾明仙即向上海市慈善基金会申请了爱心雅集大重病慈善救助专项基金，及时送去了1万元的爱心救助款。感动得唐先生送给顾明仙一面锦旗——“雪中送炭，帮困扶危”。

潘女士，10年前丈夫病故，自己又得了类风湿关节炎和股骨头坏死疾病，家庭经济相当困难。儿子考入大学后，以贷款的方式完成学业，毕业后由于欠银行贷款4万元，按照有关规定“没有归还贷款是不能拿毕业证书”，所以儿子拿不到大学毕业证书，这也意味着他无法找工作。顾明仙得知后，联系企业资助，帮助潘女士的儿子还清贷款，找到了工作，还资助潘女士治了病。潘女士感恩基金会，亲自做了拖鞋送来表示谢意。顾明仙发现潘女士有做拖鞋的手艺，就将她做的拖鞋放到慈善超市义卖，每年可得2 000元左右，聊补生活之困。

小金是智残儿童，顾明仙不仅帮助治好了他的心脏病，还送他到南汇智残学校读书，让他掌握了基本知识，找到简单的工作，解决了生存问题。有了经济收入的小金，后来与一起工作的女青年结了婚。小金父母见到顾明仙眼含热泪地说：“是你给了我儿子第二次生命，谢谢大善人！”

每年元旦春节期间，顾明仙和她的同事们都要看望慰问困难家庭，送上慰问品和慰问金。

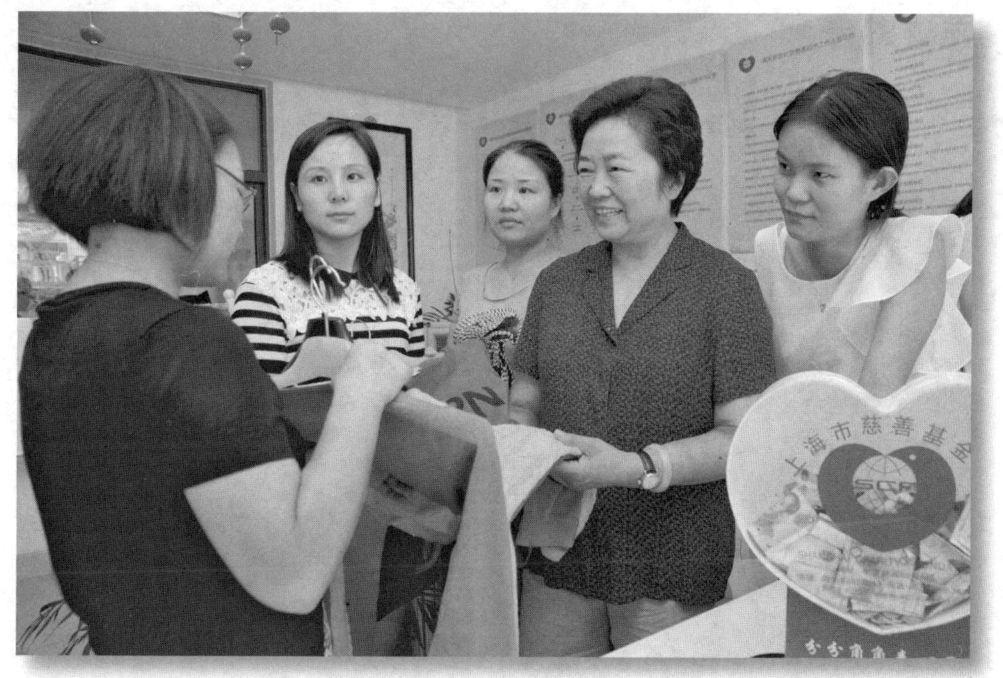

顾明仙在慈善超市了解出售情况

帮困助学也是顾明仙慈善工作中的亮点。上海市慈善基金会有个低龄儿童“手拉手”帮困结对活动，顾明仙就针对南汇低保家庭的实际情况，制定了“低保家庭孩子升学奖励”制。该制度对考入高中的低保家庭孩子每年给予2 500元奖励，考入大专一次性奖励3 000元，考入大学一次性奖励5 000元，很大程度上解决了这些孩子的升学经费问题。顾明仙还积极鼓励这些孩子勤工俭学。

她和基金会还向民工子弟学校学生和孤残儿童捐赠跑鞋，组织浦东贫困学生参加“走进中国大飞机”的夏令营活动，并发动机关、企业、外籍人士和社会各界人士捐款助学了近万名贫困学生。

顾明仙经常说：“我做慈善很平凡、很快乐，取得的成绩要归功于整个从事慈善工作的团队，只有大家携手共进，才能创造慈善事业更加发展的明天。”

李汉琳

慈善感言：

身残志坚，奉献大爱，坐着轮椅带孩子们飞。

黄吉人，1943年出生在一个教师之家。当了42年教师，在上海市市南中学退休后，开展“智力助残”工作，为残疾人子女和残疾青少年义务助教。获得四十多种荣誉称号。2014年5月荣获“全国助残先进个人”。

授人以鱼，不如授人以渔

我走进她的房间，只见她端坐在靠窗的写字台旁边，满脸微笑地迎接我，与她住一起的哥哥送来茶、水果。于是，我们享受着窗外吹来的习习凉风，品尝着香片，面对面地说起话来。她说话柔柔的，语速偶而会加快，脸上细细的皱纹里含着暖意。

我手里捧着黄吉人刚刚送的画册《希望与爱心同行——黄浦“智力助残”团队十五年（1999年6月—2014年6月）》2辑，边看边听。黄吉人就好像大姐姐一样地将画册中的故事娓娓道来，完全把自己置身在外，我听了半天，脑子里全是她学生及其家长、同事的故事，那么她——黄吉人躲哪儿去了呢？别着急，听我慢慢道来——她不说，我可以自己找呀！

艰难而快乐的学校生活

黄吉人祖籍是安徽，可是她于1943年出生在四川省青木关，那时其父亲随教育部撤退到四川省，母亲也就跟来，在那儿生下了她。

1943年正是抗日战争中，医疗条件不甚好。1944年的一天，小吉人突然发高烧，母亲抱着她到处求医问药，最后还是没治好，得了小儿麻痹症，双下肢瘫痪。那时小吉人还小，根本不懂大人的心，母亲整天抱着她，泪流满面：孩子，将来我们百年后，你可怎么办呢？

小吉人不会说话，可是会笑，看到母亲慈祥的面容，就冲着她笑。看到女儿的笑脸，母亲的心就舒服了不少，心想：天生我才必有用。我们一定要把她培养成对人类有用的人。

黄吉人原来不叫这个名字，得病后，父亲给她改名：黄吉人。说吉人天相啊。那时，黄吉人才一岁半。

1945年抗日战争胜利后，全家从四川到南京，1948年举家到上海，父亲在大学、中学教书，母亲在小学任教。父亲最后从市南中学退休，哥哥也曾就读市南中学，看来黄吉人一家与市南中学很有缘份啊。

黄吉人渐渐长大，腿不能走，可以用手来帮助呀。她看见放在墙角的小板凳，心里可高兴了，这下子我能够走了！别看她人小，脑子可灵活呢。母亲帮她把小板凳拿过来，她马上将手放上去，小板凳往前轻轻地"走一步"，黄吉人也跟着"走一步"，没走几步，脑门上的汗珠就滴下来了，母亲心疼女儿："吉人，休息休息吧。"

"不行，说不定将来我就靠它来'走路'呢。"

"妈妈来帮帮你吧！"母亲站起身，刚要过去，小吉人摇摇头，示意不要。知女儿者，莫过于母亲，她明白女儿的心，默默地在一旁，关注着女儿如何艰难地"走路"……

"书籍是全世界的营养品。生活里没有书籍，就好像没有阳光；智慧里没有书籍，就好像鸟儿没有翅膀。"莎士比亚如是说。

文化是一种力量，文化是一种情怀，文化是一种影响，文化是一种温暖。

作为知识分子的父母，深深地懂得这个道理。于是他们教小吉人读书的方法，如何查词典，如何将好的句子背下来，或者记在本子里……还借来一些书，有小说、历史、传记文学等。她最喜欢三本书：一是词典，一碰到弄不懂的字，马上查词典，接着在脑海里刻下一道痕迹，牢牢记住；还有就是前苏联小说《真正的人》和《钢铁是怎样炼成的》。特别是前者，书中的主人翁是一位苏联飞行员，因飞机失事，在荒无人烟的冰天雪地里，靠着求生的欲望，整整爬了三天才获救，生命是保存了，冻坏的双腿却不得不截掉。最后，凭着顽强的毅力，他苦苦锻炼，扔掉双拐，重新驾驶着心爱的飞机飞上蓝天。"无脚飞

黄家1950年照片 前排左一为黄吉人

将军”的故事深深地打动黄吉人的心灵，一路陪伴她的成长。每每遇到挫折与困难时，黄吉人眼前就会出现“无脚飞将军”的形象，她暗下决心：“要坚强！不要气馁！一定会成功！”

经过无数次的跌倒爬起，不知流了多少汗水和泪水，12岁那年，黄吉人终于能够撑着双拐站起来行走，她走过床边、走过衣柜、走过桌子，走啊，走啊，快到大门口了，快，抬起左脚，再抬起右脚，哇，我走出家门了，看天，天上的太阳公公像红灯笼挂着，正张开翅膀迎接她呢；看地，璀璨绚丽的树木花草正对着她微笑呢……一切都那么美好！我现在要做的第一件事，就是上学，要像其他小朋友一样，背上小书包上学去。此时的黄吉人就像大人一样计划着自己的人生。

可是现实是残酷的，面对一个残疾的小姑娘，学校的大门一扇扇地在黄吉人面前无情地关上。“我要上学，我要上学——”她大声地呼唤着，趴在桌上嚎啕大哭起来，当睁开泪眼，看到挂在墙上的毛主席像时，她立即擦干眼泪，拿出纸和笔。她要写信，要写给敬爱的毛主席，他是人民的大救星，一定能让她上学的。

黄吉人在信里写了自己的遭遇，渴望能上学……她写啊，写啊，用笔种着自己的地，自己的梦想……

信发出后，黄吉人天天在等回音，心里的焦急，使她不思茶饭，坐立不

高中时代与父母和两位哥哥

安。终于，好消息从天而降，中央把信转到她所在的区教育局，区教育局安排她到蓬莱区中心小学，根据黄吉人的文化水平，跟班读小学五年级。

黄吉人十分珍惜这来之不易的读书机会，上课专心听，下课认真地整理笔记，有时，还会给父母朗诵语文课本里的文章，一家人其乐融融，晚上在居民楼里，就数他们家的灯最后熄灭。

两年后，黄吉人以高分考入市八女中。

这个学校可以寄宿，对于健康人来说，不会碰到什么困难，可是对于像黄吉人这样的同学来讲，往往会碰到许多意想不到的问题。走路、上楼梯、拿饭、上厕所、洗澡……但在黄吉人的眼中，只要自己比别人多花点时间，这些事情都能够做好，况且还有这么多的同学、老师，都会伸出援助之手。她以更多的精力用在学习上，成绩往往名列前茅。由于黄吉人在各方面都表现得非常优秀，被选为校团委宣传部的负责人，到学校一问“谁是黄吉人？”每个人都会回答你，人人都会竖起大拇指，誉满全校啊！

当了一名光荣的人民教师

受到家庭的熏陶，黄吉人从小就向往当一名人民教师，做人类灵魂的工程师。

教师就好像一只小舟，在大风大浪里，满载着知识和力量，驶进一个个孩子心灵的港湾……

高中毕业，同学们拿着志愿表，三三两两地围成一堆，热烈地讨论准备报考哪个大学，黄吉人毫不犹豫地将第一志愿写上：华东师范大学。

体检时，有关方面认为黄吉人是双下肢残疾，不能参加高考。对于年轻的黄吉人来说，这可是致命打击，自己的梦想破灭了，难道以后只能做个待业青年吗？别着急，吉人自有吉人相！车到山前疑无路，柳暗花明又一村。她的母校——市八女中，向她伸出可爱翠绿的橄榄枝，问：是否愿意到学校担任代课老师？愿意！当然愿意！一百个愿意！虽然是代课，但毕竟是当老师啊，这是她梦寐以求的理想。

学校知道她刚刚高中毕业，完全没有教学经验，也没有教学基础，特地让她跟一位老教师学习如何备课、教课、批作业等等。1963年才20岁的黄吉

人，一边学习，一边走上三尺讲台，开始了教师生涯，她心里充满了幸福、装满了欢乐，脸上天天布满了笑容。

一年后，黄吉人多了一次选择，市八女中领导问她，是愿意继续留在本校当代课老师，还是愿意到一所民办中学成为正式老师？那时候，民办中学的口碑不好，在人们印象中，那儿都是些差生，或者历年考不上学校的人，而且校风也不灵。黄吉人认真考虑，再与父母商量后，决定当一名正式老师。

以后，她从新义中学，到大境中学，到尚文中学，最后到市南中学，一直到退休。

“文化大革命”中，学校停课闹革命，由于没人管，学生们简直是无法无天，到处闯祸。眼睁睁地看着孩子们一天天变坏，黄吉人真是着急，怎么办？怎么办？

1973年黄吉人在大境中学任教，看到男同学们分成两派，一说不上话就打架。如果是正规的“打架”，在体育比赛项目里叫“摔跤”，那么何不让他

主持主题演讲比赛

们进行体育锻炼呢？何况现在有的是时间。平时黄吉人都是撑双拐走路，记得第一次到大境中学上课时就受到同学的讽刺，说："老有噱头的嘛？"意思你撑着拐杖来上课，与别的老师不一样。可是过了一会儿，教室里慢慢安静下来，同学们被她生动活泼的课吸引住了。

为了带领同学们跑步、打球，黄吉人放下双拐，坐上残疾人手摇车，学生们跑到哪里，她就摇到哪里。清晨，在学校附近的马路上，常常看到学生在前面跑，黄吉人在后面摇着轮椅努力地赶着，虽然手摇得很酸，可是心里却是甜蜜蜜的。有的同学体力不支，落在后面，黄吉人就会停在那个同学旁边，轻轻地鼓励："坚持，坚持就是胜利！"受到鼓励的同学，好像注射了一枚强心针，双手挥动，脚步加快，跑到终点时，同学们报以热烈的掌声。

操场上到处听得到"黄老师，黄老师！"的喊声。同学们变好了，再也不打群架了，黄吉人看在眼里，喜在心里。可不是吗，孩子心灵都是纯洁的，就看你怎么教育了。

粉碎"四人帮"，学校恢复少先队工作，此时，黄吉人调到尚文中学任教，她订了许多报刊，看到一篇关于科学的文章，受到启发，组织一次科普活动："社会主义好——先锋号火箭环球旅行"，让学生们广泛阅读、搜集资料、组织表演，用各种形式受到科普教育。

忘记过去，就意味着背叛。我们今天的幸福生活从哪里来的？是革命先辈抛头颅、洒热血换来的。黄吉人深深知道，光讲大道理是不行的，要用形象教育。清明节那天，她会带着学生们到龙华烈士公墓，在松柏环绕的先烈墓前，黄吉人给大家讲烈士们生动的故事，同学们都被感动了。

在都市长大的孩子没有见过大海，只有在电影里才见过。一次，黄吉人上课时说："前苏联有个伟大文学家，叫高尔基，他写过一篇散文《海燕》，写得棒极了，最后一句是：'让暴风雨来得更猛烈些吧！'同学们如果感兴趣，可以去找来读一读。"看见同学们都在仔细地听着，她清了清嗓子，继续说："为什么我要讲这些呢？因为我要带你们去看海！"话音未落，教室里已一片欢腾，"我们要去看海了！我们要去看海了！"

黄老师带着同学们一路说笑着来到金山石化总厂的海边。海风轻轻地吹着，烈日下的海面，呈现出柔和的灰蓝色，像无限伸展的动荡的薄绸，波动着耀眼的亮光……大海，多像一位慈祥的母亲，哺育了我们年轻的生命。金山海边，留下了孩子们的足迹，也留下了黄吉人手摇车的轮迹。

多年的教学经验，黄吉人固然知道与同学沟通很重要，可是与家长沟通也是必不可少的。有个同学一直闯祸，上课不听讲，回家作业常常不交，家长认为他是个差生，无法教育。为了了解那位同学的生长环境，黄吉人决定要去家访。那同学住在楼上，没有残疾人的通道，黄吉人硬是拄着拐杖，一步一步地蹬上楼梯，等到她出现在那个同学家门口时，同学和家长都大吃一惊，连忙请进屋。结束愉快的谈话，下楼时，一不小心，黄吉人摔下楼，她顾不上自己的疼痛，先去安慰惶恐愧疚的孩子。黄吉人就是那样，用行动去感化受了创伤和被污染的孩子。

涉足慈善事业一发不可收

自20世纪60年代中期开始，黄吉人几乎年年获得各种荣誉奖，名字频频在报上亮相。1986年市里打算组建“残联”组织，一位姓张的同志，非常注意报上关于残疾人的报道，黄吉人的名字渐渐印入他的脑海里。

这天张同志来到黄吉人工作的尚文中学，没有见到黄吉人，是校长接待他。张同志希望黄吉人能参加市里的残疾人的工作，校长说，不行，因为黄老师非常忙，在学校里担任班主任和德育工作，课余到各个学校给老师和同学做报告，简直一点空闲都没有。

那位张同志可有耐心了，一次不行，两次；两次不行，三次，终于以三顾茅庐的倔强精神，打动了校长。最后校长松口，对黄吉人说：“你去吧，我被感动了，残联也需要人啊！”

就这样，从1986年起黄吉人开始利用业余时间广泛接触残疾人，了解他们生活状况，为他们呼吁。1987年她去北京参加“部分先进残疾妇女座谈会”，1988年出席全国第一届残疾人代表大会。

这些会议给黄吉人许多启发，也得到许多动力。回沪后，黄吉人教育学生要关心爱护残疾人，她就任的班级做过“残疾人的昨天、今天、明天”的社会调查，每个人都交上令人满意的答卷，获得上海市暑期社会实践活动一等奖。

有个残疾人的父母刚刚去世，他感到非常痛苦和悲伤，平时家中一些家务活都是父母干的，现在双亲走了，扔下他一个人，怎么办呢？看到房屋里乱七八糟的东西，根本无法整理。此时，门外传来轻轻的叩门声。“谁呀？”

“是我，黄老师。”

门打开，拥进来一群人，原来是黄老师带着学生们来帮助大扫除。不一会儿，东西都归还原处，房间变得整整齐齐……大家为他带去温暖，令他感动于世上还有真情在。

1998年底，黄吉人担任上海市肢残人协会副秘书长，并担任教育工作委员会主任。她与委员会的同仁们设计的第一项活动，是在当时的南市区召开“残疾人家庭教育大家谈”。

这次活动，让黄吉人心灵震撼，参加的人数之多，发言之踊跃，以及会后人们久久不肯离去的情景是空前的。

黄吉人是位残疾人，可是从小得到父母的宠爱、呵护，不用为穿衣、吃饭发愁，什么都不用操心，对于大多数残疾人的生活不甚了解。他们生活清苦，既无学历，又无劳动力，只依靠微薄的低保维持生活。不过他们都很聪明，为了改善生活条件，几个人一商量，何不用与他们“相依为命”的残疾车来赚钱呢？那时候，人们经常可以在车站、码头、热闹的马路旁，看到停靠着不少残疾车，正招揽着乘客。可是好景不长，没多久，为了安全，避免交通事故，有关部门规定：残疾车不允许载客。

残疾人说：“不能拉客了，我们没有收入，该怎么办？”

还有人说：“人家的孩子可以请家教，上辅导班，我们没钱啊，怎样才能培养好子女？”

有个叫小谢的同学，父母都是残疾人，读初中时，班上同学都花钱到校外补课，想想自己家里很穷，根本没钱请家教、上辅导班。这时，同班有个要好同学对他说，我带你混进去，我们上课从来不点名。

小谢被说动了，很难为情地随着进了教室，老师在讲课，小谢心里忐忑不安，一句也没听进去。这是第一次，也是最后一次，他不愿意当这样名不正言不顺的学生。像小谢同学如此情况的人还不少，如果子女在学习上遇到困难，残疾人家长只能望题兴叹，束手无策。

黄吉人亲眼目睹许多残疾人生活在贫困线上，由于文化程度不高，又无特殊技能，在市场经济中缺乏竞争能力，很难改变贫困的状况。眼看着有钱人家孩子可以进各种各样提高性的辅导班，可以请家教，而自己孩子却没人辅导。残疾朋友为此困惑、痛苦，甚至产生对现实社会的不满。是啊，子女是残疾人家庭的希望，只有培养好子女，才能根本改变家庭贫困的面貌。

黄吉人心里很难受，夜不能寐，一直在想如何用知识来改变残疾人子女和家庭的命运。

1999年6月，黄吉人得知上海外国语大学97级国际经贸学院的学生有意“智力助残”。于是，她和残疾朋友们一起穿针引线，请来大学生担任老师，由区残疾、肢残人协会和市南中学联合举办了“希望新概念英语学习班”。这是申城第一个义务为残疾人子女服务的英语辅导班。

一个小小的辅导班迎来更广泛的爱心涌动，大、中学校尤其是市南中学的老师、学生志愿者，以及社会上的爱心人士纷纷加入，连巴斯夫（中国）有限公司、上海珩意房地产经营有限公司、上海图书馆读者服务中心都热情提供赞助。通过社会化的工作方法，依靠民间各方的真情关爱，为残疾人办实事做好事。

笔者见到过巴斯夫全球高级副总裁、巴斯夫（中国）有限公司总裁关志华先生的照片，高大英俊，白衬衫上系着淡蓝色领带，外着一件深色西装，脸上绽放着灿烂的笑容，似乎是个中国人。他常常用“授人以鱼，不如授人以渔”来比喻“智力助残”的重要性。巴斯夫一直致力于中国的教育事业，鼓励员工参加志愿者活动。关先生说：“令我感到欣慰的是，一些项目受助学生在学业有成之后也开始积极投身于志愿者工作，这是一种爱心传承，更是一种社会责任价值链的延伸。”

上海珩意房地产有限公司老总张瑷玲，每年赞助5万，后来张总因车祸不幸去世，该公司成立瑷玲基金会，以另一种形式继续帮助“智力助残”活动。

有一天，黄吉人接到一个陌生女士的电话。她说自己与黄老师是校友，毕业于市八中学，愿意帮助困难家庭的孩子。连着3年，她资助了6位孩子。黄吉人后来打听到这位女士叫金爱薇，退休前是一家上市公司的财务总监。

1999年黄吉人和她的同事们创办“希望新概念英语辅导班”后，多少年来，她一直是“黄浦区智力助残志愿者团队”的负责人，此后，志愿者的队伍如雨后春笋，遍地开花，相继又成立了“兴家残疾人子女义务辅导学校”、

"MDA志愿者团队"、"悦苗残疾人寄养园志愿者团队"、"浦东新区智力助残志愿者团队"和"东华大学智力助残志愿者团队"，组成了市肢协"智力助残总队"。

经过黄吉人和同志们的努力，每年召开市肢协"智力助残"表彰会和不同形式的答谢会、交流会、研讨会，举办过"智力助残征文活动"，编辑了智力助残征文集。这些活动推动着全市"智力助残"志愿者活动的蓬勃发展。为了鼓励大家的积极性，凡是志愿者团队有啥活动，只要黄吉人有空，必定出席并且上台讲话，宣传"智力助残"的重要性。

15年来，黄吉人和有志人士在黄浦区办有7个免费学业辅导班，即两个"希望新概念英语班"，以及"初中语文写作班"、"初二数学辅导班"、"初三爱心辅导班"、"巴斯夫高中英语口语班"、"高一数学辅导班"。由在职教师、退休教师、公司白领和大学生、研究生志愿者任教，每期在学的残疾人子女和残疾青少年有200人左右。每年有100位受助者接受义务家教，由大学生、研究生和高中生上门义务辅导。

黄吉人就像一团火，把人们的心儿照温、照亮，把多少人汇集到"智力助残"的团队中来。有个叫吴俊君的老师，2003年10月，正读大三的他，即报名参加"智力助残"志愿者义教，后来他向黄老师提出，愿意长期参加志愿者服务。他深有体会地说："千万志愿者们将雷锋的精神发扬光大，展现人性真善美的同时，助力社会形成一股强大无穷的正能量，而我正是其中之一。"

光明中学团委书记杜娟，人美，心灵也美。她从2008年开始参加"智力助残"志愿者工作，在自己学校里把学生组织起来，成立"阳光小队"。队员们利用休息时间，赴家境困难的残疾人家庭，为其子女补习功课。

像这样的志愿者还有很多很多，数不胜数。黄吉人说："我是黄浦区'智力助残'团队的马前卒，是桥梁，是纽带，把助残者和残疾人子女、残疾青少年紧紧联系起来。我们了解学生们的需求，懂得发挥助残单位的长处。"

黄老师每天风里去，雨里来，没有任何报酬，付出的是自己的体力和精力。有人说她傻，建议她办个有偿的"家教介绍所"，凭黄老师在教育界的信誉，准能办得红红火火，收入一定不菲。

对于好心人的建议，黄吉人心动过吗？没有。因为她心里装着无数残疾人子女和残疾的孩子，由于"智力助残"的帮助，他们学业进步了，当她听到残疾朋友来报喜，孩子考上高中或者大学时；当她看到考入大学的残疾人子女加入“智力助残”志愿者队伍中来时；当她得知他们走上工作岗位大大改善家庭生活时……黄吉人会感到无限的幸福与快乐，因为她为自己的兄弟姐妹们做了一件实实在在的好事，是很有价值的。

谢谢您，黄吉人老师！

2014年9月6日上午，上海南京西路大光明电影院门口，人头攒动，热闹非凡，观众都迫不及待地拥向坐在轮椅上的黄吉人老师，只见她身着带波纹的短袖上衣，烫着短发，戴着眼镜，正微笑地向四周频频招手。原来这里即将放映微电影《再高一点》，女主角就是她，讲的是她“智力助残”的真实故事。15年来，受助者5 000名，志愿者14 100名，今天凡是得到消息的都来了。你想想，这个场景有多么的壮观啊！

主演微电影《再高一点》和导演、演员一起在大光明电影院走红地毯

让我们听听2014年6月7日黄浦“智力助残”团队成立15周年座谈会上一些受助人的发言吧！

张毓诚说：我女儿张羚2013年大学毕业，现在上海浦发银行工作，月收入四千多。去年12月，我们街道让我写了一份退出低保的申请。低保，这顶我们家戴了14年的帽子终于被扔进了太平洋。儿子张永康今年上大二，过两年也将大学毕业，等我儿子有了工作，我们家就不只是低保摘帽户了，而是直奔小康户了。回想几年前，黄老师打来电话，询问我家情况后，立刻接纳两个孩子为黄浦“智力助残”团队的受助学生，得到了无偿家教。当黄老师知道孩子们考进大学后，怕我们付不起学费而不去上学，还特地联系了爱心人士金爱薇，每学年赞助5 000元，直到孩子们大学毕业。

夏鹏说：我父亲肢体残疾，在船厂工作，工资很低，母亲是外来务工者。我是穿人家送的“百家衣”长大的。因此我从来不敢奢望能够上社会上的各种补习班。我的政治课是个弱项，而政治是列入中考科目。我和七八个与我同样家境的同学，每逢周一，就到黄老师家去补课，在她的辅导下，我顺利考上市重点中学。进入高中，我又参加了巴斯夫爱心英语口语班。我感受了爱，懂得了爱，这份心灵的温暖和慰藉一直陪伴我至今。

1991年被评全国自强模范

座谈会上的发言，个个都是出自肺腑之言，意真真，情切切。其实黄吉人联系或安排这些受助者的过程，并不是一帆风顺的。

2009年暑假，黄吉人给一位叫张宜燊同学家打电话。第一次是孩子父亲接的电话，回话说，他不清楚，让她晚上再打，要问他儿子本人。第二次是张宜燊本人接的，他很高兴，说希望有大学生上门义务家教。第三次接电话的是他妈妈，黄吉人还没开口，便被劈头盖脸的一顿骂声淹没了：“你这个骗子，我问过残联，根本

没有你们这个组织，天上不会掉馅饼，你别再打电话来了，骗子！”说完便摔下了电话。

突如其来的指责，让黄吉人简直无法理解，这位母亲怎么了？市、区残联都很支持我们，不可能说这话的。当然，最简单的办法是：算了，既然人家不愿意，我何必一定要安排志愿者去呢？转儿一想，张宜燊是“春雨行动”帮助对象，家境非常困难，况且，他本人不是希望得到帮助吗？这里面必定有误会。

于是，黄吉人托了个熟人去一问，才知道张妈妈没有去问过市、区残联，而是到居委会问民政干部，而那位干部刚上任不久，不了解情况，所以特别提醒张妈妈：“上门补课不要钱，考取大学还有奖学金，你想想这可能吗？天上不会掉馅饼的，别上当！”

事情弄清楚后，张妈妈特别内疚，向黄吉人道歉。黄吉人很坦荡地说：“没关系，这只是误会。”

与残疾人子女在一起

后来张宜燊在大学生志愿者帮助下，顺利考入上海大学。张妈妈见到黄吉人时，紧紧握住她的双手，感激的话儿说不尽，最后说道：“让他也当志愿者吧，也应该回报社会。”这是所有受助者的心声。他们得到爱，沐浴着爱，感受着爱，也要把这些爱化作动力，这就是洒向人间都是爱！

在微电影《再高一点》里，黄吉人说：“能给孩子多少，我们就给多少。”说得多好啊！

未能结束的话

我走进黄吉人的房间，一眼就看到靠在西边墙上的书橱，里面有《资本论》、《残疾人词典》……

自第一次去采访，到现在已过去一个多月。这些日子，我脑子里想的都是黄吉人老师从小到大的事情，每天像过电影一样，一遍又一遍，每当我想起一件事，有啥疑问，立刻会拿起电话去讨教，可一拿起电话，看看时间不对，马上又放下电话，因为她每天对外接待时间是早上八点到晚上九点，此时，她保准坐在电话旁边。她的电话对所有的学生和家长是公开的，“有事找我，请打电话！”

我知道她前几年动过两次手术，问：“这么多时间不在家，人家找不到你，可怎么办呢？”

黄老师笑了，“那好办啊？我说我去外地开会了，最近不要来找我。”哈哈，这可是善意的谎言啊！果然，她动手术的这段时间没有人来找她。

丁言昭

慈善感言：

献血捐骨髓是慈善，搀老人过马路，随手关灯节约一度电也是慈善。毋以善小而不为，把身边的小事做好就是在做慈善。

于井子，1974出生于新疆，一岁后送往上海外婆家，1992年毕业于上海市纺织第二护校，后进入普陀区人民医院工作，从护士成长为护士长，现为普陀区人民医院工会主席，兼“于井子护理小组”护士长。

多次参加献血和骨髓捐献，先后获得全国劳动模范、全国三八红旗手、全国五四青年奖章、全国医德标兵等荣誉称号。

天 使 心 路

于井子的名字在上海已是耳熟能详，十多年来报纸、电视不断有关于她的报道，从献骨髓、献血，到抗击非典时火线入党，到汶川地震奔赴第一线救灾，到成立于井子护理小组，到……在网上一查，有关她的信息竟有成百上千条。但是接触到本人时，却是一个不善言谈的邻家大女孩，你问一句她答一句，对于自己身上曾经发生的事不愿多提。

但她给人的感觉是亲切的，有诚意的，大大的双眸清澈闪亮，白里透红的脸庞上睫毛弯弯。只见她一头利索的短发，一件红白相间的条纹T恤衫，一条紧身牛仔裤，一双黑色高跟凉鞋，脚趾上涂着亮晶晶的蓝色指甲油，脖子上挂着一条金项链和一条琥珀项链，手腕上也戴两串手链，一串是白象牙的，一串是红玛瑙的。

这是个具有时代感的劳模、先进。与同龄女青年一样，于井子爱美，很美，而且内心与外表一样美。

汶川抗震救灾时与灾区孩子

人生的第一任老师

于井子是知青子女，她的妈妈早在20世纪60年代就离开上海奔赴新疆屯垦戍边，后来在那儿同一位男知青结为夫妇，1974年生下了女儿。因为出生地是新疆阿克苏一个叫“沙井子”的地方，所以后来外婆给取名“井子”，意为生于井子之地。

于井子出生一岁多，她就被父母送回了上海。她是被托付给一位上海的知青朋友带回来的，从新疆到上海的火车“轰隆、轰隆”开了三天三夜，因为幼儿是没有座位的，疲惫不堪的朋友索性把她放到了座椅底下躺着。空气混浊，人声嘈杂，于井子静静地在地板上躺了三天三夜。火车到达上海站时，前来接应的外婆一看外孙女满脸通红，摸摸额头，烫得吓人，连家也不回，赶忙直奔医院，总算把一条小命捡了回来。从此，外婆经常抱着外孙女对邻居们说：“真好像是一只从垃圾堆中救出来的小猫啊！”她对这个从新疆回来的外孙女有了不同寻常的怜悯感觉。

于井子跟着外公外婆生活，受到两位老人家的言传身教。外公外婆都受过良好的教育，都曾在银行工作。他们子女从事的职业基本只有两个：当教师，或搞财务。于井子的妈妈后来也当上了会计，于井子的爸爸则是一名中学教师。

外婆是宁波人，规矩很多，对女孩子尤其更甚，坐要有坐相，站要有站相，吃要有吃相。从小于井子就被教育——坐着不能叉开腿，也不能抖腿，吃饭时嘴不准发出声音，大人不动筷小孩不能抢先吃饭，还有绝对不能吃别人的东西，也不能无故受别人的礼，一定要问过大人才行。另外，要为人善良，与人为善，授人玫瑰手有余香，等等。于井子从小就把这些做人的道理刻在了心里。

外公是广东客家人，言语不多，但他文化修养极好，作为一位银行职员他有着一些比较西化的爱好：爱喝咖啡，爱好古典音乐。家里有一台老式的唱片机，还有一大摞的黑色胶盘唱片，有西洋乐的，也有京昆曲的。每逢外公坐在摇椅里，端着咖啡杯，陶醉在悠扬乐曲声中时，那一串串时而缠绵时而铿锵的音符也同时灌输到在一旁玩耍的外孙女的耳中。长大了的于井子也有着热爱昆曲、热爱交响乐的爱好，她把这归功于外公。

外公还爱看书，家里的床边桌旁、柜子里都是书，有中文的，也有英文的。于井子刚识字，就会去找书看，小学一二年级她就开始似懂非懂地阅读《红楼梦》了。那时外公订阅一本杂志叫《译林》，刊着不少名著片段。于井子也跟着读《译林》，她开始对世界名著产生了兴趣，《红与黑》《约翰·克利斯朵夫》她都读过。

因为有外公外婆的疼爱，于井子的家庭教育很完善，她没有大多数知青子女寄人篱下的孤独感。还因为当时二姨一家与他们同住，有个比她大两个月的表哥相伴成长，所以她也没有独生子女的独断专行。二姨夫妇是当教师的，把于井子当作了自己的女儿，对自己儿子是什么要求，对于井子也是什么要求，做了好事一同受赏，做了错事一起受罚，于井子从小唤他们“妈妈”“爸爸”。外婆虽然怜悯外孙女，但对孙辈一视同仁，行动上没有孰亲孰疏之分。最有意思的是，夏天的中午吃肉饼子炖蛋，外婆一端上桌就用筷子在碗里一分为二：“你们一人吃一半。”分苹果，也是用小刀一切为二，所以于井子从小就懂得分享，没有独生子女自私独占的坏毛病。

除了小表哥，于井子还有个大表哥，那是她大姨家的儿子，也时常来外婆家住。一到寒暑假，这三个孩子可热闹了，于井子整天跟着两个哥哥出出进进，玩的都是男孩的玩意儿，什么拍香烟壳子，打玻璃弹子。有一次大哥哥说：“咱们点炮仗玩，你怕不怕？”于井子张着兴奋的大眼睛：“不怕！”一串炮仗点燃了，被大哥哥甩进了一户人家的窗户里。在一串“乒、乓”的响声中，三个小家伙早就掩着耳朵逃得老远，回到家还心头“怦怦”作响，但谁也不敢跟大人提起这事，后来心怀鬼胎好几天都注意那户人家的动静，发现一切平静如水，这才放下心来，只是从此不敢再这样调皮了。

读书时于井子偏科偏得厉害，文科特别好，理科特别差，所以初中毕业后外公外婆、姨妈姨父决定让于井子进护士学校。“女孩子长大后当护士挺好的。”他们这样劝说于井子。才14岁的于井子连护士到底是干什么的都不明白，但她觉得大人说的总是对的，于是懵里懵懂地点点头。

于井子进了上海市纺织局第二护士学校。在学校她的成绩并不出众，只有教导主任倒很欣赏她，“这个学生文科很好”，其他老师都不以为然。所以当若干年后于井子作为劳模被邀请回校做报告时，还有一些老师大惊失色：“原来是她！”

也因为平平常常，毕业实习时，于井子没有被实习单位看中而留下来，

卫校读书时的于井子

她被分配到了纺织局第一职工医院，后改名为普陀区人民医院。

对生命负责

刚参加工作那年，于井子才17岁，一个单纯的假小子，对护士工作一点儿也不喜欢的，倒不是因为脏和累，而是因为束缚太多，不自由。你看，光是穿衣戴帽都有统一的规矩：不能随便整发型，护士帽必须罩住头发；统一穿护士鞋，连袜子都必须是统一的白色和灰色；上班时不准戴首饰等等。

命运让于井子与护士职业紧密结缘。第一年，于井子被安排在工作不是特别忙碌的骨科，她每天跟在带教护士的屁股后面转，老老实实地将以前书本上的知识毫厘不差地落实到工作的每个环节中去。“护士工作的精髓不在难，而在于细！”刚刚有了小小体会，她就被调到了大内科的呼吸科。

犹如从后方一下到了前线阵地，呼吸科的老、重病人焦躁不安的表情，急救室里病人瞬间被死神夺去生命的情景，以及那一张张病危通知书，一日又一日地充斥于井子的眼睛，原来不觉得护士这一行有什么了不起的她，越做越怕，越做越小心。也因为从小与外公外婆生活在一起的缘故，于井子对老年人的性格与心理十分了解，她对老年人有一份由衷的感情，恰恰因为病房中老年病人居多，所以于井子对他们格外的上心照顾。

记得独自值夜班的一个后半夜，她照例打起精神，在病房的走廊里巡视。窗外是幽暗的黑，月亮缺席，冷风飕飕，四下静得能听到自己的脚步声。蓦地，听到一阵急促的喘息声传来，明显的，这是老年慢性支气管炎患者发病的征兆，仅几秒，这急促愈发加重，仿佛系在悬崖边快要断裂的绳子。容不得于井子再跑回值班室，看是哪床的灯亮了，凭直觉她迅速冲到了发出声音的病床旁，以最快的速度用呼吸器帮助老人呼吸。几秒后，老人的呼吸平缓了。她才大大地松了口气。

“谁说只有医生才与死神角力，护士不也是生命的捍卫者吗？”那晚，她判定自己有功，并对自己说：“井子，加油！”

与伙伴们在一起

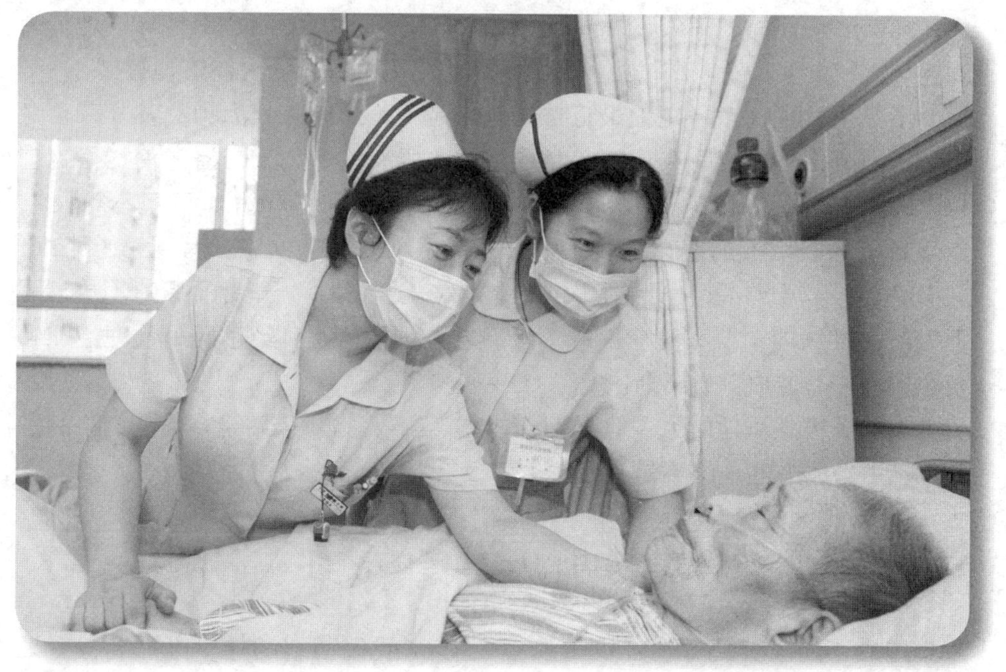

照料病危老人

就在无数次捍卫生命的搏斗中，于井子对自己的工作逐渐热爱起来。也就有了如下心得："做的时间越长，越容不得自己有半点疏忽。"

"做护士的，看护病人时，晚一分钟到病人跟前都是不得了的事情！"

"护士可是一个特殊的服务行业，直接对生命负责！"

有位年迈的患结核性肠炎的病人需要灌肠。因为久病未愈，性情非常烦躁，曾经骂走了不少护士，所以没有人愿意去给他灌肠。他并不是于井子的护理对象。但那天，于井子去了。听说又要灌肠，病人开始骂于井子。于井子笑脸相迎，说："我知道灌肠很难受，但不灌肠的话，你的病怎么会好呢？"她一边安慰病人，一边给病人做灌肠准备。病人并不配合，只需要10分钟的灌肠时间被拖成半个小时。正当于井子要拔出灌肠管时，病人因为屏不住，粪便溅了她一身。于井子没有任何剧烈反应，低着头，轻轻把管子移开，沉默而细致地为病人擦洗干净后，回到更衣室换下了衣服。

这以后，病人的脾气就改变了，别的护士去了都能好好地配合。"也就是你，能够降住他的坏脾气！”同事们说。于井子急忙纠正：“不是降，是我的脾气更大、更倔，所以做得到彻底的好。你对病人好，病人能够理解！”

于井子发现病人潘老伯最近情绪越来越低落。原来他因为突发耳聋，身体状况较差，不能进行高压氧等相应治疗。眼看连着几天来潘老伯吃得越来越少，于井子便拿起笔，与听不见的老人交流，“到底怎么了，哪里不舒服？”老人看了一眼纸上的字，别转头去。于井子不断写字安慰，写到第十张纸，老人终于写了几个字：“没救了！”见老人终于“搭腔”，于井子紧追不放，写下大段大段病理知识和治疗信息，帮助老人重拾信心。经过两周合理治疗和精心护理，潘老伯听力渐渐恢复。

于井子很感慨地对人说：“护士不做错，不发错药，只能算是个合格的护士，脸上冷冰冰的，绝不是个好护士。”

善良的心尽善良的责任

1992年的某天，开会，护士长问大家：“我们科室的这个献血名额，谁去？”大家都不吱声。于井子站了起来，大大咧咧地说：“我去，我去！”大家鼓掌。这是于井子第一次决定献血时的情景。随后，她快快乐乐地去献了200毫升血。

作为护理人员，于井子坚信：健康人献血援助病人是应该的、正常的，并不是什么崇高的事情，医务工作者更不应该躲避。面对生活中对献血的偏见，她觉得自己的献血行为就是一种献血无害的明证。“你看，我的脸色还是红扑扑的吧。”她笑呵呵地向同事证明，献血并不影响她的身体健康。

正笑着呢，护士长又来征求献血名额了。“我去，我去！”没等大家反应过来，她又站了起来，说，“这次我要献400毫升！我要看看自己的底线是多少。”

有好几次于井子信步街头，看到了流动采血车，就挽起袖子迎上去的。如此献血，不是出于疯狂，更不是为了出风头，而是善良的心要尽善良的责任。作为护士，于井子多次目睹失血过多的病人因为血库存血不足而失去生命，每次，她的喉头都像卡了一根鱼刺。她决定用自己的微薄力量让血库里多一点儿血。她从不细究自己的血是流到哪些人身上去了，她确信：血是被病人用了，被需要它的人用了。

从呼吸科调到血液科后，于井子更确定了自己献血是有意义的。

1998年末于井子翻阅《新民晚报》，一篇小文章吸引了她的眼球，那是宣传造血干细胞的，提及中国红十字会要建立中华骨髓库，正在寻找骨髓捐献者。那时于井子正好在血液科病房工作，面对那些绝症患者，她常常感到生命的无常与凄凉。那是一个已经消逝的15岁男孩的身影。于井子曾给他讲过笑话，他叫她“阿姨”时声音很清脆。大家都说他长大后一定是一个英俊的小伙子。可是因为缺乏骨髓干细胞的配对者，他医无可医。“救救我，我不想死！”临终前男孩的气息微弱，但生存的渴念仍然顽强。医生无力地垂下头，于井子与其他护士强忍着眼中的泪水，亲眼看着这么一个年轻的生命在自己眼前消逝是多么残忍的事情！“我还能够做些什么呢？”这念头一直盘踞在她的脑海，挥之不去。

所以此刻，于井子没有一分钟的犹豫，她觉得捐献骨髓这件事她完全能够做，于是她立即拨通了新民晚报社的电话。红十字会让她到中心血站留了5CC的血样，那里冷清清的场面给她的印象很深。抽完血后就没有动静了，于井子也没把这事告诉任何人，渐渐地她把这事给淡忘了。

2002年4月，正要随旅行团去国外旅游的于井子接到红十字会的电话，说是找到与她的干细胞匹配的病人了，“现在有个人的血液指标与你基本配对，你能来一次吗？”“行啊！”于井子不假思索地回答，终于能够最直接、最大限度地帮助到一位白血病人了，这是多么有意义的一件事啊。

到了那儿，看到还有几位骨髓捐献志愿者，他们都是由家属陪来的，唯有于井子是大大咧咧一个人来的。“你的家属同意吗？”工作人员再三问她。于井子这才想起，她连外公外婆也没告诉一声，但她果断地回答：“同意的，没问题的。”她相信外公外婆会支持她的，只是没必要让他们过早操心。于井子一个人，代表自己和家属，慎重签下了知情同意书。

于井子住进华山医院血液科，打动员剂，分离造血干细胞，在医院里住了一个星期，每天进行皮下注射，于井子也被别人护理了一回。鲜血从她身体里流入离心机，经过离心机分离出造血干细胞后，又返回到她的身体。这仿佛是一个仪式，勇敢的付出让于井子感到从离心机返回的不仅是自己的鲜血，更有成倍的笃定与坚强。

从于井子血液里分离出来的100毫升骨髓干细胞，立马由飞机送往福州，输入了病人体内。一个月后，从福建传来移植成功的消息，于井子感到深深的欣慰：因为她一个人的生命原料，让两个人活在了这个世界上！

此时，于井子捐献骨髓的消息才不胫而走。她成了申城第二名实现造血干细胞捐献的医务工作者，以及向外省市提供造血干细胞第二人。

此后各种荣誉也接踵而来，“全国三八红旗手”、“全国劳模”、上海市“十佳护士”等，于井子一下子在上海、在全国出名了，似乎是丑小鸭变成白天鹅了。其实她本来就是一只洁白的小天鹅，只是不爱梳妆，不好声张，喜好躲在角落不被人关注而已，一旦有了合适的机会，迟早会冲上云霄振翅高飞，给人一个惊喜的。

后来有记者采访于井子：“当时，你害怕过吗？动摇过吗？”

于井子连连说：“决心没有动摇过，不可能动摇，不会动摇的。我知道配对成功决定手术的这一刻，对于病人来说是个生死攸关的当口，如果我后退

参加党的第十八次代表大会

半步，对方就一点生的希望也没有了。”

“那么你想不想和被捐助者见面？”

“我可以真实地告诉你，我不想见。因为我的出发点不是为了得到她的感谢。捐赠完了就结束了，不要再有没完没了的感谢，我真的不希望……”

时过13年了，今天的于井子对捐献骨髓的举动已经不愿多提，但她愿意宣传骨髓捐献这件事。她经常以身说法：“你们看我脸上红扑扑的，这么多年来一直身体健康，充分证明献血献骨髓对身体没有损害。健康人献血捐献骨髓应该成为一种社会常态！”如果医学能够允许多次捐献骨髓，于井子还是会毫不犹豫地挺身而出的。她觉得这不是一件大事，要说它是慈善，那么搀老人过马路，随手关灯，捐一件棉衣也是慈善，人人把身边的小事做好都是做慈善，人人做慈善，这个世界就会很美好。

为护士工作鼓与呼

平时我们看到的护士总是穿着一身整洁的护士服，神清气闲地端着器皿盘，穿梭在医院里，于是人们给了一个好听的名字叫“天使”。其实“天使”并不好当。如果你在熙熙攘攘的医院或病房待上半天，就能体会到了。

“打针用药一点也马虎不得，有的病人痛苦难受了，还会拿护士出气。忙的时候，护士一路小跑进病房，病人却依然拽着铃不放，大声抱怨：‘你们还管不管我死活了？’有时候护士真的挺无奈。”于井子说。遇到这种情况，一些年轻的护士会委屈得掉眼泪，“我这时候就劝慰她们，接受一份工作，就要接受它的全部，只要你真心在帮助病人康复，他们最后一定会理解你的。”

最让人抓狂的就是缺人，规定的病床和护士比例是1∶0.4，即一个床位要配0.4个护士，可上海哪家医院能做得到？！于井子工作的普陀区人民医院的大部分病区从半夜十二点以后到第二天早上，只有1个护士负责整个病房的病人。

照规定，一个护士负责的病人不能超过8个，但常常是一个护士要负责15张床位，甚至更多，这样的工作量意味着什么？就是走路要小跑、想上厕所要憋着、没时间吃中饭还一头是汗，五花八门的药品和针剂搞得你眼花缭乱，病人和家属还要怪你打铃后动作太慢——这样的负荷和强度，娇弱一点的身体肯定吃不消。

所以医院流失的护士很多，尤其是现在的80后90后护士都是独生女，在家里都是“衣来伸手，饭来张口”，叫她到病房来服务病人、灌肠什么的，根本做不下去，很多人都选择跳槽或者嫁人了。面对这种状况，于井子很焦急，也很无奈，她早就忘了自己也是个独生女啊！

她只能用自己的行动带动大家，2003年9月12日，普陀区人民医院成立了“于井子护理小组”。这个护理小组提倡以病人为中心的人性化护理，对病人进行从生理到心理的双重护理。于井子总结出的一套“八心”人性化护理法很快流行：病人入院热心接，病人住院真心待，病人主诉耐心听，病人疑问细心答，病人护理精心做，病人有难尽心帮，病人出院诚心送，困难病人留心访。这“八心”将护士的爱心落实在病人出入院的全过程中。

2004年，医院又成立“于井子志愿者服务队”。如今，这支服务队升级为“于井子志愿者工作室”，工作室又建立“社工站”。在区卫生局和医院的帮助下，于井子制定义工活动计划，建立管理、工作、培训等一系列制度。

作为护士长的于井子更懂得护士的心理，善于人性化管理，她根据护士

参加党的18大预备会议

当上奥运会火炬手

的不同特点分配不同的工作，比如有的业务一般但比较善于与人沟通，就分配去病房；有的业务好但不善言谈，就分配去当电脑文书 。哪怕是一些旁人看来头疼的事和人，她也是给予沟通和理解。于井子的手机是24小时开通的，一有什么情况就要赶到医院，但她的护士们就不必了，于井子对她们说：“上班时要集中精力，下班了你们爱干什么干什么去！”

医院工作20多年，从小护士到护士长，于井子深深地体会到护士工作的甘苦，她在各种场合积极呼吁大家对护士的理解，哪怕参加党的十八大会议，她也积极建言、呼吁提高护士的地位和待遇。

现代劳模的风采

2014年于井子40岁了，头上有了很多的光环，与刚出名时比，她说她少了些锐气，讲话不那么尖锐了，但骨子里还是一个率性、坦诚的小女孩。她爱戴首饰，因为工作时间不能戴，休闲时光就加倍地佩戴，颈链两条，手链两条。当护士的双手不能涂指甲油，就美化脚趾。好一个爱美的女子！

于井子把劳模、先进的头衔看得很淡，喜欢率性地活，她从没想过要出名，也不想走在街上被人认识，她甚至不想接受记者的采访。她依然是那个刚参加工作时不喜欢被束缚的小女孩，就像她的着装打扮一样。

一次接到市里的会议通知，上面特地注明：请穿正装。于井子就不耐烦了，我只有运动装和便装啊！医院领导关心地问："井子，会议服装准备好没有？"她不以为然地说："又不是到office去工作，哪来什么正装？"领导急了："赶快，我陪你去买。"换下T恤衫和牛仔裤，穿上规规矩矩的套装，对着穿衣镜于井子觉得那不是自己，特别扭，特不舒服。

于井子热爱自由，热爱生活，特别喜欢旅游，但因为职业的特点，当护士的无法请长假，所以只能作四五天的短途游。她去了东南亚的大部分国家，希冀着有一天能获得长假，去欧洲、北美走走。闲暇时她喜欢上剧场看一场昆剧，那是在外公的培养下养成的好习惯，陶醉在悠扬的竹笛声中，默默品

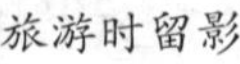
旅游时留影

味着曼妙词曲的诗意，那是生活对她缠绵的抚慰。

如今于井子有了新的身份，从2014年起她成了普陀区人民医院的工会主席。问起她现在的工作情况，于井子更是吝啬言语，一切在起步中，她不愿夸夸其谈，只说了一句："一切刚刚起步，还在摸索中。"但那天我们是在新落成的"工会之家"交谈的，只见宽大的一楼场地用体育器械和柜桌椅分割成不同的活动区域，明显看出那是茶室、棋牌室、卡拉OK室和体育锻炼室。能为医护人员建造出如此温馨的休闲场地，从规划、采购、布置、到活动安排，当工会主席的要操多少心，使多大力啊！

"马上要国庆节、重阳节了，还要安排各种活动……"于井子看着眼前的一切沉思起来，如何为医生护士谋福利，一定是现在时刻盘旋在于井子大脑中的事情。服务对象从病人转为医护人员，于井子又有了一块施展身手的新天地，让我们祝愿她成功！

朱慰慈

热爱大自然、热爱生活

慈善感言：

我的理想就是——在我有了事业并取得成功的基础上，再去帮助更多的人。

蒋养娣，出生于1956年，1974年从上海吴淞第三中学毕业，1975年3月赴崇明跃进农场务农，1979年顶替母职回上海，到四川南路幼儿园任教师。1992年辞职下海，经营过家庭装潢、饭店、茶楼，连年被评为区文明个体户、先进企业。

生意成功后不忘回报社会，捐款、助学、助老，1998年被评为上海市三八红旗手，2007年成为上海市宝山区私营企业中第一名中共党员。现任宝山区私营协会理事、全国女性人才研究会理事。

那双清澈如水的眼睛

初次见到蒋养娣，是在全国女性人才研究会的会场上，只见一位娟秀的中年女子正忙碌地分发材料，会中还不停地为大家续茶水，我以为她是一名市妇联的干部，别人告诉我，她叫蒋养娣，是名热心的志愿者，本职工作是经营避风塘茶楼。

后来去了几次她的茶楼，是去参加上海市平民女子学校的活动。她像招待自己的客人一样，清澈的眼睛里充满着笑意，穿梭在店堂中为师生们端饭、送水果，别人告诉我，蒋养娣提供的这一切都是免费的。

接触多了，就很有点敬重这位一边干着事业一边做着善事的女老板。她是怎么走上创业之路的？又是怎么干起慈善的？她的人生之路是怎样的？

于是我和她断断续续有过几次交谈。蒋养娣爱笑，讲话慢条斯理，声调不高，很像一位教师，最让人印象深刻的，是那双清澈如水的眼睛。常说，人品刻在眼里，过了半百的年纪了，蒋养娣的眼神还是那么的无邪、纯真……

钢琴故事　创业初衷

蒋养娣的创业与一架钢琴有关。

蒋养娣原先是一位幼教老师，她热爱幼儿园的孩子，也热爱自己的女儿。女儿两岁时，她看到有同事的女儿去学弹钢琴，很心动。她的想法得到了丈夫小袁的支持。小袁自小爱好文艺，吹口琴，弹吉他，拉小提琴，样样拿得起，他自然希望他们的女儿从小得到正规的音乐教育。可是一打听，上一堂钢琴课要15元，一周一次，每个月至少也需要60元。夫妇俩不由得气馁了，因为20世纪80年代蒋养娣幼教老师的工资才36元，在无线电商店当营业员的小袁比她略高些，也才42元，两人工资加起来还不到80元，怎么可能支付孩子每月六七十元的钢琴费呢！另外，学琴就要买琴，一架钢琴起码也要

曾是名幼教老师

五六千元。钱从哪儿来？两人想着想着就气馁了。

一天小袁与蒋养娣商量："你看，现在改革开放了，自谋出路的很多，连山上下来的（指监狱释放者）摆个水果摊也能赚钱，为了女儿，不如让我下海去搏一下？"

当时小袁在商店发展很好，考出了营业员上岗证书和修理员上岗证书，职业上有上升的空间，但是壮士断腕，没有点勇气怎么行？蒋养娣几乎没怎么考虑，就应声了一句："拼了吧！"她相信眼前这个男人，从在农场遇到小袁起，她就相信他的能力，她对丈夫言听计从。

小袁去辞职了，立刻在单位引起轩然大波，改革开放不久，人们的思维还束缚在计划经济的框框里，"你脑子发热啊，金饭碗不捧，要捧泥饭碗？"黄浦区五金交电公司的经理也这样劝他。

为了能为女儿买一台钢琴，丈夫决定放弃铁饭碗，妻子毫不犹豫地支持，下海的想法就是如此简单！

辞职后，两人才想起：做什么生意？门面店在哪儿？之前他们竟然没有考虑过。

没有一文做生意的本钱，是小袁的弟弟伸出了援手，借给他们一万元，他曾经援外工作两年，有一点小积蓄。

丈夫每天外出找门面房，出门时穿得山清水绿，从不抽烟的他口袋里还放上两包应酬用的香烟。回来时却垂头丧气，蒋养娣一看就明白，又没谈成。想找市口热闹的，租金高，租不起；租金低的，市口太冷落，不中意。不知不觉中，三个月过去了，借来的一万元花去了三千。夫妻俩不由得抱头痛哭。

还是蒋养娣出了个主意："不如到我娘家宝山去找吧，那儿热闹起来了，租金也相对市区会便宜些。"两人走遍了吴淞老街，终于找到一户老教授家，有临街的半间屋可以出租。

老教授夫妇一眼就看中了这一对文文净净的从市区来的青年夫妇。小袁恭恭敬敬地捧上自己的营业员上岗证书和修理员上岗证书。

“你们为什么要租门面？”“你们的家庭情况如何？”面对对方的一连串问题，小两口如实地一一作答。老教授夫妇当场拍板：“我的门面房就租给你们，给别人租金400元一月，给你们就300元，权当扶你们一把。”

“现代装潢商店”就这样开业了，店面就在吴淞老街十来平方米的底层前厅，放满了墙纸、地板、胶水、五金配件等一百来种样品。20世纪80年代末正值上海时兴家庭装潢，小店一开张生意就特别好。

为了帮商店进货，在幼儿园工作的蒋养娣不时要请假，她觉得这样两头都顾不上，她决定帮助丈夫。小店开张半年后她向幼儿园提出了辞职。院领导舍不得她走，劝说着：“你就不要辞了，要不将来劳保也没有了。”当时劳保对个人十分重要，这是一种社会福利，没有劳保，意味着老了没有经济保障。但蒋养娣顾不得将来了，她要顾眼前，她看着丈夫一人进货很辛苦，光进货用的行李车就拉坏了十几辆，夫妻老婆店，自己不帮，谁帮！

“现代装潢商店”盈利了第一笔钱，夫妇俩就去琴行买了一台珠江牌钢琴，六千元，这是他们自结婚以来的第一笔大开支。随后蒋养娣立即联系老师，送女儿去上钢琴课。

钢琴老师看着才四岁多稚嫩的小女孩，为难地说：“孩子小了点。”

蒋养娣着急地说：“我钢琴也买好，工作也辞了，我可以陪孩子练的。”

老师答应收下了四岁的小琴童。

蒋养娣夫妇创业的初衷——为了孩子学钢琴，达到了。

此后蒋养娣雷打不动，每周送女儿到老师家上钢琴课，从女儿四岁起，一直到她考上上海师范大学钢琴专业。

一见钟情　此生相依

蒋养娣的创业是同丈夫一起开始的，这里就有必要谈谈他们的爱情史了。

1975年蒋养娣去上海远郊的崇明跃进农场务农，到达农场的第一天，就是小袁来接应他们的。小袁早进农场3年，是老职工了，他一眼就注意到在人

恩爱夫妻

群中不停帮着伙伴卸行李的蒋养娣，她那双清澈的眼睛，纯洁而单纯，给他留下很深的印象。后来蒋养娣到农场粮油站的轧米车间工作，又遇见了同车间的小袁，小袁聪明，手艺好，哪里机器出故障了，他摆弄几下就能修好，另外人也长得帅，浓眉大眼的，很精神。蒋养娣很是仰慕他。

他俩属于一见钟情。

当时农场有规定：年轻人不准谈恋爱，否则不能上调回上海。蒋养娣亲眼看到有一对知青谈恋爱，被作为落后典型，五花大绑押上台去批斗。这些在文革中发生的荒唐事，是现在的年轻人无法理解的，好像听天方夜谭一样。

蒋养娣与小袁虽在一个车间工作，但也不敢眉目传情，更不可能拥抱接吻，只能走过身边时悄悄地塞上一张小纸条，两人的恋爱完全属于地下情。但爱情是束缚不了的，每月一次农场放露天电影，便成了他们的约会日，约会的地点就在远离人群的海边林带。说来好笑，每次约会两人都要穿长筒套鞋，因为去林带要趟过一条小河。小袁还要带一个打火机，因为需要用一闪一闪的火光作为与蒋养娣的接头信号。电影一开场，两人就相继离开现场，摸黑蹚水到达漆黑寂静的林带，悄悄地说上一阵话。不时一只野猫窜过，或一条狗在远处吼上几声，两人都被吓得胆战心惊。

他们的恋爱也遭到过双方家庭的阻挠，因为门户不当。

蒋养娣出身于工人家庭，兄妹五人，她是老四，父亲是烧炉工，工作辛苦但工资高，母亲操持家务，还兼居委的治保工作，一家人和和睦睦地过着小康生活。但是就在蒋养娣13岁那年，父亲因患胸膜炎突然去世。如遭晴天霹雳，从此后，全家人在院子的葡萄藤下围着小圆桌乐陶陶吃饭的场景，成了定格在蒋养娣脑海中永恒的记忆。家庭的经济支柱倒下了，是贤慧的母亲顶了起来，她抹干眼泪，不抱怨，不哭穷，毅然去街道幼儿园工作，以微薄的工资支撑全家。母亲的坚强给了小小的蒋养娣很深的烙印，也使她在后来的生活中面临一次次突如其来的困难而临危不惧。

而小袁的家境很好，父亲是干部，母亲是医生。另外，小袁家在市中心的黄浦区，蒋养娣家在宝山，当时宝山还属于郊县。所以这一对年轻人谈恋爱，双方家庭都是反对的。

蒋养娣的母亲劝女儿："这样门不当，户不对的，嫁过去你要吃苦的。"

但他们还是不可阻挡地相爱了。

农场四年后，蒋养娣顶替退休的母亲，到街道幼儿园工作。小袁依然留在农场，这时他才能理直气壮地向同事们宣布："我的女朋友是蒋养娣！"众人无不惊愕他们的保密工作做得太好了！

蒋养娣十分珍惜上调工作的机会，与孩子们在一起她感觉特别快乐。对幼儿教育一张白纸的她，如饥似渴地学习拉手风琴，弹风琴，学唱歌，还买了许多幼儿教育的书来看。领导看她如此好学，就送她去上海幼儿师范学习一年，蒋养娣系统地学习了声乐、舞蹈、儿童心理学等。

1982年小袁终于也上调回上海了，11月两人结婚，这时蒋养娣28岁，小袁30岁了。这一对在农场经受过地下情，以后又经历相思苦的年轻人，珍惜来之不易的爱情。结婚后小夫妻俩借住在婆家的一个阁楼上，什么家具也没有，就睡在地板上，但相爱的人在一起了，比什么都强。他们之间并没有什么山盟海誓，但确信会是一直相伴到老的终身伴侣。

以后的生活果真证明如此。

诚信经营　得道多助

"现代装潢商店"自开张起就生意很好，夫妇俩分工，男主外，进货，跑工商、税务；女主内，掌管柜台。当时国营企业流行吃大锅饭，干好干坏一个样，所以不少商店的营业员上班嗑瓜子，打毛线，聊天，对顾客爱理不理的。而蒋养娣就不同了，来者都是客，她笑脸相迎，主动介绍。柜台上放着一本刚出版的来自香港的现代装潢杂志，这在当时是很稀罕的，顾客可以照着其中的画页选择小店中相应的商品。蒋养娣也主动为顾客参谋，买多少卷墙纸、多少条地板才实惠，如果买多了，还可以退还。干过商业的小袁还叮咛妻子："哪怕卖出一个螺丝钉，你也要开一张发票，而且商业发票要保存三年，这是规矩。"蒋养娣老老实实这样做了。顾客拿到发票，也很安心。

刚开张的才十来平方米的"现代装潢商店"顾客源源不断。

那时候当个体户并不是一个光荣的选择，人们的潜意识中很是瞧不起，蒋养娣与丈夫有着同一个心愿：个体户不是社会的最底层，我们要当就当最好的个体户！

年底税务局来查账，来了三位戴着大盖帽的同志，蒋养娣坦然地捧出了四大纸板箱的发票，税务局的同志有些愕然：改革开放鱼目混珠，多少私营小店为了逃税漏税而不择手段啊，而这家小店的经营竟然如此正规。蒋养娣笑着对他们说："只有开了发票，我晚上才睡得着啊！"

四大纸板箱的账，整整查了三天，每一笔都清清楚楚，宝山区税务局局

新开的第一家饭店

长也夸奖他们说："你们是文明个体户，我们要为你们打牌子。"于是，"文明个体户"的金牌挂上了。

第二年春节刚过，区税务局来找蒋养娣夫妇："现在张庙的爱辉购物中心有个一百多平方米的区域，我们提供你们经营，你们可以以我们税务局第三产业的名义去做，只要每年交一点管理费就行。"

真是绝对的信任啊！不交场地费，就有百多平方米的场地经营，还有税务局的后盾支撑着，何乐而不为呢！于是他们一面经营吴淞老街的小店，一面筹措着新店开张。原先的供货商们也高兴："你们生意做到哪里，我们就供货到哪里。"

"现代装潢商店"在张庙的爱辉购物中心又开了一家新店，因为场地大了，供应的货物从原先的100种增加到200多种，不仅有家居硬装潢，还增添了软装潢，如地毯、壁画等。因为信誉好，80%的商品是代销的，仅20%是自销。

爱辉新店雇了六七个员工，其中一个是专业搞室内装潢的，专门负责上门设计服务。

这样一做就是七年，蒋养娣夫妇经营的爱辉店年年被评为"区文明先进单位"。

蒋养娣对外经营诚信，对内待人善良，她对员工特别好，对弱者有一种天然的同情心。

第一家吴淞店开张时，一位病殃殃的女青年来应聘，陪同的是她男朋友。男朋友介绍说，女朋友有病，不能干重活，但站站柜台还是可以的。见蒋养娣稍有犹豫，那男朋友急着说："我有空时也可以来帮她。"他还介绍说，他们准备结婚，因为无房无钱一直拖着，所以特别需要这份工作。蒋养娣不由得心生怜悯了，答应收下那女青年。那女青年很感恩，工作得不错，她男朋友也不食言，下班后常来帮忙。蒋养娣毫不犹豫给了他们一个半人的工资，两人十分感激，工作更卖力了。几年后这对年轻人买了房，结了婚，现在他们已经开起了一家音像公司，自己做起了老板。

爱晖店开张时，来了一个江苏宿迁小伙子小刘上门打听："你们要人吗？"蒋养娣一看，一个脸上还带有稚气的小伙子，"为什么不读书？"她问。"高考差了四分，没被录取，无脸见父母，所以到上钢一厂当临时工，现在正失业。”蒋养娣一听很同情，想想店里有许多物品需要强劳动力搬动，正需要年轻人，于是收下了小刘。但在搬地毯时，她看到小刘的动作特别别扭，好像使不上劲来。小刘不得不说实话了：“我在上钢一厂受过工伤，肩胛骨被轧坏，所以被解雇。”他的目光怯怯的，怕再次受到解雇。蒋养娣很同情，像母亲般的安慰他：“你放心在我这儿干，就管柜台，要搬动商品，我再雇人。”

果然找来一位身强力壮的临时工小王。小王是上海人，结了婚，有了孩子，因为工资不够家庭开支，常常遭到妻子的责骂，他很憋屈，但到哪儿去找钱，徒有一身力气而使不上劲，听说蒋养娣的商店招临时工，他来了。说好是每天下班来干，从下午3点干到傍晚7点，这样也不影响他的本职工作。小王很珍惜这份额外的工作，他身体好，起劲地搬地毯，理货架，送货，不喊一声苦和累。虽然小王每天只来店里干4小时活，但蒋养娣开出了全天工资。小王十分高兴，一种被尊重的感觉油然而生，手中有了钱，他在家里也抬得起头来了。

后来小刘想开一家广告公司，蒋养娣夫妇热情地支持他，到处帮助找门面，还资助了六七万元，小刘的公司开张后，他们又帮助拉业务。现在小刘买车买房，公司员工十多个，他不仅在上海立了业，也成了家。

让蒋养娣自豪的是，从她这儿已经走出了七八个自主创业的小老板。

两次受挫　愈战愈勇

蒋养娣夫妇靠善良诚信经营自己的事业，却不知生意圈还有激流漩涡。

1992年生意正兴旺时，丈夫的一位老朋友邀他们去河南洛阳合伙投资一家购物中心，蒋养娣夫妇拿出了50万元，其中30万是代销物资，是凭他们信誉好由厂家提供的。谁料半年后当蒋养娣夫妇去洛阳，只见人去楼空，那朋友因赌博挪用营业款卷款逃走了，到处找不到踪影。

望着空空如也的柜台场地，蒋养娣夫妇如遭晴天霹雳，浑身瘫软了下来。除了自己投资的20万元颗粒无收外，还有30万代销款是必须要偿还的呀，这在1992年绝对是一笔巨款啊！投资不成反背上了债，这让丈夫小袁无法面对，他伤心得病倒了，躺在床上起不来。蒋养娣也难过得哭了好几天，是自己太轻信，遇人不淑，这种窝囊没法向人述说，委屈、怨恨、焦急、无奈交加啊!

丈夫的双眼愣愣地盯着天花板，不说话不起床。望着这个自己深爱的男人病成这样，蒋养娣泪如泉涌，他们是一见钟情的爱人，他们是一起创业的患难夫妻，彼此支撑，谁也离不开谁啊！就像当年母亲在父亲倒下后撑起家中的顶梁柱一样，危难关头女人往往比男人更坚强。抹干眼泪，蒋养娣劝说丈夫："我们下海的最初三个月也是走投无路，不也过来了，现在我们总比那时要好得多，一有经验，二年轻，三肯吃苦，我们可以重新再来！"那时蒋养娣一边照顾着病中的丈夫，一边管店，还要照看女儿，送她学琴，自己也难以相信单薄的身体居然会迸发出如此巨大的能量!

为了还债，蒋养娣决定把爱辉购物中心后面的一家小饭馆盘下来，吉人天相有人助，爱辉购物中心老总一听说是蒋养娣开饭馆，立即对她说："咱们商场一百来位职工的伙食，就由你的店包了！"老总知道蒋养娣的为人，他相信讲诚信的人。于是最令人担心的客源问题解决了，每天百来号人来饭店就餐，而且还是一日两餐，蒋养娣的小饭店一开张就生意火红。

饭店生意好了，蒋养娣天天回家向丈夫报喜，丈夫的心情渐渐开朗，病也痊愈了。两年后他们终于还清了30万代销债款。

1994年债款全部还清后，丈夫提出要与人合伙在上海静安寺开一家酒吧。

"好，要多少钱？"蒋养娣想都没想就回答，刚振作起来的丈夫需要事业的支撑。

"30万。"

"我想法凑给你。"蒋养娣果断地说。

此时，蒋养娣刚还清债，手里哪里还有余钱，于是她向自己的亲友借款。大家都知道她的为人，纷纷解囊相助。

小酒吧开起来了。蒋养娣发觉丈夫并没有开业的兴奋，一个月了他每天回家都是闷闷不乐的样子。她不放心，到酒吧打听，这才发觉那个合伙人欺丈夫厚道，什么事都不同他商量，还瞒着他把每天的营业款纳入私囊。

蒋养娣当机立断找到那合伙人，他曾和她与丈夫在一个农场工作。

"这样吧，我们已投资30万元，10万算给你，20万请你还。"蒋养娣明知吃亏，但需要快刀斩乱麻。

那人一口答应，但说眼前还不出，要一年后还。

"那你给我写一张欠条。"

"欠条我不写，但我一定还！"那人信誓旦旦地说。

因曾在同一个农场务过农，属于农友，蒋养娣不好硬逼，也就没有坚持要欠条。

一年后蒋养娣打电话去催，电话关机；拎着礼物上门去要，避而不见。蒋养娣这才明白什么叫"站着借钱，跪着讨债"了。因为手中没有欠条，连上法院打官司的凭证都没有。

第二次又受骗。两次都是给"朋友"骗的。

多少年后在一次农友聚会上，蒋养娣见到了那人，对方心虚地躲着她，蒋养娣端着一个酒杯，大方地走了过去，与他碰杯后一字一顿地说："我讨债三年，总算认识你这个人了，你人品太差劲！"

两次受骗上当，让蒋养娣认识了商场的风险和人心的叵测，也增加了她应对各种突变情况的能力。

1999年因为市政动迁，爱辉购物中心店和小饭店的经营结束，蒋养娣不由得又一次陷入困境，她又要再一次创业。但是，就像飘浮在水面上的葫芦，怎样的用力也无法将它按到水底，蒋养娣也是，越是有压力，她越能迸发出创业的激情。

新世纪伊始，蒋养娣凑钱加盟上海避风塘茶楼有限公司，在自己的娘家宝山开了第一家避风塘茶楼，经营很好，于是又在上海闵行、江西南昌开了第二家、第三家……最多的时候蒋养娣夫妇拥有五家避风塘茶楼。

回报社会　大爱无言

有算计她置她于死地的所谓"朋友"，也有让她明白生命意义的贵人。1994年10月蒋养娣认识了上海市妇联干部王翠玉。

王翠玉是来寻找基层女性自强自立典型的，想找一个民间企业的女代表，参加在北京举行的联合国'95第四次世界妇女大会，她发现了蒋养娣。

"我不够格！开个小店，小本经营，离优秀女性差远了。"蒋养娣连忙摆手。

"你帮助失业人员再就业，本本分分地交税纳税，这也是为社会做贡献啊！"

蒋养娣这才领悟自己的创业不光是养家糊口，原来也是在为社会做贡献。

她参加了第四次世界妇女大会，结识了来自五湖四海的许多优秀女性，蒋养娣感恩有这样大开眼界的机会，以前她一门心思想的是做生意，现在则抬起头来看世界，看社会，看众生。尤其是与王翠玉的朝夕相处，让她思想升华。王翠玉教育她：人活着就要有理想，要有奋斗目标，赚了钱要回报社会，帮助更多的人。蒋养娣暗暗记在心头，她把王翠玉当作人生道路上的恩师。

那天她去探望病中的王翠玉，只见老王躺在床上还在写着什么。

“你还写什么啊？病了，不要再写，休息。”蒋养娣说。

王翠玉递给她一叠筹建上海女子平民学校的文稿，谈起了恩师陶行知在解放前义务办学的事，说自己也要干。“那么多贫困地区的女孩读不起书，我要做铺路石啊！”

“那我能做点什么？”蒋养娣不由得主动要求。

参加1995年的世界妇女大会

"我办学资金还差一万元。"

"我来！"蒋养娣没有一分钟的考虑就答应了下来。

现在一万元算不了什么，但在20世纪90年代初期啊，"万元户"都是十分吃香的名词，更何况当时的蒋养娣还被"朋友"坑了，身上还背着债呢！

蒋养娣凑了一万元给王翠玉，加上王翠玉出资一万元，另一位企业家姚秀娟出资一万元，共三万元。上海平民女子学校成立了。

当她走出困境，生意越来越好时，蒋养娣不由得对自己说，现在是我回报社会的时候了。她主动联系街道、居委会，要求在重阳节邀请宝山区80岁以上的老人到她店里去吃顿团圆饭。为了把好事做好，她还联系理发店、足浴店的同仁一同参加助老活动。

那天蒋养娣的避风塘茶楼挂出歇业的牌子。但是进门的人络绎不绝，都是老人，他们分批到这儿来围桌吃饭，饭后有的到包房做足浴、扦脚，有的披上了白布单，清清爽爽理了个发，还有的高兴地打起了小麻将。看到老人一张张开心的脸庞，蒋养娣心底升起一种与赚钱不一样的幸福，那是助人为乐的快乐，那是慈善的快乐。重阳节助老活动在她店里坚持了十来年。

蒋养娣还到居委会申请接了一个助学对子，那是一个正读小学五年级的女孩小张，父亲得了脑瘤，母亲恰逢下岗，全家每月总收入不到一千元。蒋养娣的眼里看不得贫穷，她对居委会干部说："再穷也不能穷孩子，小张每年的学费我包了！"君子一言驷马难追，从小张小学五年级起，直到她大专毕业，整整十年，蒋养娣每年都支付她的学费，还为她买学习用品，过年过节不忘塞个红包。

因为苦过，所以慈悲。

如今小张已在上海浦东机场工作，2014年还找到如意的对象。她与新婚丈夫特地摆了一桌酒，答谢恩人蒋养娣，席上她郑重地向丈夫介绍说："当年就是蒋阿姨给了我帮助，我才能有今天。"这时的蒋养娣笑得合不拢嘴，她从没想过助人要有回报，但是社会上多了一棵栋梁，正是她所希望的。

一天宝山区妇联主席来找蒋养娣，说是有一项重大任务需要她承担：上海市女子监狱正在进行半监禁教育试点，让犯人接触社会，在群众中改造，这是全国试点，共三名死缓。现在要交一个女犯到她店里，由她监禁管理。

"她什么情况？"蒋养娣不由得有些紧张。

“17岁时她因恋爱受阻，与小男友一同杀害了自己的亲奶奶，两人双双入狱被判死刑。她在狱中表现比较好，由死刑改为死缓，在监狱已经待了11年了。”

蒋养娣吓了一跳：杀人，死刑，这样的字眼着实让人害怕，更别说接触这样的人了。

“宝山区政法委和我们妇联反复考虑，把她放在你饭店，由你对她管理教育，让她自食其力，重新改造做人。”

既然如此，只能接受，救人一命，胜造七级浮屠，就当是多做一件善事吧！蒋养娣把女犯领到了店里。白天让她在店里劳动，晚上亲自送回家由女犯母亲看管。

这是一个白白净净的高个子女青年，姓郭，已经28岁了，当年的一时冲动让她付出了最好的青春年华。蒋养娣把她安排在厨房洗菜。

小郭不敢抬头看人，也不与人交谈。监狱待久了，脱离社会，她看到热水器不知道怎么开，员工们聊天她也不明就里，但干活还是勤快的。每天下班后

为社区做好事已成常态

蒋养娣就带她到包房谈心，她不提小郭的过去，只了解小郭每天的所思所闻，然后循循善导。多次的交谈中，蒋养娣见小郭对自己的罪行有了深深的悔意。

“当初我怎么这么冲动，这么感情用事呢？”她沉着头叹息道。

蒋养娣劝她：“你是应该好好改改你的脾气，以后的路还长着呢。”

这时候蒋养娣没把小郭当犯人，而是当作了自己的女儿。

小郭回到母亲家后，蒋养娣要等汇报电话，还要为女子监狱和区妇联写每天的情况报告。

上面有规定，对监外执行人员不发工资，蒋养娣对区妇联说：“既要改造她，也要让她感到尊严啊！”经同意，小郭到店里一个月后，蒋养娣就给了工资。小郭第一次拿到工资，很开心，但不知道怎么花。

蒋养娣把她带到了超市。第一次看到琳琅满目的开架商品，小郭惊呆了，她入狱前还没有超市呢！ 她诧异地问蒋养娣：“怎么可以不付钱随便拿商品呢？”蒋养娣向她说明后，她才胆怯地从货架上取了几件必需品。

为了让小郭多接触人，三个月后蒋养娣把她安排到大堂，不会为顾客开菜单，蒋养娣示范给她看；不会端盘子，蒋养娣把着手教。员工们嘀嘀咕咕，

钢琴记载着小家庭30年的变化

“这是老板的什么人？”蒋养娣说：“这是我亲戚，你们大家要帮她啊！”在蒋养娣的安排下，小郭干遍了饭店所有的工种，因表现好，先升为领班，后任大堂副经理，兼管钱财。

幸福知足的蒋养娣

为了考验小郭，有一次蒋养娣特地在钱柜中多放了200元，收工后，小郭反复地算账，第二天一脸疑惑地对蒋养娣说：“板娘，怎么昨天账上会多出200元？”“板娘”是小郭对蒋养娣的亲密称呼，蒋养娣的考验成功了。

经过两年的半监禁考验，上海市女子监狱和上海市政法委认定小郭表现良好，可以回归社会，不用再回监狱服刑了。蒋养娣协助的半监禁试点，在全国开创了改造犯人的成功经验。报纸广播广为宣传，庆功会上，上海市政法委书记刘云耕高举酒杯向蒋养娣敬酒，上海市女子监狱的监狱长更是激动得一把抱住了蒋养娣。

经历了多少年的风风雨雨，如今的蒋养娣享受着生活的甘饴。她已从茶楼的工作脱身而出，只从事一些义务的公益活动和社会工作，业余时间还到老年大学唱唱歌，跳跳舞。丈夫还在打点着避风塘茶楼，女儿成了一名音乐工作者。家中又添了一架咔哇伊钢琴，和一套专业的音响设备，可是，最早的那台珠江牌钢琴还在，默默地守候在老屋，见证了蒋养娣一家三十多年走过的不平凡之路。

蒋养娣回顾人生，当年的理想实现了——在有了事业并取得成功的基础上，再去帮助更多的人，她清澈如水的眼睛中充满了知足和幸福。

苏　珊

慈善感言：

用生命感动生命

马世婧，1996 年大学毕业于甘肃省委党校，2008 年参加上海华东师范大学心理咨询课程培训，之后成为国家二级心理咨询师；2009 年成立上海海布企业管理咨询有限公司；2010 年至今于上海海布社工师事务所工作，任理事长。

她成立的“上海海布社工师事务所”，与政府、企业、社区对接，策划慈善项目，开展了专业化、规范化、项目化的慈善服务。这家非营利性社会组织已经成为公益圈中的新星。

投身公益，人生从此改变

零陵北路1号二楼，是上海徐汇区斜土街道和区级社会组织孵化园机构联办的一个生活服务中心。马世婧担任理事长的海布社工师事务所就位于其中。

马世婧，是上海市第六届慈善之星的获得者。她从2008年投入公益事业至今，已有6年参与公益活动的经历。在过去的日子里，由她创建的上海海布社工师事务所，服务人群一万余名，累计为慈善事业投入300余万，带动和培养的专业志愿者1 000余名，并打造了一支有专业团队、有组织策划能力、有专业服务项目、有广泛服务领域、有专项基金支持的社会组织。

马世婧长相秀丽，嗓门清脆好听。在从事公益活动之前，她是一个爱唱爱跳、喜欢体育锻炼，相当注重生活品质的人。不过眼下，她说："我一天从头到晚就在说话，真担心把嗓子说坏了，所以过去的许多爱好都放下了。"

全职主妇做公益

什么样的人才可以做公益、做慈善？其实大多数人在某一个时刻，都有可能萌生慈善的想法，这也是作为人类的一种大情怀。不过要走出这一步并非容易事。做公益？应该寻找什么样的机构，采取什么样的方式？做慈善？普通人也可以做慈善么？那些慈善机构值得信任么？——这大抵是很多人都会想到的问题。

马世婧公益生涯的开端，能够回答类似这样的问题。

2008年的时候，作为家庭主妇的她，已经在家里度过了第8个年头。大学毕业后经过不多的几年工作经历后，马世婧早早完成了嫁人、生女的经历。由于家境优裕，加上孩子年幼需要照顾，马世婧选择成为一名家庭主妇，日子过得悠闲自在，也略嫌单调。好在周围有一群和她一样的家庭主妇，所以彼此之间还是能找到许多共同语言。

2008年汶川地震，电视新闻里惨烈的画面触痛了马世婧。尤其是灾区儿童的惨状，让她和周围的妈妈们看了无不伤心难过。可以怎么帮到他们呢？首先想到的当然是“捐钱”。但单是“捐钱”，似乎还不足以表达心意，作为母亲，她们又觉得，那些在灾区中失去亲人、失去家园的孩子，最需要的应该是陪伴，需要有人帮助他们走出巨大的心理创伤。

马世婧在众人当中，素以“好管闲事”的热心肠著称。于是众人推选马世婧给当时招募志愿者的机构打去电话，表达了想去灾区服务的志愿。

对方工作人员听明情况，先问：

“你是代表公司还是代表个人啊？”

“代表个人啊。”

“那你大学里是学习什么专业的呢？”

“你们需要什么专业呢？”

“我们需要心理咨询师、社工，还有老师。”

原来不是每个人都可以去做志愿者啊！

“心理咨询师怎么考？”

做慈善的人拥有大情怀

对方让她去查百度，还说，上海华东师范大学的心理咨询中心比较有名。

工作人员说得没错，华师大的心理咨询中心果然是国内首屈一指的。马世婧打电话过去一问，她的入学条件倒是符合。不过要读出心理咨询师，当年9月开始上课，一直要读到明年的春天才可以参加考试。

当时才5月，一想到要9月份才去上课，马世婧有点失望，加上书一读就要大半年，家里的很多事情都要重新规划，她就有点儿犹豫了。而之前和她一样兴奋的伙伴们也打退堂鼓了。

就这样，2008年最热的夏天里，做了8年全职主妇的马世婧，成为了华师大的一名学生。老师让学生们做了一个名为"孤岛求生"的心理游戏：假设一组人身处孤岛，陆续有人被救离开，最后只留下2个人，你认为你属于其中哪一个？

马世婧记得，她当时的回答是："我肯定是被留下的。"心理学老师分析，选择留下的人，大多认为自己的存在对他人没有价值。马世婧说，这个游戏让她印象深刻。

虽然做主妇这8年来，她为家庭付出了不少，但个人的价值没有得到社会的认可，所以内心一直缺乏满足感，慢慢变得弱势，才会以这种弱者的心态来思考问题，揣度别人。对于社会工作者而言，"自助助人"一直是一个基本的原则，而这原则，用在马世婧身上，也有着同样的意义。

心理咨询师的第一步

对于马世婧来说，重新成为一名学生，过上起早贪黑的上课生活，可不容易。好在丈夫对她重新做回学生这件事，倒是相当支持，表示自己可以带孩子、做家务。时不时地，他还要来点激将法："我听说心理咨询师很难考的，你书本都丢了那么多年了，估计考不上。"

马世婧是北方人，长相虽然温婉，骨子里还是很倔强的，这几句话显然不可能打消她的积极性。她很努力地上课、复习，结果在来年春天，顺利考出了二级心理咨询师的证书。

参加心理咨询师培训班对于马世婧的改变是巨大的。首先，她不由自主地学会了用心理学的方法与人沟通，审度自己。在班上，她认识了许多志同道合者。他们发现，周围有心理问题或是有相关诉求的人非常多。如果说，在过去，作为热心人的马世婧，面对朋友的倾诉，只是充当了一个“知心姐姐”，那当她掌握了一定的专业知识，能够给到别人的帮助和指导意见，就有了“质”的不同。既然如此，为什么不去用自己掌握的专业知识去帮助别人呢？

课程结业之后，马世婧和班上的另外三名同学，决意成立一间心理工作室。工作室就取名为“蓝色天空心理工作室”。四个人分头拿出钱来，租了房子，挂了牌子。这个心理工作室一开始完全是免费助人，所以只有支出，没有收入。有些人上门来咨询，本来就是有一肚子的苦水要倒，此时若跟他谈钱，他马上就缩回去了。所以那段时间，有朋友开玩笑说：“马世婧，你这不是在做生意，是在布道。”半年过去，其他几位朋友或因家事，或因经济问题，不得已退出了。马世婧也很艰难，但她觉得如果自己也退出，没有办法向自己交代，再则房租还有半年才到期，至少这半年得坚持。

这时，有专业人士给她出了主意：眼下像你一样有志于“心理咨询”工作的人不少，你的工作室不妨同时开展一些心理咨询师的培训课程。这样一来，工作室可以获得一些固定的收入，其他业务也可以维持下来了。

马世婧觉得很有道理，立刻给相关部门打电话。对方说，要开展培训业务，你得符合相关条件和资质，比如说具有专业知识，有一定的经济实力，并在这一行业积累了一定的经验和资源。马世婧觉得这几条自己都符合，于是认真整理申请材料。半年之后，经相关部门审核通过，马世婧的工作室开设了心理培训师的课程。渐渐的，工作室的口碑出来之后，有人主动上门报名，工作室也慢慢稳定和发展起来了。

海纳百川，布泽天下

“海布”这个名字，人们给了它很多解释，其中最为人熟知的，是“海纳百川，布泽天下”。不过马世婧笑言，当初去工商局注册时，还没有想得怎么深。当时马世婧准备了一大堆名字，其中不乏苦思冥想，甚至让所谓的大师推算过的好名字，但一个也没通过。马世婧坐在工商局大厅里一筹莫展。这时她忽然想到有一位曾经当选为美国心理协会的加拿大心理学家海布，是非常著名的儿童心理研究者。于是她豁然开朗，将“海布”作为公司的注册名递交了上去，没想到一下子成功了。“海布”的名字定下后，有些朋友说，这好像不太像一个学校的名字。但时间一长，这名字越叫越顺口了，甚至后来还被人们演绎出了“海纳百川，布泽天下”这样的含义，说起来，“海布”这个名字，和马世婧还真有缘分。

在开展了一段时间心理咨询师培训业务后，马世婧又在专业人士的建议下，开设了“社工师”的培训课程。马世婧自己也进修了“社工师”，成为同时拥有了社工师和心理咨询师双重资质的专业人士。

在马世婧看来，心理咨询师和社工师有着不同的工作方法，“心理咨询师提供服务的前提是对象自己寻求帮助，而社工师则要主动提供服务，甚至是在服务对象抗拒的情况下。”在面对一个服务对象的时候，那些拥有心理咨询师和社工师双证的“叠加专业能力”人士，会把工作开展得更顺利。所以马世婧的团队，除了她自己以外，也有不少具有叠加专业能力的员工。正是她花心思培养的这支团队，在之后的许多社会服务工作中起到了重要作用。

和“海布”有缘份

巧的是，正如“海布”的名字，来源于一位青少年心理大师。“海布”参与的第一项招投标项目，也和青少年心理有关。

2011年6月，上海团市委有一个招投标项目，是关于预防外来务工青少年犯罪的心理咨询。当时海布的业务还不是很多，相关老师建议马世婧去试一下。

马世婧根据项目招投标的要求，写标书、写项目书，最后居然中标了，这件事也让马世婧找到了自信，发现自己专业能力还是很值得肯定的。

这个项目的服务对象是浦东塘桥中学林昌分校，服务周期为6个月。这所位于浦东三林的学校，是一所农民工子弟学校，学生几乎都是外来务工人员的子女。学校设施同其他许多学校相比，看上去要陈旧得多。

在和学校的孩子们接触了一段时间后，马世婧发现这里的学生智力方面并不输于城里孩子，他们甚至有一些特别的优点，比如说，性格比较单纯，快乐指数很高，对于前来帮助他们的社工师和心理咨询师们，孩子们也表现得很有礼貌。

要说这些孩子的欠缺，主要是表现在家庭教育上。因为孩子的家长都是外来务工人员，平日劳作辛苦，工作不稳定，甚至居无定所，所以很多家长都没有具体的培养孩子的意识，比如说孩子长大了可以从事什么职业，现在从什么方向去培养等等。

而对这些大多在初中阶段的孩子们而言，未来让他们感到很茫然，很少有人会积极去思考将来可以从事什么职业。所以“海布”在进行服务时，主要还是围绕孩子们的职业规划和展望、青少年性教育、网瘾干预等方面展开。为了达到预期的效果，工作人员运用了许多工作方法，比如说小组工作方法，通过一对二十或者一对十二的方式，为孩子们做一些心理拓展的活动，在轻松有趣的氛围内让孩子们意识到如何规范自己的行为，如何遵纪守法等。又比如，对于一些较为特殊的孩子，则采取一对一的个案工作方法。另外，“海布”还运用了一些社工的方法，比如带领孩子们外出参观，让他们增添一些对于上海这座城市的融入感。

孩子们对未来职业的理解大多比较单一，因为他们所了解的一些职业，无非是警察、医生之类，说到类似土木工程师这些岗位，就完全没有概念了。而这些岗位，或许正是适合孩子们将来从事的工作方向。“海布”为此邀请了

与“海布”同道们在一起

一些相关人士，对各种职业做了一下描述和展示，让孩子们对更多的职业岗位产生了解和向往。

为期半年的服务即将到期时，“海布”还联系了相关人士，为学校捐赠了一座价值3万元的流动图书馆，事务所希望能够凭借这个图书馆，引导孩子们热爱图书、热爱名著，在书中寻找自己的理想。这是让马世婧非常“自豪”的一件事，因为这一项目的服务费只有4万元，而他们用不多的资金做了有价值的事情。

“个案管理”为特色

海布社工师事务所渐渐发展起来了。

到2014年为止，它已经成为一所拥有60多名专家、8名全职专业社工和心理咨询师，以及100余名核心志愿者构成的团队，社会服务项目涵盖安老、扶幼、帮教、优抚等领域，成为有关方面研究社会组织发展要素的样本。几年来，这个看似规模小小的事务所，为来沪青年、贫困青年、白血病和先心病患儿、独居和孤寡老人、失独家庭、失足人员、社区高龄老人等群体开展了慈善服务。

而眼下，海布也形成了自己的工作特点，在结合了自己的优势和社会迫切需要基础上，他们把事务所的工作重心定位在“个案管理”方面。

个案管理是社会工作中一个重要的工作方法。个案管理也称照顾管理或者服务管理，是指专业人员为一个或者一群服务对象协调整合助益性活动的一种程序。这种程序来自相同或不同福利机构及相关机构中的各个工作人员，以专业的团队合作方式，提供服务对象所需服务，并扩大服务效果。

马世婧接受的服务对象中，有一位老太太，几年来坚持上访，上访的理由乍一看，是因为在房子问题上一直没能和拆迁办达成共识。但马世婧在调查的时候发现，老太太和女儿之间，有着很深的矛盾。原来当年女儿在谈恋爱的时候，曾遭到二老的坚决反对。矛盾激化之下，母亲甚至表示：如果女儿一意孤行，就和她断绝母女关系。没想到女儿铁了心，从家里“偷”出户口本和对方结了婚，之后很长一段时间，母女间几乎断绝了往来。

又一个项目要启动了

后来老房子碰到拆迁。在拆迁的过程中，老先生去世了。按照遗产法，女儿可以分到她应得的部分。这让老太太无法接受，认为拆迁办完全没有考虑到老年人的利益。而拆迁办找女儿方来调解，也是碰了一鼻子灰。老太太和女儿的新矛盾加上积怨，导致两人都迟迟不愿在安置协议上签字。之后，老太太每年都要去北京上访，甚至有时一年要上访二十多次。

马世婧上门探望老太太，和老太太先成朋友，再做工作。

她在几次的聊天中发现，这其实是一个很不幸的家庭。老夫妻都是高级知识分子，儿女成双。但儿子在大学期间患上了精神分裂症，经过治疗后虽然稳定，但需要长期服药，也不能受到刺激。而女儿的婚姻问题加上老先生的去世，多年不如意的生活，让老太太患上了严重的抑郁症。眼下，是母子两人相依为命，两个有病的互相照顾。

了解了这一切之后，马世婧发现，老太太最大的需求，与其说是解决拆迁安置，不如说是需要家庭的温暖，需要亲人的陪伴和精神慰藉。对于老太太的服务期限虽然只有两年，但几年下来，马世婧成为了全家人的朋友。他们家有任何事都会过来找她，甚至和事务所的员工都熟悉了。

有一回老太太的儿子精神分裂症复发，把老太太锁在屋子里，给她8粒安眠药，只让她睡觉，不让她吃饭。好在老太太还有一套备用钥匙，偷偷“逃”出来之后，立刻就过来找马世婧。马世婧通过老太太的描述，判断出是儿子精神病复发了，于是立刻联络有关方面，把儿子送到专门机构治疗。

半年后儿子痊愈了，专门赶到“海布”，向马世婧表示感谢。

至于老太太的女儿，马世婧也跟她成为了朋友。马世婧跟她说：“如果你还想尽孝心，有些事情必须要看得开一点；如果你内心还没有完全放下的，暂时不要去激化矛盾。”

几年下来，母女俩的关系虽然还没有完全缓和，但女儿的态度已有所变化。过去，女儿从来不会主动提及妈妈，甚至当别人提及妈妈时都会很生气，现在，女儿谈到家里问题，会主动说：“我妈那边。”

而马世婧仍然和这三个家庭成员保持着密切的联系。他们对她的信任超过了家人，马世婧称之为这是“用生命感动生命”。她相信假以时日，这种被伤害的家庭关系是一定能够得到修复的。

马世婧在社会工作中得到了巨大的成就感，她和她的事务所，也为社会各个层面的人开展了慈善服务。诸如帮助诸多家庭修复亲情；让敬老院老人体会到幸福；让福利院孩子感受到母爱；鼓励患癌症的三口之家乐观面对生活；帮助失独家庭等。

但若说她在工作中顺风顺水从未遭受过挫折，也不尽然。

她曾经服务过一位老人家。老人家高龄多病，子女都没有什么收入，这样一户人家，在拆迁中因补偿费问题和政府工作人员发生了矛盾。

马世婧开始去找老人家的时候，对方不知她的来意，对她挺客气，也很愿意和她聊聊天。没想到明白马世婧的来意之后，老人家居然一下子翻脸，一边对她漫骂，一边叫她“滚出去”。

那一瞬间马世婧还是有点委屈的。毕竟这是她在过去的“太太生涯”中从来没有遭遇过的，哪怕在参加社会工作的几年间，也没有遭遇过这种程度的谩骂。

这一回，她用“心理学”的知识，“调节”了自己，也分析了对方。她知道老人家的这一番行为，其实并不是针对自己。但老人家的家庭问题长期得不到解决，是实情。由于某些职能部门的不作为或是推诿，让老人家对政府工作人员产生强烈的不信任感。要解开老人家的心结，只有一个办法，就是切实解决他的家庭困难。她对周围的同仁说：“我们在做工作的时候，不要把服务对象作为一个‘冷冰冰’的对象，而是把他当作一个你认识的人。你首先得去了解他，感受他的体验，设身处地去了解他到底是哪里出了问题。如果能把心态摆平，这些案主其实是很好接触的。”

让马世婧比较自豪的是，在她和同事的努力下，联合了社会方方面面的力量，还真的帮老人家解决了问题。这也成为马世婧推崇的“个案管理”中的一个成功案例。老人家当然也对“海布”和马世婧充满了感激之情。他的女儿还亲自上门，真诚感谢了马世婧。

带动周围人一起投身公益

马世婧投身公益事业后，自己的家庭，甚至周边朋友的生活，多多少少都发生了变化。

8年前，女儿还在上幼儿园中班，眼下，她已经成了一名小学生。在耳濡

参与建立了上海首个社会工作实习基地

目染之下，女儿小小年纪，就对“公益”两个字有很深的理解。

很小的时候，女儿会跟着马世婧去马路上发放公益传单，去敬老院送温暖。有一回女儿从敬老院出来，若有所思。

妈妈问她：“你怎么啦？”

女儿说：“我现在知道老爷爷老奶奶们最缺的是什么了。我觉得，他们缺少的是爱！”

女儿的话让马世婧感到很欣慰。

说实话，在2008年之前，马世婧算得上是一位无微不至的母亲。不过2008年之后，一直到今天，伴随着“海布”的发展，她用来陪伴女儿的时间，已经少得可怜了。不过她觉得，现在这样的“言传身教”，应该是更有效的爱的教育。

而马世婧和先生之间的关系，也悄然发生了变化。先生是一位企业家，一直以来，给了全家人优裕富足的生活。不过马世婧也不讳言，在担当全职主妇的8年间，自己内心深处多多少少有一种失落感。当夫妻俩人中一人占据了主导地位——虽然丈夫一直对她很尊重，偶起摩擦，感觉“弱势”的一方，就会变得很敏感。

那现在呢？

“我们现在的关系用一个词形容，那就是平等。”平等的夫妻关系是最令人惬意的，包括先生也认为，双方步伐一致，才能找到更多的话题。

先生对马世婧的社会工作一直很支持。无论是在“蓝色天空”时期，还是在“海布”的发展期，他在财力上、精神上，帮助投入了许许多多。马世婧策划成立的“海布慈善专项基金”，是先生第一个捐款，甚至先生的一些企业界的朋友，也一同参与了对于公益项目的投入。

在马世婧居住的社区，一直有一批热心的太太朋友们，包括当年和她一起跃跃欲试想前往汶川当志愿者的那几位。这些太太们一直都有公益之心，不少成了志愿者。很多朋友会关照马世婧，如果有公益活动，一定要通知她们。几年下来，这些团结在“海布”周围的志愿者们，做了不少有意义的事情：她们带领老人们开办“生命故事会”小组活动，让老人家们在讲述与分享故事中，体会幸福与尊严，化解孤独；她们带领农民工孩子做游戏，在“像妈妈一样温暖”的话语里，让孩子们感受到温暖与包容。

这正是马世婧的一个理念：什么样的人，都可以做公益；做公益，可以通过不同的形式来进行。甚至有些人，曾经是受助人，走出困境后，也可以反过来帮助别人。她的员工里就有这样的人。从某种程度上，自助助人也是一种自我治愈的方式。

无论付出了多少，只要是帮人解决了困难，哪怕是说了一句话让对方释然了，她都觉得很快乐。对马世婧而言，这种满足感很难用其他替代。

项　玫

慈善感言：

朴素生活，雪中送炭，帮助那些需要帮助的人。

彭亚芳，1946 年生，上海市金山区亭林镇人。1964 年，第一次报名献血，自 1988 年以来，每年坚持至少无偿献血两次，每次 400 毫升，成为全国献血量最多的市民之一。50 年来，热心助人，主动资助了 8 名贫困生，义务照顾了 5 名孤老，帮教了 10 多名失足的市民。2002 年加入中国共产党。

先后荣获全国无偿献血金杯奖、全国三八红旗手、两届上海市三八红旗手、上海市无偿献血白玉兰奖、上海市精神文明十佳好事提名奖、上海市农村妇女双学双比女能手标兵、第五届上海市慈善之星等荣誉。

用50载春秋在苦处抒写爱

初秋的午后，走在金山区亭林镇中山街，身畔是一排排紧挨着的低矮旧瓦屋，屋前有一条小河，河边种有蔬菜，友好的居民会主动与来访者打招呼，一份内心的宁静与淳朴油然而生。

循着门牌号，走进那间仅24平米的旧瓦屋，来到了好心人彭亚芳的家中。

今年69岁的彭亚芳是亭林镇一名普通退休女职工，她自1996年退休后依然外出打零工，一来贴补家用，二来可以多帮助社会上的穷苦人们。彭亚芳始终有着一颗向善的心，给予他人体贴的关怀。

“将心比心，助人为乐。不图名利，无怨无悔。”这16个字是彭亚芳常说的。

采访时，屋里虽开着灯，仍有些昏暗，几根木梁架起的屋顶嵌有两扇玻璃天窗，许是为了添亮。环顾四周，斑驳的石灰墙边整齐地挂着锦旗、奖状；屋角立着一台冰箱，旁边安置着一张八仙桌，一条长板凳，一把椅子；除此，别无他物。

再往里是彭亚芳的卧室，蚊帐搭起的木床旁放有一张书桌，桌上放置着一部电话、一本记录簿和一支钢笔。翻看记录簿，里边满是她的所思所悟以及富有哲理的语句。彭亚芳说，这是她的“随想本”，她爱看报，也习惯记日志。

推开卧室纱门，则是一个小小的院子，露天院子里有着另一番生气：一盆盆花卉和绿色植物错落有致地摆放在那里，郁郁葱葱，散发着四季的气息，当阳光拂过，清风飘过，氤氲的清香沁人心扉。正欣赏着，彭亚芳打起了一桶井水，她说：“我们平时就用这水浇花，舍不得用自来水，能省就省点。”再往前走几步，是一隅放杂物的小仓库。

小小瓦屋，间间相依，彭亚芳和老伴在这里住了近47个年头。她慈蔼地笑着说，她留恋这屋子，屋里的点滴记载着她一生的回忆。

1964年，18岁的彭亚芳第一次报名献血，那是她奉献爱心的开始。而自1988年以来，她每年坚持至少无偿献血两次，而且每次增加到400毫升。至

身居简屋心地宽

今，在过去近50年里，她已献血156次，60多斤血液，成为全国献血量最多的市民之一。

50年里，她还用攒下的10多万元积蓄，主动资助了8名困难家庭的失学孩子；义务照顾了5名孤老；帮教了10多名失足的市民。

许多媒体前来采访，问得最多也最辛辣的一个问题是："为什么您要这么帮人？是否有目的？何况社会上有那么多贫苦的人，不可能都照顾到。"彭亚芳坦然地回答："不图什么，我只是尽我最大的能力，帮一个是一个，帮一个少一个。"

立志做好人　甘于奉献

彭亚芳从小生活十分清苦，一家七口挤在一间草棚里，只靠父亲打零工维持生计。由于家境贫寒，彭亚芳念完小学五年级就辍学了，懂事的她便外出拾柴、挑野菜，为父母分忧。彭亚芳说，“对于待人处事，我受父母影响很大。常常看到邻里生病了，我母亲就会去帮忙洗衣物；若是邻里桌椅坏了，我父亲就赶忙过去维修……”尽管当时的物质生活艰苦，但质朴的父母为人谦和，吃苦耐劳的精神耳濡目染着彭亚芳。

彭亚芳12岁那年，有一天她正在小镇的河边挑野菜，忽然听到河里有个女孩在喊救命。她立即放下镰刀，奔跑过去，她一手挽住河岸边的一棵树，一手用力抓住那女孩。“那一刻脑子里只想着救人，其实我不会游泳。”如今，那位被她救起的落水女孩已是一名退休教师，每当街头两人相遇，对方总是感激地说：“彭阿姨，我的命是您救的，千言万语说不尽我对你的感谢。”

彭亚芳对献血有着特殊的情结。20世纪60年代，18岁的彭亚芳第一次报名参加献血，她把献血看作是自己对祖国、对社会的一份应尽的责任。而此后，1972年父亲的一次大病，彭亚芳更加体会到配对成功的血型，对于一个生命垂危的病人来说是多么来之不易。那一回，她父亲严重胃出血，生命危在旦夕，急需输入血液。父亲是O型血，而她是A型，因血型不相配而无能为力。“只好求助4名素不相识的好心人，是他们用800毫升的鲜血救活了我父亲。”彭亚芳说，“自此，我也记住了父亲说的话——‘做人要做好人，救人要救穷人’”。这一年，她瞒着父母亲，又一次主动报名献了200毫升血。从此，献血救人成了彭亚芳默默坚守的信念。

踏上工作岗位后，彭亚芳先后当过竹匠、车床工、厨师、清洁工等，这些体力工作的艰辛可想而知，但她始终兢兢业业，踏实肯干，一直以来屡获先进。彭亚芳说：“每一份工作，我都认认真真做好，干一行爱一行，我乐于去学习、钻研。”

平平淡淡的相伴是美好。1966年，21岁的彭亚芳收获了幸福，与26岁的何伯观结婚了。性情温和的两人，彼此懂得理解对方，后来又有了一双可爱的儿女。令彭亚芳动容的是，丈夫非常支持自己，同样有着一颗怜惜与无私的心。那是1980年的一个寒夜，一位名叫谢强的青年，其妻子生下双胞胎，可出现了大出血，为救妻子的生命，谢强摸黑找到了彭亚芳的家。夜半，熟睡中的彭亚芳听到了一阵阵急促的敲门声，她披上外套打开门。但是，在了解了谢强妻子的危急情况后她不由得犯了难，因为产妇是B型血，而彭亚芳是A型血，一时间到哪里去找血型般配的人？此时，彭亚芳想到了自己的爱人何伯观是B型血。于是，她二话没说，匆匆叫醒被窝中的爱人，拉着他就往医院跑。200毫升的B型血终于及时地被输进了产妇的身体里，产妇得救了，彭亚芳这才与爱人放心地回了家。

1991年至1994年，是彭亚芳一生中最为悲伤的四年，先后有三位至亲离她而去。"月有阴晴圆缺，人有祸福旦夕。"1992年时，她年仅24岁的儿子在结婚前20天意外离世，突如其来的噩耗似晴天霹雳，将这个一向坚强、勇敢的母亲彻底击垮了！她躺在床上七天七夜不吃不喝，尽是流泪，泪水染得双目模糊不清，心痛得无言，很长一段时间，她沉闷在家里。

残酷的现实，苍白不堪，终于，彭亚芳不得不面对现实。她暗暗下定决心：不再抱怨，要振作，用对亲人的无限思念之情，温暖身边更多需要帮助的人。

"上海妈妈"与她的众多儿子

"上海最好心的妈妈"——这是孩子们对彭亚芳亲切的称呼。得到她帮助的孩子中不乏上海、山东、武汉、四川等地的。

彭亚芳帮助的第一个义子是同镇人小冬。小冬与彭亚芳刚去世的儿子是好朋友，儿子去世后，善良的小冬安慰彭亚芳："不哭，我是您的儿子。"直白且真挚的话语使彭亚芳暖入心扉，她含泪点头答应："做我儿子，就要做一辈子好人。""嗯，妈妈！"小冬抱住彭亚芳。小冬家里清贫，彭亚芳让小冬去学门求职的手艺，她帮他支付了学车费。工作后小冬又与彭妈妈商量："是先结婚还是先建造起房屋？"彭亚芳考虑他的现状，稳定家室更有利于他创业并积蓄资金，于是建议他还是先成家，等创业有了钱再造房。小冬按照彭妈妈的话做了。如今逢年过节，事业有成的小冬总会带着妻子和儿子来拜访彭妈妈，他说："没有您，就没有今天的我。"

彭亚芳当时还资助着两位山东孩子的学业。1995年寒冬的一天，彭亚芳像往常一样推开家门，发现一个身着单薄的乞丐站在门口，彭亚芳立即从自己衣袋里掏出5块钱塞给他，哪知乞丐摇摇头，轻声地说："大妈，我不要，我已经两顿饭没有吃了，只想讨碗饭。"彭亚芳十分心疼，忙到屋里盛了一碗饭菜。经询问，得知这个乞丐名叫董成宝，是山东苍山县人，出来讨饭是为了能让老家两个子女上学。了解事情后，彭亚芳毅然提出资助这两个孩子上学，她对董成宝说道："孩子学费我来寄，你回去后学门手艺好好打工。"临走时，还给了他136元路费。之后的每学期初，董成宝都会收到彭亚芳寄来的1 000元学费，直到2003年他的两个孩子读完书为止。为了感激彭亚芳，董成宝把儿子和女儿名字中的"良"改成了"芳"。1996年，彭亚芳所在的亭林镇政府收到了一封来自山东董成宝的信，夸赞彭亚芳是上海最好的好人，是一位善良的好妈妈。从此，彭亚芳的事迹就这样被传开了。

如今董成宝也在上海打工，每年春节回山东老家之前，他总会换乘两三辆公交车前来看望彭亚芳，他一家和彭亚芳一家成了亲人。

谈起远在武汉当兵的"儿子"，彭亚芳也是满脸笑容。那是1999年，彭亚芳在人民大会堂结识了一同参加无偿献血表彰大会的姜春文。当时，彭亚芳与姜春文邻座，闲聊中，这一老一少慢慢熟识起来。那时的彭亚芳已献血90多次，而年仅24岁的姜春文也有过20多次的献血经历。当得知血型相同时，两人便觉愈加亲切了。然而提及家中情况，彭亚芳顿时哽咽。姜春文这才知道彭亚芳的儿子已于7年前去世，但老人家表现出的顽强令他敬佩。大会结束后，姜春文特地向彭亚芳要了通信地址和联系方式。之后，姜春文与彭亚芳一直保持着书信与电话的联系。

第二年，彭亚芳乘了16个小时的火车来到武汉看望姜春文。当姜春文远远望见老人从二等座车厢走下时，大声呼唤了一声："妈妈！"彭亚芳听到这

与远在武汉当兵的"儿子"姜春文的合影

叫唤十分激动，两人不由得紧紧相拥而泣。“妈妈，您怎么没坐软卧？车票明明帮您买好了啊？”“孩子，没关系的，我自己把票退掉了，二等座也一样，可以省下100多元呢，能多帮助一个人。”

2002年4月，姜春文结婚时，彭亚芳为“儿子”购买了新衣物。在婚礼上，作为男方代表的彭妈妈喜上眉梢。为了纪念这一珍贵日子，她还在“儿子”的陪同下来到武汉采血点进行献血。

如今彭亚芳与姜春文一家以及他的岳父母也保持着密切来往，经常会打电话彼此问候。

彭亚芳说：“做好事，我从来没想过要有回报。”令她出乎意料的是，安徽籍“儿子”徐开生突然出现在她面前，那一声洪亮的“上海妈妈”让她心潮澎湃。16年前，青年徐开生在亭林镇一建筑工地打工。那一回小徐得悉母亲病重，他想赶快回家，可身边没有钱，小徐向老板索要尚未支付他的300元工钱，等了三天还是未给，小徐焦急万分，流下了眼泪。无意中彭亚芳知道了此事，她想，救人急难，比什么都要紧，她掏出300元塞到小徐手里，还为他买了两件衬衫和一双球鞋，让他立刻回家探望母亲。憨厚的徐开生接过这救命钱，万分感激。

事情过去后，彭亚芳便不放在心里，徐开生也没回到亭林。然而两年之后，徐开生特地赶到她家说是来还钱，进门就喊一声“上海妈妈”。他告诉彭亚芳已经自己在上海重新找到了工作，还特地要求与“彭妈妈”合张影，说是让家里的老母亲看看他常挂在嘴边的“上海妈妈”。彭亚芳由衷地笑开了，她勉励“儿子”要努力工作，并祝福“儿子”未来的人生之路越加精彩。

彭亚芳还是一个有心人，资助“儿子”许进波上学正是缘于此。多年前的一个晚上，一位妇女来到彭亚芳家收订购牛奶费，彭亚芳看到很陌生，疑惑地问道：“阿妹，你每天一大早过来送牛奶，估计家也住附近吧？可白天我从来没有见到过你啊。”那位妇女回答：“大姐，我打了两份工。”彭亚芳拉住那位妇女的手，关切地问：“有什么困难跟我说。”妇女像是遇到了亲人，一一述说起来：“我老家在四川，家里有一儿一女，学习成绩很优秀，可是我们当父母的支付不起学费，打算让两个孩子念到中学毕业就不念了。”对于那些寒门学子，彭亚芳总是心生不忍，她希冀他们成为有用之材，决定尽自己最大的能力帮助。正当暑假，彭亚芳便让那妇女将其儿子带来亭林。当见到那个俊秀的男孩，彭亚芳问：“想读书吗？”男孩腼腆地点头，那双渴求知识的眼神直勾勾地盯着彭亚芳，彭亚芳当即决定资助男孩上学。此后，彭亚芳总会将生活费寄往四川，直到那男孩许进波大学毕业，如今许进波已在深圳核电集团工作，他每年都会来上海亭林看望他的“彭妈妈”。他的母亲更是话不离口地逢人就说，“我在上海遇到了贵人！”

亭林镇亭西村5组的刘佳也是彭亚芳众多助学孩子中的一个。2001年8月，得知正在张堰中学读高一的刘佳，因父亲得癌症病危而交不起学费，面临失学之际，彭亚芳立刻托人联系到了刘佳，还带上800元钱陪她报名入学。之后的两年里，不论学习还是生活，彭亚芳都主动给予资助，终于使刘佳顺利读完高中，考入立信会计学校。令彭亚芳感到高兴的是，现在刘佳在一家银行工作，一份不错的收入使他们全家的生活有了保障。

“推开一扇门，邻里一家亲。”2010年从河南来沪工作的范斌、王珍珠夫妇，和彭亚芳住在了亭林镇的同一条街上。因为初来乍到，人地生疏，生活上经常会碰到各种各样的困难。彭亚芳总是主动帮助他们，夫妇俩平时忙于上班，她便帮着关关窗门、收收衣服……2010年7月，当彭亚芳得知镇上正在招收部队士官时，她第一时间与范斌夫妇俩商量，动员他们的儿子范玺去报名。她说，“适龄青年去部队当兵是一种责任，也是一种义务，更是一份光荣，应该让孩子入伍，为国效力。”在征得范玺父母同意后，热心的彭亚芳四处奔走，了解相关报名事项。8月，范玺顺利入伍后，彭亚芳又忙着为他送行，高兴得好像是自己的儿子去当兵一样。孩子步入绿色军营后，彭亚芳对范斌夫妇的照顾更无微不至了，她说，照顾军属是每个市民应尽的责任。

“贴心闺女”情暖老人心

在孩子们心中，彭亚芳是位“好妈妈”，而在老人们的心中，早已把彭亚芳看成自己的“亲闺女”和“贴心棉袄”。平常，哪怕自家饭桌上只有一两盘菜，彭亚芳还是会给周边的孤老端去一小碟。此外，她还经常去敬老院看望老人，在他们生日时送去蛋糕，在他们不舒服时前往探望并叮嘱按时吃药。

相邻居住的蔡进法老夫妇膝下没有子女，生活无依无靠，彭亚芳她17年如一日，经常主动上门为老人做家务、帮助买菜，默默照料他们的生活，直到两位老人逝世。后来，彭亚芳又对邻里周雁林老夫妇投入爱心，她时常带去可口的菜肴让老俩口品尝，陪伴聊天，让老人的晚年生活不寂寞。

镇上的两家敬老院是彭亚芳常去的地方，1998和1999年，在自家都还没有洗衣机的情况下，彭亚芳省出数百元钱买了两台洗衣机送到敬老院。高龄老人沈琴安不幸跌倒骨折，彭亚芳便经常抽空去照料老人的起居，还买了鸭绒裤、羊毛衫送给她。正逢沈琴安90岁生日，彭亚芳特意精心定制了一只大蛋糕，与其他老人一起为她庆生，感动得沈阿婆热泪盈眶。

2013年11月的一天，彭亚芳照常来到敬老院，她惊喜地看到人群中有一个熟悉的身影，那是她多年前的同事周曾达。57岁的周曾达没有家室，无儿无女，只有几个长住外地很少联系的兄弟姐妹。所以当周曾达一见到彭亚芳，立即感到自己有了依托。他一脸无助地望着彭亚芳说道："彭阿姨，救救我，我想住院。"彭亚芳的心不由震颤，原来，周曾达患有胃癌。彭亚芳一口应承了，"只要有一丝愿望，我就要帮助他住院治疗。"第二天，彭亚芳积极组织社会募捐，筹集了6 200元善款用于老人的治疗，并为老人办理了入院手续。在周曾达住院的40多天里，彭亚芳每天至少3次到病房照料。彭亚芳还为他垫付了14 000多元医疗费。这年12月末，周曾达虽然还是离开了人世，但离世前，他含着泪向彭亚芳表示："我也要回报社会，我想把遗体和器官捐献给国家。"彭亚芳送了周曾达最后一程，看到他能安安心心地离世，心里觉得很值得。周曾达的家属接到通知后从外地赶来料理后事，得知彭亚芳的事迹后，特地送来了锦旗。

20年前，青海老人刘秋玉来到亭林卫生院肿瘤专科住院治疗，刘秋玉是位老劳模，家中还有两个孩子在读书，她来沪治疗后急需一名护工护理，但家境贫困，没什么钱。彭亚芳得知后，主动提出前来帮助。就这样，在刘秋玉住院的28天时间里，彭亚芳每天起早贪黑，为素不相识的刘秋玉送饭菜、擦身、洗衣，还常常陪伴她聊天解闷，使她的病情很快有了好转。出院时，刘秋玉的丈夫凑钱要把伙食、护理等费用结算给彭亚芳，彭亚芳执意分文不收。相反，她在送刘秋玉返回青海时，还送上食物，让他们带着路上吃。那时候彭亚芳在镇办厂上班，月工资不到300元。她如此精心为素昧平生老人当护工，在当地传为一段佳话。

2005年4月，当收到一封来自闸北区吕老伯的求援信时，彭亚芳没有迟疑，第二天花费3个多小时的车程赶到老人家中。这位老人其实是在报纸上看到彭亚芳事迹后，心存疑虑，像这样的好人，社会上是否真有其人？抱着试探的心态按照地址寄信给彭亚芳，希望得到救援。老人是个孤老，患过脑梗，脾气古怪。但彭亚芳不计较，每月总会寄给老人200元，每年十余次前往闸北区为他送饭菜、洗被褥，持续了整整五年，现在他们还保持着联系。

2006年，彭亚芳被评选为金山区优秀共产党员标兵，当她拿到鲜红的证书和奖金时，她把证书珍藏好，而把奖金作了详细的安排，向西部地区捐款、资助一位品学兼优的贫困生、照料孤老，剩下的钱，她则买了100多份点心和米、油等生活必需品，在中国共产党生日那天，把礼品分别送到了敬老院和低保户家中，表达作为一名普通共产党员的一份爱心。

爱心感化　重铸灵魂

多年来，彭亚芳还有另外一个角色——社会帮教志愿者。她用自己的爱心，以她独有的方式进行谈心、通信、家访，帮教了10多名失足者。尽管被帮教者状态不稳定，容易反复，但她不言放弃，彭亚芳说，“帮教的目的不是‘教育’，而是让每个被帮教者感受到被‘尊重’的力量。”

2014年的中秋夜，亭林镇的中山老街渐渐安静下来，河畔43号的旧瓦房中透出橘色的灯光。彭亚芳戴着老花眼镜，手执钢笔一笔一划给远在新疆服刑的小蔡写信：“人生就像一条小河，弯弯曲曲，不是一帆风顺的。我总感到，每个人对社会、对自己、对家庭一定要尽责任。做事先做人，从小事做起，从点滴做起，你对自己要有信心……”

小蔡是彭亚芳的帮教对象之一。那一句句亲切而动人的话语，温暖了大墙内浪子的心。

彭亚芳常常走访看望“迷途者”。2013年夏，百年未遇的酷暑天，彭亚芳撑着太阳伞走进同住中山街的老周家里，还带去了两个西瓜、两块香皂和一条毛巾，这都是彭亚芳掏钱自费的。50多岁的老周曾因盗窃被判入狱。出狱后他四处寻找工作却屡屡碰壁，如今只能和读初中的儿子靠每月的最低生活保障金维持生活。作为老邻居，几十年来彭亚芳一直关心着这个家庭，逢年

成立社会帮教工作室，让每个被帮教者感受到被“尊重”的力量

过节还会带着菜和油上门。老周的孩子也和彭亚芳很亲，见了就叫“阿婆”。

“孩子还小，你的责任很重，要做孩子的榜样。”彭亚芳叮嘱老周道。“我也非常希望能找到一份工作，不管是去扫大街还是去河道打捞垃圾，都行。你帮帮我吧！”老周说。从老周家中出来，彭亚芳忧心忡忡，“关键是要解决就业，社会不要歧视他们。”老周年纪大了，又没有一技之长，工作至今没落实，这成了彭亚芳的一个心病，始终纠缠在胸。

尽管还没找到工作，老周的心思已经定了下来：“以前的雷锋我没见过，现在我见到了，彭阿姨就是活雷锋。她对我就像亲人一样，我不好意思再走歪路了。”

因迷恋赌博而盗窃“六进六出”的小高，丢掉了工作，夫妻离异。刑满释放后，家人很失望，不愿让他进门。彭亚芳主动站出来与他结对，逐一走访小高的兄弟姐妹，终于说服他哥哥接纳他回家居住。

2月6日是元宵节，彭亚芳打了电话叫小高到她家来吃汤圆，他已经进了

5次监狱，彭亚芳很担心他是否真变好了。

在2月7日，彭亚芳又买了一些菜到他家一起吃了晚饭，小高特别激动，他向彭亚芳保证，从今以后一定会改好的。

“不管怎样，我一定要相信他，尽力去帮助。也许有些人说我傻，但我并不傻，我总觉得这就是我的人生追求。

“这两天，我心里有点不高兴。因为小高有点不听话，花钱太浪费，真让我失望。三天没有给他打电话，但我心还是牵挂他，更不知他是否变好，真叫我放心不下，怎么办，真烦心。”

“昨天，小高到金山血站去献血，真的，我为他开心。难道他真的在改变自己的人生？我也希望他有新的改变，我一定要有足够信心等待他的变化。

……”

这是2012年上半年彭亚芳在她的“随想本”中偶尔记下的几句只言片语，从中不难感受出她帮教小高过程中，心情的起起落落。迄今，彭亚芳和小高的结对已长达十余年的时间，写信、通电话、上监狱看望、去家中劝导的次数，连她自己都已经记不清了。受彭亚芳的影响，小高多次流露出对过往的悔恨之情，也曾参加义务献血。但没有稳定的工作和正常的家庭生活，人的状态总是不稳定，这一直让彭亚芳牵挂着。

在彭亚芳的心里，帮教就是建立“相信”的沟通桥梁，而这份意念也传递到了服刑人员的心坎里。

亭林镇的小严也是彭亚芳的重点帮教对象之一。小严的家庭比较特殊，十四岁丧父，母亲的疏于管教导致他时常和一些不良人士混在一起，而亲生哥哥也因为犯罪而锒铛入狱。在这种家庭环境下，小严在18岁时因为抢劫罪被判刑。然而铁窗生涯并没能真正挽救他的心灵，出狱后，年近30岁的小严再次因抢劫罪被绳之以法。彭亚芳了解了他的情况后，开始定期给狱中的小严写信，希望小严能接受自己和社会对他的关爱。然而对于彭亚芳的主动帮助，性格倔强的他始终保持冷漠没有回应。

彭亚芳的爱没有因此停止，得知小严母亲独自一人生活，彭亚芳便自掏腰包买了水果去拜访。彭阿姨看望母亲的消息传到小严的耳中，触动了这位而立之年青年的心，他对彭亚芳的称呼也从“彭阿姨”慢慢变成了“阿姨”。2013年盛夏，一个42℃的高温天，是小严出狱的日子，彭亚芳与亭林镇的几位领导冒着酷热等候在监狱门口。当小严踏出监狱的那一霎间看到好多人来接自己，不禁眼角滑落下感动的泪水。出狱后的第二天，亭林下暴雨，小严毅然来到彭阿姨家看望。临走时，经过中山街，小严停下脚步，弯腰将一个因雨水而被冲起的窨井盖归位，以方便行人。这一小小的举动，令身旁的彭亚芳会心一笑。现在，小严与彭亚芳相处融洽，有时清晨，小严会打来电话说："阿姨，我等会给你带来早饭，您别忙活了。"这时的彭亚芳感到无比的宽慰。

在彭亚芳帮教的对象中，唯一的一个女子小芳，现在已是一家私营企业的老板。几年前，她因从事色情服务而被判监狱服刑。彭亚芳因多次帮教社区矫正人员成功，被邀请去监狱做报告，于是与小芳结缘。此后，彭亚芳不仅时常去监狱探望她，还每月与她通信。出狱前，小芳显得有些恐惧，感觉无颜面对社会，彭亚芳觉察后，和蔼地劝慰她："一个人犯错不要紧，重要的是及时改正。"在彭亚芳的鼓励下，出狱后的小芳开了一家卖油漆的小店，重

与社区青年志愿者交流帮教工作心得

新找到了生活的目标。她说："是彭阿姨教会了我正正经经做人，规规矩矩做生意。"

亭林镇司法所有感于彭亚芳在帮教工作中的付出，于2013年7月26日，以彭亚芳名字命名的社会帮教工作室正式成立，吸引了12名社区志愿者加入到帮教队伍中来。

真挚性情　简朴生活

一大摞报刊、一封封书信以及一张张照片，彭亚芳如数家珍似地给笔者翻看着："喏，这张是我和当兵儿子的合照！""瞧，这个就是青海老人！"……

一旁，20多张奖状：全国无偿献血金杯奖、两届上海市三八红旗手、上海市无偿献血白玉兰奖、第五届上海市慈善之星等。彭亚芳淡淡地说了句："这是党对我的培养，社会对我的鼓励。"

当从抽屉里拿出到学校、社区等地演讲的发言稿时，彭亚芳情不自禁地读了起来，通顺的口语化句子，透露出她的真情实感。

在她的收藏夹中，还存放着一张张收据和一叠叠汇款单：这是山东发大水给灾民捐去的1 000元；那是给一位患病母亲捐出的500元……一张张凭证，串连起了彭亚芳真情奉献的美丽画面。

天色渐暗，采访临近结束，彭亚芳对老伴说："伯观，一会我来煮晚饭。"老伴点点头，到后院坐在了藤椅上收听起了收音机。彭阿姨则拿出竹篮里的青菜，开始清洗，她说："我们的饭菜很简单的，有时煮面条吃，有时炒个菜就行了，老伴毫无怨言。他也非常节俭，衣服、袜子都是破了又补，补了又穿，宁愿朴素自己，省出来帮助别人。"

此时，收音机里正缓缓地播放着经典老歌《最浪漫的事》，"我能想到最浪漫的事，就是和你一起慢慢变老；直到我们老得哪儿也去不了，你还依然把我当成手心里的宝……"彭亚芳感性地说："老伴人很好，我这辈子跟他在一起，不后悔；如果下辈子有缘，我还是要和他做夫妻。"

冰心曾说："爱在左，同情在右，走在生命的两旁，随时播种，随时开花，将这一径长途，点缀得香花弥漫，使穿枝拂叶的行人，踏着荆棘，不觉得痛苦，有泪可落，却不是悲凉。”早在多年前，彭亚芳就和老伴办好了遗体和眼角膜捐赠手续，她说：“算是对社会尽我们最后一点贡献，也是对我们各自人生价值的认可吧。”

彭亚芳的慈善故事，每天继续着。2014年夏天，彭亚芳一边医治着右膝关节炎，一边忍着疼痛依旧奔波在慈善的道路上。她助人为乐的大爱精神感染着身边人，也渗透到了家庭教育中，化作了朴素训诫，那就是：实实在在做人，踏踏实实做事，真心真意为社会。如今，彭亚芳的女儿、女婿和外甥在她的带领下，也积极参加献血，懂得雪中送炭，以实际行动温暖社会。

当问及对今后的感想，彭亚芳平和地说道：“我好比是一支蜡烛，白天看不到光，晚上看得出，甘愿用烛光燃烧自己，照亮别人，只要别人快乐，就是我最大的心愿。”

明白人生的价值，内心清朗坚定。世间，唯有温暖和爱，共话珍重。

汝晶晶

慈善感言：

帮助老人，让我在琐碎的生活中找到自己的人生定位，实现了自己的人生价值，也慢慢改变了我的人生态度。

秦娴，1962 年生于上海，1984 年毕业于上海师范大学历史系，后在黄浦区业余大学当教师，1988 年赴日本留学打工，1998 年回国定居。

2001 年起，每月定期去长宁区新泾敬老院看望老人，10 多年来已为老人捐资捐物逾 10 万元。2003 年度获得上海市“精神文明十佳好人好事”，2010 年度全国“孝亲敬老楷模”，2011 年上海市“慈善之星”称号。

“秦小姐”与她的60位爸妈

故事的主人公秦娴如今已经52岁了，可在长宁区新泾敬老院60位老人的眼里，她是永远的好人“秦小姐”、大家的贴心“闺女”。每个月的21号，是“秦娴小姐敬老爱心日”，她会给老人带来吃的、穿的，陪老人说话解闷。这个约定，从2001年至今，已经延续了14年。

第一次见秦娴，她衣着朴素，头发齐齐梳到脑后扎成个辫子，和老人闲话时一直淡淡笑着，眼角有了鱼尾纹。“她是个热心人！”我在心里给她下了一个定义。可面对面坐着聊开了，我却发现，眼前的秦娴，并不只是“热心人”那么简单。对于帮助老人这回事儿，她有着自己的理解和感悟。她并不是腰缠万贯的老板，她只是个全职太太——丈夫工作繁忙，儿子在美国留学。但在与敬老院老人的相处过程中，她最终找到了自己的人生定位。

老人缺乏的是沟通和交流

2014年4月4日上午，秦娴骑着一辆破旧的自行车，来到位于剑河路599弄的新泾敬老院。她从车兜里提起一大袋近百个青团，那是她当天一大早去家附近的“王中王”食品店排队买来的，还热乎着。“上个月我是3月8号来的，前两天院长打电话问我什么时候来吃馄饨，我想着快一个月了，是得来看看。”

提着青团，秦娴熟门熟路，直奔厨房。活动室里，老人们正围坐在一起唱歌，看到秦娴来了，老人们齐刷刷鼓起掌来，有的还站起来给了秦娴一个热情的拥抱。“秦小姐，侬来啦！”“秦小姐又给我们带东西了！”“秦小姐总是想到阿拉。”老人比见到自己的家人还要高兴。

放下青团，秦娴就往二楼跑。她先来到88岁的小阿宝阿婆的房间，老人两个月前中风了，好在发现及时，现在康复中，只是走路要靠助行器。“最近生过病的，或者身体不好瘫在床上的，我都要专门去看一下，不然不放心。”

她和小阿宝阿婆交流了片刻，又拐进隔壁的休息间，温暖的春日阳光下，几个满头银发的老人正在搓麻将。“胖阿婆，侬瘦点了嘛，肉都跑到我身上来了。”听到秦娴这么说，87岁的任阿婆放下手中的麻将牌，咧开嘴笑个不停。任阿婆上周刚被送过一次急诊，她向秦娴抱怨在医院里睡不好觉，还是回到敬老院里舒服自在，秦娴边听边点头。“我就是来跟老人们聊天的，其实他们吃、穿、用的都很简单，缺的就是沟通交流。”秦娴扭头对身边的护工说。

从二楼回到一楼，秦娴来到100岁的唐阿囡老人床边，拉着她的手，俯身在她耳边说道：“弟弟下个月就回来了，回来了就来看侬哦。”“弟弟”是老人们对秦娴儿子的昵称。尽管口齿不清，但有一句话唐阿婆始终记得牢牢的，那是“弟弟”教她的日语“谢谢”。秦娴说，儿子在还没有去美国念书前，只要双休日有空，她都会带他一起上敬老院看望“外公外婆”的。如今，秦娴每次和儿子越洋通话，都会很自然地提及“外公外婆”的近况，就好像是在说自己的家人一样。

楼上楼下一大圈兜下来，到了老人们吃午饭的时间。秦娴走进敬老院的厨房，帮忙端菜、盛饭，敬老院工作人员也早已习惯，不把秦娴当外人。此时，她发现，有一个位子空了出来。老人们的座位都是相对固定的，如果有空位，那就是有不幸的事情发生。“王玉仙人呢？”秦娴四顾问道，脸色都变了，她有不祥的预感。几位老人站起身，围着秦娴你一言、我一语说：“人没了，就上两个礼拜的事情。”“走路朝天摔了一跤，大腿粉碎性骨折，送到医院两三天就走了。”“这样也好，毕竟92岁的人了，不要再吃苦头了。”秦娴皱着眉头，听着。

王玉仙她太熟悉了，每次见面都勾勾抱抱，很亲热。“她很节约，新衣服都藏起来，舍不得穿，我老是说她。”在敬老院这10多年，每年“送走”一批老人，是必然的，秦娴早已习惯这种离别，只是心中还有不舍。新泾敬老院的老人，80岁算“年轻人”，90岁以上的一大把。“说难听点，这次见了，还不知道有没有下次，所以你说我怎么能不来？”秦娴说。

正和老人说着话，院长袁惠琴把秦娴拉到一边：“明朝，侬去福寿园看看徐素月好吗？”“我会去的，放心。”秦娴郑重地应答着。徐素月是位孤老，生前在新泾敬老院住了多年，秦娴特别关心她，两人感情很深，敬老院的照片墙上，还有“弟弟”亲热地搂着徐阿婆的照片。

袁慧琴回忆，去年年初，徐阿婆心脏病又犯了，被送进医院。敬老院员工和秦娴担心医院护工照顾不周，每天轮班去医院服侍老人，送饭送菜不嫌累，端屎端尿不嫌脏。后来，也许是知道自己时日无多，老人坚持要回敬老院。秦娴留在敬老院，陪了老人最后三天，与她告别。

陪读生活充实却不疲惫

很多来敬老院参观或做志愿服务的人，看到墙上贴的“秦娴小姐爱心敬老日”，总会有疑问：“这个秦小姐，是不是大老板？”其实，秦娴只是一个普通人，而墙上的横幅，已经挂了10多年。

秦娴的父亲在她20岁时就去世了，作为家中的长女，她必须变得成熟、坚强、有担当，像母亲一样。虽然父亲的去世，或多或少影响到了家里的境况，但秦娴觉得，自己还是幸运的：“我的母亲很开明，家里的氛围一直都很好。”更要紧的是，1962年出生的秦娴没有遇上“插队落户”，却遇上了“恢复高考”，乃至改革开放后的“出国潮”。

1984年，从上海师范大学历史系毕业后，秦娴被分配到黄浦区业余大学，当上了团支部书记，和同事们一起备课，度过了4年单纯快乐的日子。在那里，她有幸遇上了现在的丈夫张国榕。“有一天，他跟我说想出国，让我一起去。”秦娴说，“当时就想着，出去看看，或者赚点钱，也好。”就这样，秦娴陪同丈夫远赴日本念书，一待就是10年。走的时候，两人还没有登记结婚，连母亲都没见过这位“准女婿”。

按照本来的计划，夫妻俩是要在日本一起念书的，可是计划赶不上变化，现实迫使秦娴做出了一个决定——放弃念书的计划，出去打工。“算来算去，我们的钱交完学费和房租，就只剩一个零头了。”秦娴说，在念完半年多的语言学校后，她决定去上“社会大学”。

秦娴给自己安排的目标是这样的，每天打工最多不超过3份，“身边有几个福建人，拼死干活，寄钱回家，我不喜欢这样，我想要正常的生活。”她早晨到咖啡店端盘子，晚上到游戏机房打工，她还常到“区域所”的外国人咨询柜台做翻译。丈夫学成毕业在日本找到工作后，他们每年都要到国外旅游一次，再回国探亲一次，日子过得充实却不疲惫。

一家人在日本

在日本，女人结婚后就要回归家庭，但秦娴不甘心。虽然没能在日本继续深造，但她不愿意就此与社会脱节，性格中的独立意识让她不断寻找着自己人生的价值所在。秦娴觉得，丈夫负责物质生活，而她负责精神生活，双方只是在家庭中的分工不同，谈不上谁牺牲多谁牺牲少。正是因为秉承着这样的生活信念，才会有秦娴回国后的“慈善”之路。

炒股票结识张姐

1994年，儿子出生在日本。1998年，秦娴一家回国。她常说：“这10年，是我人生中最好的10年。”

刚回国那会儿，秦娴很不适应。在日本的生活很简单——儿子出生后，母亲过来照料自己，母女俩每天看顾孩子，料理家务。秦娴一有空就开着车带母亲四处游玩，日子过得平淡却温馨。可以说，她在日本已经找到了自己的"人生定位"。回国后，秦娴却难以跟上迅速变化的时代和观念，"大学同学聚会，我还说着当年的那些事，像个老古董。"即便如此，在内心深处，秦娴知道自己必须要回国，因为"那里（日本）不是自己的家"。

想要尽快习惯新生活，最好的办法就是去工作。秦娴想找一份压力不那么大的工作，收入不需要很高，结果没找到。当时丈夫在一家日资的医疗器械公司工作，他曾和妻子商量着一起开公司，"要那么多钱干嘛？"秦娴一口拒绝，她觉得，既然丈夫要出去打拼，自己就有义务守护好这个家。后来，丈夫还曾给她介绍过翻译的活儿，两天收入800元，在当时已经很可观了。可秦娴做了一次就"恨死了"，"要陪客户吃饭，在旁边强装笑脸，你知道我有多反感？！"

秦娴只得继续当她的全职太太。就像10年前初到日本那样，即便是当个家庭主妇，秦娴也有本事把日子过得有滋有味，在生活中寻找自己的价值所在，"人在家，世界在心里"。

1999年，境内个人居民投资B股刚刚放开，秦娴揣着银行卡就去了交易所，在散户室里头兜兜转转了半天，想找个"老师"指教。就这样，她认识了"张姐"，张姐手把手教她怎么开户、怎么买进卖出。秦娴觉得，张姐是个责任心很强的人，便全权委托她打理自己的股票账户，甚至把银行卡都交给了对方。"炒股让我认清自己的贪婪和恐惧，然后战胜它。"秦娴说，一个人对着电脑，其实就是在学着与自己相处，学着锻炼自己的心。

相处久了，张姐和秦娴从"股友"变成了挚友。张姐渐渐了解秦娴的脾气，觉得她是个善良、直爽的人。此时，张姐半身不遂的老父亲就住在新泾敬老院。2001年，在很多人看来，敬老院是一个让老人"受罪"的地方，无论是小辈还是老辈，都接受不了进敬老院生活的观念。但张姐用亲身经历告诉秦娴，敬老院绝对不是这样一个恐怖绝望的地方。她常常讲起老人在敬老院里喜怒哀乐的故事，说得秦娴"心痒痒"的，"现在一个小孩有四个老人照顾，可老人的晚景却比较凄凉，我想去为老人做点事。"秦娴当时说的话，张姐到现在还记得。"那就跟我去看看？"张姐提议。

2001年11月，秦娴第一次来到新泾敬老院，里外转转，和老人说说话，发现张姐讲的没错。“那时老人们的精神面貌远不如现在那么开朗，感觉上他们非常孤独。”秦娴说，“老人因为身体机能不断丧失，心理上也很恐慌，家人关心他们，他们觉得理所当然，如果社会上还有人能付出关爱，他们会感到很开心。”秦娴决定要以自己的能力帮助老人，可是以什么形式呢？她和张姐、敬老院院长商量下来，决定每月设一个固定的“敬老爱心日”。至于为什么是21日，秦娴神秘兮兮地笑了：“因为11月21日是我和丈夫的结婚纪念日。”

于是，不管酷暑严寒雷打不动，每月21日新泾敬老院有个“秦娴敬老爱心日”。院里的60位老人，有了一个共同的贴心女儿。

别看秦娴现在与老人相处得那么融洽，起初她也像那些偶尔上敬老院“献爱心”的好心人一样，面对着老人，不知道该说什么，该做什么。用她的话说，“很僵硬、不流畅”。

2003年，秦娴自费学习了心理咨询师的相关课程。她觉得，心理学是一

与老人在一起最快乐

个润滑剂，是一个台阶，踏着这个“台阶”，她便离老人“更近了一步”。通过心理学专业知识的学习，秦娴觉得自己对人的心理特点有了更深的理解，在和人的相处，特别是和老人的相处中“更有方向感、更舒服了”。而在没有学习前，这种相处有点“盲目”。

比如，在说话方式上，秦娴更愿意把自己当成一名倾听者，“贴着”老人与之对话。这种对话方式并不是虚情假意，或者哄哄他们的，而是面对老人要“打开自己”，进行一种心灵的沟通。“这种姿态，老人会感受到你的变化，他对你的态度也会不一样。”

敬老院有几个腿脚不便的老人，吃饭时无法下楼到餐厅和大家同桌吃，秦娴每次都会特意去看望一下他们，有针对性地个别交流一番。尽管只是打声招呼、寒暄两句，但只要“人往床边一站，老人都懂了”。

当时，心理咨询师还是非常时髦的产物，秦娴考出心理咨询师的资格证书后，并没有做过有偿咨询。和她同期毕业的人，不少已经是行业内的资深人士。“我念这个，不是为了钱，一是为了了解自己，二是为了替家人和身边的人做咨询。”秦娴坦然地说。

退休工资全部捐给敬老院

儿子现在在美国读书，夫妻俩住在闵行区金汇路的一套两室户里，家里开销都靠丈夫，秦娴自己的退休工资，还没有敬老院老人的一半多，“这些钱，买买衣服、化妆品，也就没了，不如拿来做些有意义的事。”那时理一次发只要两块钱，但老人们还是不舍得，敬老院请人来帮老人理发，他们坐在椅子上像坐在火盆上，按下去又弹起来。

院长袁惠琴的案头，放着几本厚厚的硬面抄，这是秦娴14年来捐款的账本。每个月的捐款数额从800元，逐渐涨到1 000元，总计已经超过10万元。这些钱大多用来购买老人常用的食品、药品、草纸、袜子等，页面左侧贴发票，右侧列明细，每分钱的来龙去脉都清清楚楚。老人们看秦娴穿着朴素，骑着辆“老坦克”自行车，曾经商量要凑钱给她买辆电瓶车，被秦娴断然拒绝：“瞎搞，老人的钱我怎么能拿？！”

当时，敬老院有不少老人没有医保，有的老人得了小毛小病也要跑医院，秦娴及时为敬老院配备了“爱心医药箱”，里面塞满了她购买下的日常药品，她还为患糖尿病的老人购来了尿糖试剂，好随时测试血糖指标。细心的她为让老人坐得舒适，活得健康，又出资添置了沙发与健身器……

每年圣诞节、元旦，秦娴无论身在何方，都会给老人们寄出一张明信片，上面写着几句吉祥话：“无事，就是好事。为此，心怀感恩，充满感激。”“愿岁月寿安、铅华褪去、江湖相忘，任自在安顿。”每次收到明信片，院长袁惠琴会拿来读给老人们听。95岁的宋秀华说：“每月到了18、19号，我们就开始数日子，21号，秦小姐就来了。”2011年秦娴当选年度上海“慈善之星”后，她被市领导接见的照片在敬老院里争相传阅，老人们比自己小孩得奖还要开心。得奖后，秦娴把奖金分成60份，用红包包好，分送给敬老院的老人们。虽然每人只有50元，但老人们如获至宝，藏得好好的，因为这是“秦小姐”给的，绝对不能用的。张姐的父亲2009年去世时，这个红包还妥帖地放在他的抽屉里。

这14年来，秦娴的家人也在潜移默化地受到她的影响，将敬老助老当成

像对待自己母亲一样

生活中的一种常态。秦娴的丈夫工作很忙，但对于秦娴做出的决定，他从来都很支持。秦娴拿出全部的退休金来帮助敬老院添置物品，他没有任何意见，甚至提出“物价涨了，再补贴给你几百块”。

敬老院的墙上，有一些秦娴全家与老人们的合影。秦娴说，每当有老人过生日，或者逢年过节时，院长便会招呼他们全家一起过去。丈夫陪着她给老人发发礼品，闲话家常；胖嘟嘟的儿子在“爷爷”“奶奶”身边蹭来蹭去。每当此时，秦娴就觉得很幸福。

“爷爷”“奶奶”喜欢称呼秦娴的儿子“弟弟”。2001年秦娴第一次带“弟弟”去敬老院，他才刚刚上学，懵懵懂懂还不懂敬老院到底是个什么地方，只知道那里楼上楼下地方很大，有个小花园，可以跑来跑去疯玩。另外还有个厨师叫“蒋胖阿姨”，菜烧得很好吃，吃不完还能打包回家。有的吃、有的玩，多开心。

一家人都爱来养老院

随着年龄的增长，“弟弟”也慢慢感受到了和老人的“相处之道”。儿子平时在学校里或者和父母交谈时，大多用普通话，但和自己的外婆、奶奶说话时，就会特意改为上海话，“这种区别对待就是一种尊重”。秦娴说，“弟弟”念高中时，有一次教师节，学校组织学生去看望退休老教师。“一般学生都会有点拘谨，但我儿子的反应就很自然，因为他有经验，这与同敬老院的老人相处是差不多的。”

“弟弟”去美国念书前，只要是周末，都会跟着秦娴到敬老院去。秦娴始终觉得，家庭教育比学校教育更重要，父母的言传身教对孩子的影响是深远的。

敬老院里大家都像一家人

“秦小姐，侬好人有好报”，“祝侬身体健康，长命百岁”。秦娴每看望一位老人，都会收到这样真诚的祝福。“和老人交流，特别简单，即便拉着手，什么都不说，心就被感动了。”秦娴说，她也曾去过别的敬老院，看看能做些什么，“感觉还是这里最舒服，像回娘家一样，这大概就是缘分吧。”

14年来，新泾敬老院的院长换了人，但秦娴一直都在，她不仅赢得了老人们的尊重，也和敬老院的工作人员打成一片。“我们就像朋友、家人一样。”秦娴常常会把自己坚持14年的“功劳”归功于“缘分”，这种缘分既包括与老人之间的，也包括与敬老院的每一位工作人员之间的。她说，在14年当中，她所做的绝对不是一个人就能办到的。这其中，“张姐”是她提到最多的人。

一开始，她并不知道每月捐助的800元钱该怎么花，花在哪里？正巧张姐的父亲住在敬老院，她可以从她那了解老人的需求。“我说要买点蛋糕给老人吃，张姐马上说，老人有糖尿病，不能吃蛋糕，不如买点测血糖的试剂。”每次都是秦娴和张姐、敬老院的工作人员商量了以后，再由张姐骑着自行车去采购，专挑打折的、实惠的生活、卫生用品。张姐的父亲去世后，她还是常和秦娴一起“回娘家”探望老人。

秦娴视张姐为“热心的领路人”。而在张姐的眼中，秦娴重情重义，对她比家人对自己还要“掏心掏肺”。两人初识时，张姐为了全力照顾卧床的父亲辞职了，秦娴知道后，硬是塞给张姐的儿子3 000元，作为孩子上大学的学费。“我相信她，知道她当初说到就会做到，不要说14年了，40年她也能坚持下去。”张姐这样评价秦娴。

在秦娴潜移默化下，敬老院内外都起了变化。过去时常有老人向秦娴哭诉，自己的孩子不来探望。“家属想想，我对老人这么好，亲生孩子还不如‘外头人’来得勤，肯定会有触动。”现在老人们的精、气、神比以往好很多了。附近一些单位也主动找上门来和敬老院结对。“我算抛砖引玉，主要还是这些年社会大环境在变化，更关注老人的晚年生活质量了。”秦娴欣慰地说。

2014年9月26日，重阳节前，新泾镇政府等一些长期结对的单位“扎堆”到敬老院来为老人们过节，送来各种慰问品。秦娴也来了，面对满屋子的人，她微笑着默默地站在角落里。这些年，老人们也在改变着秦娴，特别是对人生的态度。40岁以后的人生怎么过？从踏进敬老院的那一天起，秦娴一有机会就寻找答案。因为在敬老院，生与死是那么平常的事。“人生是什么？就

为百岁老人做寿

是不断做加法，再不断做减法。和敬老院的这些老人们相处的过程中，你会感受到一种切肤的丧失感。他们身上的一切都在不断流失，力气、精力、记忆……”这种感受，在与老人们的互动中，显得尤为明显。“记得前两年有个老伯，因为病重马上要去住院了，我去敬老院看他，握着手什么话都没说，眼泪哗哗地流，我们俩都明白，这也许是最后一面了。”秦娴说，那一刻，没有恐惧和害怕，你会发现人生就是如此，活好每一天，平常心一点，才最重要。与其说我帮助了老人，不如说他们成了我的镜子，让我更明白自己想要怎样的晚年生活。

这些年来，秦娴觉得自己对待身边人的态度也在变化，最直接的是对待家里的老人，“以前对老人没什么特别的感觉，看自己的妈妈和婆婆会觉得很作，很烦人。”而去了敬老院之后，就觉得老人像小孩一样，绝对不是你给点钱就能打发的，老人不在乎物质，在乎的还是“用心”。

间接的是对待自己的孩子更加宽容了，“很多方面孩子和老人一样，在家长的眼中，他们都是‘弱势群体’。你教育他的时候，理直气壮，因为你觉得自己是在帮他，是居高临下，所以你很难体会到他真实的感受。”秦娴说，孩子的自我主张和自我认同感是很强的，所以在教育的问题上，她一直在不断调整自己，要和孩子平等地交流，“要尊重、包容、接纳，倾听、商量、说服。”

至于今后，秦娴说，做成的事，就是该做的事。这个“女儿”的角色，她会一直担当下去。

徐轶汝

慈善感言：

每一个人都能到达人生的云端，医生在救死扶伤中升华，老师在桃李芬芳中升华，科学家在硕果累累中升华，我的人生云端在真善美中升华。

沙拉·伊马斯，1950年出生于上海，有二分之一的犹太血统。她拥有中国国籍，同时还有以色列的永久居住权。现任虹口区政协委员、虹口区女侨胞联谊会副会长、虹口区海联会副会长，热衷公益事业，是多家医院的义工和名誉员工。

度尽劫难传递爱心和宽容

她身体里淌着犹太血液，却是一个不折不扣的中国女人；她有3个优秀儿女，却说特别狠心才能特别有爱。

她是中国第一个回以色列的犹太移民，却在十年后重返上海；她从卖春卷的小生意人，奇迹般地成为世界第三大钻石公司中国地区首席代表。

如今，她热心慈善事业，传递爱心和宽容……

慈善种子　这片土地有恩于我

1950年，在上海的一家医院里，一个长着犹太人特有大眼睛的漂亮女婴呱呱坠地。坐在产房门外凳子上的焦急的父亲立即站了起来，满脸期待地看着护士抱着女婴走出产房。他欣慰地笑了，给女孩取名叫沙拉·伊马斯，大家都亲切地叫她沙拉。

沙拉的父亲立·伊·伊马斯曾经居住在德国和波兰的边境，是一个犹太商人。二战期间，纳粹德国肆虐欧洲，掀起了对犹太人的大屠杀。而各国政府却都表示一时难以收容众多犹太难民。风雨飘零中，只有上海是当时世界上唯一的不用签证或任何官方文件就能入境的地方。1939年，随着德国纳粹残害犹太人的行径加剧，立·伊·伊马斯也不得不辗转逃难，越过边境的重重铁丝网，来到传说中的“上海方舟”。那一年，他已经54岁了。

立·伊·伊马斯在上海开了一家商铺，购置了两辆卡车，经营酒类、地毯生意。生活渐渐富裕了，他便为自己雇佣了一位叫夏桂英的保姆。夏桂英来自苏北农村，她带着和前夫所生的残疾儿子一起住进了立·伊·伊马斯的家里。渐渐地，她的漂亮、能干吸引了老伊马斯。但老伊马斯怎么也没有想到，沙拉刚满一岁，夏桂英便狠心地丢下小沙拉和自己残疾的儿子，嫁给了一个从日本回来的留学生。

两人分手后，年迈的父亲带着孩子们搬入了复兴中路的花园洋房。在那

里，沙拉一天天地长大，父亲却一天天地衰老下去。

有一次，父亲把小沙拉叫到身边，语重心长地说："记住，你到任何地方都要让自己比当地人矮三分，凡事要留有余地。你还要记住，上海人民对我们有恩。"年幼的沙拉困惑不解，当时的她只是一个承欢膝下的乖巧小女孩。但在以后的生活中，她慢慢明白了父亲话中绵长的含意。或许，也是在那个时候，父亲把慈善的种子埋在了沙拉的心里，让沙拉在多年以后，毅然选择留在中国，留在东海之滨。

按照犹太人习俗，女孩子12岁生日时，要过一个盛大的"成人节"，庆祝长大成人。父亲不止一次地抚摸着沙拉的头发，说："孩子，快快长大吧，我就可以给你开一个隆重的party了。"然而，老伊马斯终究没能等到那个梦想了无数遍的party。1962年4月，他永远离开了女儿。

落葬的那天，上海下着倾盆大雨，仿佛连老天都不忍心看到这么悲惨的一幕。在青浦的吉安公墓，小沙拉穿着一件黑色棉袄，孤零零地站在那里。除了帮忙下葬的工人外，她找不到一张亲人的面孔。

墓穴里那么多水，沙拉不明白工人们怎么就这样把棺材放进去了？沙拉哭着喊道："不要！那会把爸爸弄湿的，爸爸会冷的。"没有人理会她的哭叫，父亲的棺材被渐渐埋下去，埋下去，沙拉培上了最后一镐土……

初中毕业后，沙拉成为了上海铜厂的一名普通工人。几年后，她嫁给了一起在铜厂工作的丈夫，有了自己的孩子，生活安定和谐。

付出爱心　懂得给别人自尊心

如果说，遥远的以色列是年轻的沙拉梦中偶尔飘过的一朵浮云，那么做了母亲后的沙拉越来越难以摆脱那份淡淡的乡愁。在沙拉心里，上海是她永远的故乡，但血统上她却是个犹太人，她忘不了自己的根。

沙拉回以色列的过程是十分艰难的。1971年，以色列移民局同意沙拉回去，但直到1985年，上海市公安局才通知沙拉可以办理护照，沙拉翘首以盼，终于等来了这个机会。

由于当时中以还没有建交，沙拉只有先去日本才能转机飞往未曾谋面的祖国。在日本逗留的两个星期里，沙拉辗转难眠，她的心被复杂的情感交织着。“如果现在回以色列，就意味着和孩子们失去了联系，作为母亲，有什么比孩子更重要的呢？可如果放弃，以后真的很难说还会不会有机会回以色列。”思考再三，沙拉还是选择回到上海。

让沙拉万万没想到的是，回上海后，丈夫向沙拉提出了离婚。那以后，她不得不带着孩子们开始独立生活。

1991年，中国和以色列正式建交。这一年，41岁的沙拉终于如愿以偿地回到以色列，并且作为第一个从中国回以色列的犹太移民，受到了以色列总理拉宾的接见。

只是，沙拉朝思暮想的故土，并不是梦中的“伊甸园”。41岁的沙拉必须从字母开始，在最短的时间里学会希伯来语。

很长一段时间，沙拉每天都逗留在超市里，她不时地指着货架上的商品，用英语问别人“What's this？”（这是什么），边听边用中文记下发音。尽管有时一个上午只能学会一、两个单词，但沙拉从来没有想过放弃。她一直记着父亲的话，要在逆境中学会生存。半年后，沙拉已经可以用希伯来语应付简单的生活。

克服了语言关后，如何生存下去成了她面临的最大问题。沙拉决定卖春卷过活。她从超市买来面粉，凭着记忆学习上海老人们开粉、打春卷皮。在打坏了四五斤面粉后，她终于打出了第一张春卷皮，沙拉忍不住喜极而泣。

一年后，沙拉终于凭借自己的力量，把3个孩子接到了身边，骨肉团聚。刚和孩子一起在以色列生活时，沙拉像在中国一样把孩子伺候得无微不至，她心甘情愿地成为了孩子们的“电饭煲”、“洗衣机”、“清扫机”。孩子们每天放学回家，放下书包就在家里坐着看书看电视，沙拉什么也不需要他们做，对他们的唯一要求是，只要考上大学怎么都行。

一个邻居见到沙拉如此对待孩子，毫不留情地批评了她：“别把你那种落后的教育方式带到以色列来，别以为你生了孩子，就会养孩子。生孩子是母鸡都会的事，养孩子则是另外一回事！”这番话点醒了沙拉，是啊，孩子总有一天要走进社会，如果从小缺乏生存能力，必定会影响他们以后的工作、事业，甚至是婚姻生活。

那以后，沙拉完全改变了对孩子的教育方法，她把孩子当成家里的一个成员平等交流。渐渐地，孩子的学习不用沙拉操心了，他们放学后会自己回到房间做功课。做完功课以后，主动出来帮沙拉做第二天要卖的春卷。

沙拉说，孩子们之所以这么快就能懂事，就是因为她会把家中的情况不时告诉他们。当时，他们的生活比较拮据，这些她都会跟孩子们讲，也会告诉孩子们她在做什么，希望他们做什么。孩子们很聪明，也有思想，听到妈妈这样推心置腹的讲述，也知道自己应该做什么。到了后来，孩子们会争着去交水电费，把冰箱里塞满食物。沙拉说，自己跟他们做的是平等交流，不是告诉他们应该去做什么，而是让他们自己意识到应该做什么，为什么这么做。

让沙拉欣慰的是，孩子们不仅懂事，还学会了对别人付出爱心。把孩子们刚接到以色列的那阵子，从上海带去的衣服大多不适合当地，沙拉常常会去捡别人的旧衣服。在以色列，犹太人一般会把不穿的衣服干干净净地洗好，整整齐齐地叠上，放在垃圾桶旁边的旧衣篮里，让那些还处在贫困边缘的人捡回家穿。很长一段时间，沙拉和孩子们的衣服都是捡来的。

爱孩子是她的天性

当沙拉的经济状况逐渐好转后，她同样也是把自己家不再穿的衣服，干干净净洗好，整整齐齐叠起来放在垃圾桶边，提供给需要的人。每每这么做了之后，沙拉都会特意交代孩子：“如果你们看见有人穿了我们的衣服，千万不要说，那件衣服原来是我的。”

几天后，儿子就跑回家对沙拉说：“妈妈，妈妈，我看见一个苏联人穿我们家的衣服了。但是，我没有说出来，我假装没有看见，从他身边走过去了。”

沙拉立刻表扬孩子：“你做得对，好孩子！给别人自尊心，才是真正爱别人，才是真正帮助别人。”这些都是沙拉的心里话，帮助别人，也要给予对方尊严。以前，她捡别人衣服穿时，也常常会想，孩子们已经长大了，如果有一天，学校里的同学说“你穿的衣服是我的”，那他们该怎么办？思虑很久，她告诉孩子们：“如果有人说，你的衣服是我的，你们一定要说，谢谢你对我的帮助。”她甚至告诫孩子们，千万不要回嘴说：“衣服是我在垃圾桶边上捡的，凭什么说是你的？”沙拉希望孩子们明白，要珍惜别人的帮助。

虽然，孩子们从来没有对沙拉说过是否曾发生过类似的事情，但是，沙

参加社会活动

沙拉和以色列孩子们

拉深信，如果真的有人说“你穿的衣服是我的”，孩子们一定会非常有修养地谢谢对方的。

在沙拉的指引下，孩子们越来越会关心别人。他们家的楼上，住着一位老人，每当他们看到老人手里提着很重的东西上楼时，都会主动上前帮忙。每次孩子们帮完忙，沙拉都会对他们竖起大拇指。沙拉说，这样做的好处就是让孩子们懂得在别人需要帮助的时候，自己一定要主动伸出援手。

有一次，沙拉生病了，需要在晚上12点和早上6点服药。两个孩子划拳分工，一个在晚上叫沙拉起床，一个在早上叫沙拉起床。那是以色列最冷的季节，他们的家也没有装空调，晚上12点，沙拉被其中的一个孩子摇醒，告诉她该吃药了。当时屋里特别冷，沙拉看着孩子站在她面前把药端给自己时，眼泪就流了下来。

沙拉和孩子们在一起的画面，就犹如一幅幅篝火图。画面中，她用篝火点燃孩子们生命深处的善良和爱心，也点燃了他们以后的人生路程。

慈悲为怀　幸运成为钻石商人

或许沙拉的人生注定就是那么不平凡。正当生活渐渐安定下来，她幻想着可以过上衣食无忧有儿有女的生活时，阿以冲突升级，沙拉和3个孩子所在的特拉维夫市不断发生爆炸，整整一个月他们都是在防空洞内度过的。

在防空洞里，沙拉告诉孩子们："这是你们学习语言的最好机会。"她鼓励孩子们和其他小朋友一起玩，在交往中掌握以色列语言。

沙拉经常在爆炸间歇带着自己的孩子观看爆炸后的场面。防空洞的上空缭绕着烟雾，是烈火发出的浓烟，还带着人肉被烧焦的油腥气。沙拉搂着孩子们说："如果你们能在战争中成长，你们将成为一个优秀的人。"这就是沙拉的教育哲学。

战争一天天变得残酷，左一次右一次的人体爆炸也愈演愈烈。那时的特拉维夫，随处可见人的肢体挂在墙上。有好几回，沙拉都是死里逃生。有一次，刚下公车没多久，身后的车就爆炸了，刚刚还是美好的生命，一声巨响后就灰飞烟灭，这种惊悸和震撼，一个没有经历过战火的人，永远也无法体会。

直到现在，沙拉每天出门，包里都还不忘放一根橡皮筋，这是战争遗留给她的习惯。在以色列，如果车上一有撞击，沙拉马上就会条件反射，用橡皮筋把大动脉扎住。

当城市重新恢复平静后，沙拉依旧卖着春卷。一次偶然的机会，沙拉知道自己可以拿一笔移民安置费，领到钱后，她决定开一家餐馆。

沙拉继承了犹太人的经商天赋，顾客喜欢吃什么，她就投其所好。她的餐馆在当地人气极旺，沙拉的知名度也越来越高。就连以色列司法部和移民局也常常来找沙拉做翻译。

2002年，沙拉的命运发生了翻天覆地的变化。那年，在以色列发生了一起四川劳工杀人碎尸案件，沙拉同以往一样协助司法部门办案。几天几夜的审讯，6个犯罪嫌疑人均守口如瓶，不肯说出真凶到底是谁。

沙拉没有放弃，苦口婆心地为他们分析利弊，希望他们明白隐瞒下去对6个人都没有好处。除此之外，细心的沙拉还为他们买牙膏、短裤一类生活用品。这个能说一口流利的普通话和中国许多方言的犹太女人，终于用诚意打动了他们。在她的努力下，其中的5个劳工开口说出了杀人者的名字。

案情有了决定性的转机，沙拉的心定了。连续陪审了几天几夜的她，这时才觉得疲惫不堪。她把翻译的事情交给另一个以色列移民，自己到休息室躺会儿。即使在休息室里，她也依然没有忘记用耳机旁听案情的进展。

当她听到杀人犯的一句“我的朋友帮我把事情瞒了。”被另一个翻译翻成“我的朋友帮我把尸体埋了。”沙拉暴跳如雷，一下子从休息室冲到了审讯室。可等沙拉到了那里，杀人犯借着翻译的失误，已经推翻了原先所有的口供，指认另外5个人是他的同党。

对于这个严重失误，司法部门强烈要求沙拉隐瞒，因为这关乎他们的声誉。但沙拉没有妥协，这毕竟关系到5个中国人的生命啊。她赶紧躲到洗手间，和以色列政府通了电话。最终，案件重新审理，只抓了主犯，其余5个中国人被释放。

这件事情震惊了整个以色列。让沙拉难以置信的是，她的真诚竟然打动了拥有百年历史的罗斯蒂克兄弟钻石有限公司的老板，全权委托她作为该公司中国地区的首席代表。一夜之间，沙拉从一贫如洗的新移民变成了手握价值200万美元钻石的商人。当然，把这么贵重的商品交给一个“不相干”的人，公司还是非常慎重的。他们对沙拉进行了两次测谎仪的考试，还派私人侦探到上海来调查她的情况，在以色列政府和中国政府都出具了无罪公证后，才决定聘用她。对于罗斯蒂克这样的家族企业，沙拉是其第一个非家族成员的首席代表。可以说，沙拉是幸运的，她的幸运，或许应该归功于她那颗慈悲为怀的心。

再一次回到中国，沙拉的身份变了，但她直率、爽朗的性格还是一如既往。沙拉在上海市百一店东楼开设了钻石专柜，并把自己的办公室选在了金茂大厦。

知名度一天天上升，沙拉时刻记着父亲说的话。她告诉自己，在自己父亲的那一代，中国人对犹太人有很多恩情，中国对父亲的好，她一定要来回报。不管何时何地，只要中国人需要帮助，她都愿意伸出援助之手。

内心温暖　热爱公益传递爱心

就这样，沙拉开始活跃在上海的各种公益场合，尽力帮助周围的弱势人群。沙拉主动要求成为洋泾地区公利医院的义工，还被院长聘为“荣誉职工”。刚开始，她仅仅是每周去医院2次的普通义工，由于她办事果敢，越来越多的人找上门来，沙拉成了解决医患纠纷的好帮手。

外来妹小刘在临近手术前，突然拒绝手术，吵着闹着，完全不听任何人的劝解。沙拉得知这个情况后，仔细了解情况，原来小刘得了卵巢囊肿，原本想花6 000元做腹腔镜，借够了钱到医院，却被告知需要1万元手术费，并建议她做开腹手术。由于医生没有解释清楚，小刘认定是医院欺骗了她，哭闹着不愿再做手术，连病友的话都不听。

沙拉走到她的身边，告诉她：“我是社会工作者，是来倾听你的声音，帮你解决问题的，但我说的话你也要耐心听。”沙拉为小刘分析了腹腔镜和开腹手术的利弊，然后说：“我们把钱的问题放一放，先来看看病情，再找适合你的手术。不是说减少痛苦就是适合的，医生说腹腔镜有可能失败，所以才建议你开腹。如果你坚持要腹腔镜，不够的钱我可以给你补上。但是我们要相

在医院做志愿者

信医学和医生，到底哪种方式才能把病治好，你要想一想。”15分钟后，小刘终于同意开腹手术。

当天晚上，沙拉打电话到医院问了小刘的情况。第二天一早，沙拉特地赶到菜场，买了鸽子，让保姆煮了鸽子汤给小刘送去。小刘感动不已，在病床上，她哭着承认自己昨天是钻了牛角尖，“没有沙拉，我不会开刀”。

不久后，沙拉用心撰写了《特别狠心特别爱》一书，在签售现场，她认识了一个患有白血病的孩子吕鹏。当时，鹏鹏和妈妈拿着这本书，排队等着沙拉签名。好不容易轮到他们了，鹏鹏迫不及待地对沙拉说：“阿婆、阿婆，这个‘爱’字我认得。”

孩子的纯真，让沙拉觉得特别可爱，不由得多看了他几眼。这一看，沙拉发现这个孩子的一只眼睛和常人不同，一问才知道，孩子得了白血病，病毒侵害到眼睛里，一只眼睛已经瞎了。沙拉当机立断，约母子俩到自己做义工的上海和平眼科医院就诊，并且资助了他们手术医疗费用。

鹏鹏装上了义眼，但是，他遇到了另一个棘手的问题。因为他是超生的孩子，没户口就不能上学，除非补交超生罚款，而鹏鹏家生活拮据，实在拿不出这笔钱。

于是，沙拉打电话到当地的计生委说：“我来给孩子交罚款。”工作人员说：“你知道吗？这个孩子得了白血病。”沙拉说：“我当然知道了，但这个孩子现在要读书。”沙拉又说：“这是一个得了白血病的孩子，你们要罚他六万多，能否请你们网开一面。我是真心诚意地想帮助他，让小孩子能够上学，尽可能获得快乐。”工作人员被沙拉儒雅、诚恳的言语所感动，最后同意处罚二万五千元。

将钱汇去后，下午沙拉就打电话给吕鹏的妈妈。吕妈妈激动地说：“阿婆，贵人啊，户口报上了，让鹏鹏来跟你说话。”电话里，传来鹏鹏稚嫩的声音：“阿婆，我是鹏鹏，我是因为‘爱’字认识您的，我要说，阿婆，我爱您，现在，鹏鹏给您磕头了。”随后，电话那头传来“嘭嘭”的磕头声。沙拉赶紧叫：“孩子，快别这样……”听着孩子磕头的声音，沙拉心里特别过意不去，眼眶也湿润了，她甚至觉得自己早就应该帮他把户口问题解决掉，让他早点能够和正常孩子一样背着书包上学去。

沙拉还是虹口区监狱“一帮一”志愿者，她常常会去监狱演讲，鼓励犯人们改过自新。每每，沙拉都声情并茂地对在押人员说："其实，你们都曾经是好人，是好父亲、好丈夫、好儿子，但是一念之差，使你们掉进了陷阱。陷阱很深、很冷，苦于没有梯子，幸好上苍给你们放下了梯子，但是梯子特别长，有很多档，每档有365天，你们一定要咬紧牙关往上爬啊……"沙拉的演讲，说到了很多在押人员的心坎里。监狱长说："这是我听过的最棒、最浪漫、最让人回味的演讲。"沙拉还去社区为监外执行的犯人讲课，每次讲完课，很多人站着不走，对她说："听您讲课特别有意思，您下次什么时候再来啊？"

对沙拉而言，慈善是胸怀高度和宽度的体现，慈是慈悲为怀，善是善举，大到壮举，小到举手之劳。无论是精神上的安慰，还是物质上的关心，人人都应该多付出一点给社会，多付出一点给需要帮助的人。

尽管给过别人很多方便和帮助，沙拉还是说："我要感谢社会，给了我这么多平台，让我发挥才能。并且，大家对我的肯定和鼓励，是我前进道路上的加油站。"

在阿根廷和志愿者在一起

2013年年底，沙拉自己碰到一桩飞来横祸。那天早晨九点多，沙拉在去华山医院做义工的路上，途经华山路南京西路口，站在人行道上等着红灯转绿灯，正准备过马路。忽然，一辆机场大巴迎面撞来，沙拉一下子被撞飞两米多，躺倒在地上，右手严重扭伤。事故是由于大巴司机抢黄灯造成的，司机说要陪沙拉去医院，而当沙拉得知这一车的乘客都是急着赶飞机时，她竟然出乎意料地对司机说："这么多乘客急着赶飞机，我给你提供一个方便，你先走吧。"沙拉的宽容感动了现场的交警和路人。

当大儿子得知妈妈被撞后，非常担心，也非常气愤。他让妈妈提出诉讼，要求理赔医疗费用，沙拉阻止了。沙拉安慰儿子说："交警与机场二线的工作人员带着鲜花、水果来看过我了。"在这件事情上，沙拉特别感谢交警支队的傅警官，傅警官曾多次打电话问候她，让她安心静养。

因为右手扭伤，她连洗脸、洗澡都无法自理，而肇事司机事后的推诿态度更是令人心寒。即便是这样，沙拉还是宽容地说："我是犹太后裔，虹口这片土地曾收留过成千上万的犹太难民，而我的父亲就是其中一员，当车子撞

在墨西哥和残疾人志愿人员在一起

倒我的时候，我首先想到的是宽容，因为宽容会带来和谐。”

沙拉说，做慈善就是要花钱、花时间、花心血。只要身体允许，沙拉每年要求自己做200小时的志愿者，至今为止，她已经在以色列、中国和墨西哥等地帮助过许多弱势人群。她希望通过自己的努力帮助更多有需要的人，在做义工时，她常常会自掏腰包，买生活必需品和玩具送给那些贫困家庭和他们的孩子们。这样一个内心温暖的人，身上充满了正能量。正能量，就像太阳光一般和煦明媚，而像沙拉这样内心温暖的人，也正是社会上一缕明媚的阳光。

享受爱情　上海男人来遮风雨

沙拉在工作中也找到了自己的爱情。一次，沙拉参加在金茂大厦举办的袜业展览会，认识了一个复旦大学的老师。两人一见如故，聊到兴头上，那位老师突然拍腿说：“沙拉，我要介绍一个上海男人给你，琴棋书画样样精通，你一定会喜欢。”

几天后，介绍人把沙拉和陈凯两人约在钱柜KTV见面，沙拉提前到了“相亲”地点，不一会就见到远处有个胖胖的、圆咕隆咚的男人向她走来。初看上去，沙拉怎么也不敢相信这个其貌不扬的男人文武双全，但走近一看，这个男人那双炯炯的摄人心魄的眼睛，让人觉得有些与众不同。

第一次见面，两人都有些拘束，陈凯怪不好意思的，一直拿手帕擦汗，沙拉说的话也不多，两手一直放在前面，绞弄着纸巾。倒是介绍人在一旁干着急，忙着给两人找话题。这时，沙拉才知道，陈凯比她小4岁，在市教委工作，6年前离婚，有一个儿子。

以后的日子里，陈凯常约沙拉一起吃饭，但两人的感情一直没有太大的进展。直到有一天，沙拉请陈凯到家里共进晚餐。吃完饭，沙拉像往常一样把当天的报纸看完后随手放在了一边。没想到，陈凯竟然拿起那叠报纸，按照页码，重新整整齐齐地折好，再放到废报纸堆里。

就在那一瞬间，沙拉觉得这个中国男人既傻又可爱，她大声地笑了起来，笑着笑着，竟然有一种液体慢慢流出了眼眶。

“你怎么了？”陈凯慌乱了，温存地拥住了沙拉。这是两人第一次挨得那么近。

“你真的是太可爱了。”沙拉蛰伏已久的爱复活了。

“我觉得这是应该的，如果在单位，你看完了报纸还有别人要看，做事情要照顾别人的感受。”沙拉第一次听到陈凯那么严肃地说话。

迎着陈凯真诚而热切的目光，沙拉怦然心动，这是个多么善良、多么细腻的男人啊，有着一颗柔软、纯净的心，不经意间深深打动了沙拉那颗同样柔软而敏感的心。那个夜晚，两个满怀情意的人终于紧紧地拥抱在一起……

2003年12月31日，陈凯深情地对沙拉说；“沙拉，这是我们认识的这一年的最后一天，我们结婚好吗？”沙拉抬头望着陈凯的双眸时，那盛满的情意让她无法拒绝。

走出民政局，沙拉对陈凯说：“我会好好爱你一辈子！”内敛的陈凯只是紧紧地抓住沙拉的手，对他来说，那么直白的话实在不好意思说出口。但他第一次告诉了沙拉一件关于他和前妻的事情。“今天真的是太顺利了。当年我和前妻去结婚登记，我竟然从公交汽车上摔了下来，也不知道是怎么回事。”沙拉不禁“噗嗤”一声笑了出来，她知道这个男人心里面是十分爱她的，只是不知道该如何表达出来。

和丈夫一同旅游

婚后，两人把再婚证书变成了一个盒子，双方都往盒子里装宽容，装爱情。沙拉从来不曾试着改变陈凯，她认为如果不能适应他，那么就应该去宽容他。

现在沙拉已经退休了，她的三个孩子两个已经结婚，他们有了自己的事业来往于中国和以色列，她还有了孙辈，当上了奶奶。

沙拉曾经是不幸的，因为命运给了她太残酷的打击，让她经历了太多的艰辛和苦难。沙拉又是幸运的，因为她现在有了一个相知相契、爱博情深的伴侣，和一个幸福温馨的家庭。作为一个女人，她知足了。

孙　钰

慈善感言：

慈善是一种慈悲和良善，是慰藉别人心灵的义举。融入了真情的慈善，不仅能让那些被帮助者在生活上体会到关爱和关心，从而使心灵的创伤得到抚慰。其实，我们做慈善的人，往往也能得到心灵上的洗礼和灵魂的升华。

徐莉佳，1987 年 8 月出生于上海，中国帆船运动员。曾荣获游泳项目比赛全国冠军 8 次，亚洲冠军 2 次，世界冠军 2 次。

多次在世界帆船比赛中获冠军奖励，2008 年获得北京奥运会帆船激光雷迪尔级女子单人赛铜牌，2012 年获伦敦奥运会帆船激光雷迪尔级女子单人赛金牌。从而登上全世界帆船运动的最高峰，开启了中国“大航海时代”。

海的女儿

在海的远处，水是那么蓝，像最美丽的矢车菊花瓣，又是那么清，像最明亮的玻璃。然而海是很深很深，深得任何锚链都达不到底的。要想从海底一直达到水面，必须有许多许多风帆一个接着一个地联起来才成。有这么一个姑娘就住在海下面，她叫徐莉佳。

说实话，若不是从事新闻这一行，对于徐莉佳这样的女子，我只有高山仰止的份儿。凭借奥运冠军的身份，她本可以很好地着陆，谋取在政府部门的一官半职；而凭借她从事项目的高端和稀缺，以及她自身良好的形象和出色的谈吐，她也能获得很好的商业发展前景。不过，她却选择了一个苦行僧一样的行当：写四部中文帆船书，外加一本英文自传，时间跨度计划是两年。而这两年，她还需要进行英国的大学课程，以及巴西奥运会的备战，她这个计划是不是有些疯狂？她告诉我，她最大的理想，就是成为一名自由撰稿人，看来在她的骨子里，还是有一份文青的特质，有着疯狂的想法和欲望。

2012年CCTV体坛风云人物最佳女运动员
（The best sports woman in China 2012）

每次与徐莉佳的见面，都如她的行程一样，马不停蹄；而每次短短的见面时间里，她总能留给我深刻的印象。这个姑娘太不容易，她的故事青春励志，值得年轻人学习。她身上的光环与她奥运冠军的身份无关，更与她的身价无关，完完全全地诠释了一句成语：天道酬勤。

直挂云帆济沧海

这是一个在中国只有不到80个人参与的项目，这是一个在欧美有着不可想象广泛群体的运动，这就是帆船。

驾帆远航，乘风破浪，人类对大海有着天然的依恋，也执着于与它博弈所带来的畅快。起源于欧洲的帆船，其历史可以上溯到远古时代，作为一种运动，早在古罗马时期，它就被诗人维吉尔记载入了他的史诗作品。一直以来，帆船都作为血统最为悠久纯正的欧洲运动而扬名世界，欧美选手也长期占领着奥运会以及世界级帆船比赛的最高领奖台。

然而现在，这种绝对优势正在成为过去时。2012年第30届伦敦奥运会上，帆船比赛的最高领奖台上出现了一个中国女孩的面孔，她以35分的净得分，获得了帆船激光雷迪尔级女子单人赛冠军。她，就是上海姑娘徐莉佳。

2012年12月体育画报封面人物（Cover of Sports Illustrated China Dec. 2012）

1987年8月30日徐莉佳出生于上海一个工薪家庭。天生右耳听力有缺陷，左眼也视力受损，几近失明，但是乐观与坦然始终伴随着她的训练和生活。“虽说我只有普通人一半的听力，但是这可以让我更加专心；左眼视力模糊不清也没有关系，因为右眼还是比较正常的。”她解嘲地说。

进行帆船运动练习16年以来，凭借顽强的毅力以及对帆船运动的无比热爱，徐莉佳翻越了常人无法想象的障碍，成为中国帆船奥运金牌第一人。

在伦敦，我们看到了一个不一样的徐莉佳，看到了一个真正的“海的女儿”。

50秒尖叫，高飙海豚音，属于胜利者的咏叹调，徐莉佳第一个冲过激光雷迪尔级女子单人艇比赛的终点。韦茅斯·波特兰港，惊见中国冠军。

蓝天、碧云、激流，星帆点点。这片海，风暴之后是温柔。25岁的上海姑娘，以中国帆船首枚金牌，里程碑式地将五星红旗插上这片异国陌生的领地。她征服了世界！

徐莉佳朝着众人，冲着镜头，重重挥了一记拳头。16年的执着，她一直相信乘风破浪会有时，直挂云帆济沧海。

国家体育总局副局长、中国体育代表团副团长肖天给出了这样的评价：“这枚金牌拿得太不容易了！帆船、帆板项目一直是欧美国家的强项，特别是这次奥运会东道主英国更是帆船运动大国，大大小小的俱乐部中从事和开展帆船、帆板运动的人多达万人，而在中国只有八九十人，所以，徐莉佳能在帆船、帆板项目中获得金牌，绝对属于虎口拔牙。”

与帆船结缘，在徐莉佳看来，颇有些“意料之外，情理之中”。

1992年，5岁的徐莉佳开始在上海长宁区体校游泳队进行训练。游泳可谓小莉佳的童年特长，扎实的训练让她长得很结实，而练习了5年游泳以后，1997年6月27日，徐莉佳记得清清楚楚，那是她到上海帆船队报到的日子。当时她就蒙了，“爸爸妈妈说去练练也挺好的，我就去了。当时还把帆船当作

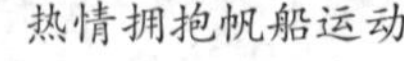
热情拥抱帆船运动

了帆板，在电视上见过帆板冲浪啊，觉得还挺时髦的，入队后才知道是两码事。”也就在这个时候，小莉佳遇到了一位后来彻底改变她生活的人——她的帆船启蒙教练张静。

“每次我讲话时，一队孩子中，总有一颗小脑袋探在最前面，我一看，就觉得这孩子有股特别的认真劲儿，对她就格外关注。”这是张静回忆对徐莉佳最初的印象。后来张静才知道，这个特别认真的孩子，因为右耳弱听，总要侧着耳朵才能听清教练的每一句话，而在理解了教练的意思后，她还会加倍进行训练，心无旁骛、专心致志。

张静敏感地意识到，小莉佳的认真和努力将使她在运动的道路上走得更远，张静愿意尽心教导莉佳，帮她插上一双能够圆梦的翅膀。就这样，从1997年起，不到10岁的徐莉佳就开始了跟随张静教练练习帆船OP级项目。

OP级帆船是一种专门适用于儿童的帆船，按照规则，该项目的运动员年龄应在15岁以下，比赛时运动员要每人操作一架小帆船参与竞速。由于这种帆船船体小，易于学习，因此它在帆船界的地位，与卡丁车在赛车界基本相当。

开始了OP级帆船的训练，小莉佳的成绩突飞猛进。从体能训练到出海实战，短短两年，她就具备了在这一级别比赛中夺牌的实力。1999年亚洲帆船锦标赛，徐莉佳随中国队夺得OP级帆船团体冠军。两年后再战亚锦赛，她获得团体第三名。2001年世锦赛，年仅14岁的徐莉佳夺得OP级帆船比赛女子冠军。一年后，她再次参赛，成功卫冕。2002年釜山亚运会，徐莉佳夺得帆船女子OP级金牌。至此，小小年纪的她实现了亚锦赛、世锦赛、亚运会的“大满贯”。

2013年1月《第五频道》杂志封面（Front Cover for The Fifth Channel magazine Jan 2013）

回忆当年，徐莉佳的脸上始终洋溢着甜甜的笑容，“我喜欢乘风破浪的自由感觉，不过也遇到过惊涛骇浪的心悸经历”。12岁在福建训练时，她遇过一次险，“教练出门前还说‘没事的，就是天色暗一点’。谁知道一出海，就碰上了暴风，他最后一次测试，说浪有17米高。以往遇到狂风暴雨，我们的船都会被教练船拖回来，但那次连教练船都打翻了。我哭得稀里哗啦的，心里就在想‘老天保佑啊，让我平安回去吧’！事后问队友们当时在想啥，大家居然都是这个念头。真的也挺神奇的，我们全队没有一人的器械发生故障，放在平时肯定会出问题，但那次竟然都没事，全队安全返航”。

2003年，按照国际帆船帆板协会的规定，超过15岁的选手必须由OP级帆船改练大级别项目。于是，徐莉佳依依不舍地离开恩师张静，转投到刘小马教练麾下，项目也由OP级改为激光雷迪尔级。巧的是，刘小马正是张静的丈夫。

在徐莉佳眼中，两位师傅的执教风格迥然不同：“张教练就像慈母，我现在还经常给她打打电话，说说心里话。而刘教练更像严父，有时候特别厉害，让我有点儿怕。”

伦敦奥运冠军纪念封和邮票（Memorable Stamps and envelops for London Games）

在张静眼中，徐莉佳是个“特别要”的孩子——在上海话里，“要”指的是“有进取心、认真、能吃苦耐劳”。当年张静手下的20多个孩子，只有徐莉佳坚持到了最后。而在刘小马眼中，徐莉佳则是个“特别有自制力的孩子，而且很能吃苦”。

大级别项目无疑要比OP级的训练强度和难度更大，徐莉佳也为之付出了更多心血和汗水。可正当她专心苦练之时，身体出现了危机：2002年年底，她的左腿长了一处肿瘤，需要手术切除，“虽说手术不大，可这样肯定没法子打雅典奥运会了”。

当时北京已经成功申办2008年奥运会。帆船作为我国的奥运弱势项目，亟待进一步发展。徐莉佳是帆船界的好苗子，而参赛也是运动员训练过程中必不可少的一环，2008年奥运会人们期待她能够夺冠，那么2004年雅典奥运会就成为了最好的练兵场。可因为这次伤病，徐莉佳不得不遗憾地错过了雅典奥运会，无奈地将奥运之梦推迟了四年。

然而，也正是通过这次机会，徐莉佳真正认识到帆船运动对自己的意义：“自从那次之后，我才知道自己有多么热爱帆船，刚做完手术休息的那几天，真是好想念大海啊！”

梅花香自苦寒来

伤愈复出的徐莉佳继续着一贯的勤奋、努力。在2005年的全运会上，她取得了女子欧洲级第二名，之后，徐莉佳改练女子雷迪尔级。雷迪尔级又称为激光雷迪尔级，是2008年才被纳入奥运会的运动项目。

改练女子雷迪尔级后仅8个月，徐莉佳就参加了2006年世界帆船帆板激光级锦标赛，并一举夺得女子组冠军，成为首个为中国夺得奥运帆船项目世界级冠军的运动员。

此后，徐莉佳更是连创佳绩：2006年亚运会激光雷迪尔级公开赛第一名、2008年世界帆船锦标赛女子激光雷迪尔级第二名、2008年北京奥运会帆船激光雷迪尔级铜牌、2009年第十一届全运会帆船帆板激光雷迪尔级冠军……值得一提的是，尽管在北京奥运会上徐莉佳只获得了一枚铜牌，但正是这枚铜牌，成为了中国帆船项目第一次在奥运会上获得的奖牌。

2012奥运会女子雷迪尔冠军（2012 Olympic Champion of women Laser Radial Class）

一场场比赛留给徐莉佳的不仅仅是光荣，更是她向梦想奋进的奠基石。

可“人生自古多磨砺”，正当徐莉佳不断取得突破成绩之时，她再次遇到了危机。与2002年身体上的伤病不同，这一次是她的心理有了起伏。

北京奥运会后，徐莉佳用两年时间进行身体状态调养，同时还进入上海交通大学深造学习，开始了学校生活，直到2011年4月才重新回到中国帆船帆板队。然而，从轻松自由的学生生活回归到枯燥无味的训练比赛之中，对徐莉佳而言成为了沉重的负担。每天都要进行的大量体能训练和出海练习，她身心俱疲，度日如年，困惑在心中盘旋：训练这么苦、这么累，当初是怎么坚持下来的？

逃避，成为徐莉佳不能释怀的一个心结。

2011年4月17日，中国帆船帆板队将要出征法国进行比赛，就在这一天，徐莉佳选择了悄然离开。

“身不适，信仰灰，乃敢与帆绝。失守信，丧众望，愿承千古罪。万念灰，自流浪，毋需再牵挂。心洗净，身康复，再与君相会。”当这条短信通过徐莉佳的手机传到了教练、领导和好友的手中时，她已经离开国家队，独自坐上了离开训练地的火车。

见到这样一条短信，一时间众人惊起，进而四处奔走，寻找徐莉佳的去向。徐莉佳知道所有人的担心和关切，但她却没有回复的勇气，直到看到这样一条留言，才无法抑制自己的心情："佳，不管怎样，看到留言打个电话回家，跟妈妈报声平安。"徐莉佳的爸爸发出了这样一条信息，而徐莉佳的妈妈此时已经因为担心女儿，晕了过去。

后来，在家人的安慰和鼓励下，在领队、教练、队友的激励和劝导下，徐莉佳才回到国家队，并随队到达了法国。

但是徐莉佳仍然没有调整好心态，在法国她只是看着队友们训练。"自己练不了，看着人家练心里又很不舒服"，徐莉佳回忆道。

这也正所谓黎明前是最深的黑暗，但破晓时分也近在眼前。一天徐莉佳与教练一同下海看队友比赛，她突然豁然开朗："这么擅长的一个舞台，为什么不敢去好好展示自己？就这么放弃，人生岂不是白过了？太浪费了……"

收获这层醒悟，徐莉佳的内心不知经历过多少煎熬。而正是从这次观看

2008年世锦赛中

队友比赛开始，徐莉佳自信地迈出了运动生涯的崭新一步，再次开始训练、开始比赛。

北京时间2012年8月6日，对中国奥运代表队和中国帆船运动都是一个至关重要的日子。正是这一天，徐莉佳在帆船女子激光雷迪尔级比赛中，一路领先以30分19秒的成绩率先撞线，最终凭借35分的净夺分取得了该项比赛的金牌。这块中国帆船项目的奥运第一金，它激励的不仅仅是中国帆船运动界，还有所有的中国人。

整场比赛中，徐莉佳的表现沉着老道，利索果敢，而比赛之后的颁奖仪式上，她灿烂的笑容和风中飞扬的长发更令她显出“不以物喜不以己悲，骤然临之而不惊，无故加之而不怒”的超然心态。徐莉佳说：“奥运会对我来说是一个不断更新心理对策库的过程，也越发感受到心智的强大，对比赛节奏掌控能力有极大的影响。在经历了这其中的坎坷和波澜之后，没有什么能打倒我的。”正是这份冷静和睿智，造就了徐莉佳的夺冠。

“其实在我心里，我只是赢了第二名荷兰队一个船次而已，并没有奥运冠亚军之间差别那么大。在系列赛里看似微不足道的一个船次，却决定了两个截然不同的命运。在感恩的同时，我还是想继续做简单的自己，玩纯粹的帆船，品人生的乐趣。”徐莉佳这样说，她谦虚、豁达、感恩。

扬帆逐梦

有着这样出色的成绩，毫无疑问，徐莉佳是中国奥运代表队最受人瞩目的运动员之一，而最后她成为伦敦奥运会闭幕式上中国代表团的旗手，人们也毫不意外。

深爱帆船运动的徐莉佳把这块奥运金牌和这次担任旗手的机会看成是一次宣言：“我有这样的突破，也是在向全世界发出声音：我们中国人、我们亚洲人也一样能在欧美人的强项中有所作为。我们不仅能在传统优势项目中取得骄人的成绩，也一样能在以前并不擅长的领域赢得黄皮肤人的一片天地。”

慈善是一种情怀

“最佳的励志故事”，很多人都在这样形容和赞美徐莉佳，而徐莉佳则一直认为自己是一个平凡的女孩，“作为长年征战在外的运动员，自己实事做得不多，周围有太多的榜样值得自己去学习。但是我会尽可能利用空余时间，走到大家身边做一些实事，来回报大家一直以来对我的厚爱”。

徐莉佳用实际行动证明了自己的言语。

2013年5月13日，她来到了宝鸡市麟游县两亭中学和千阳县南寨中学，为山区孩子捐助了价值20万元的体育用品。

人生舞台的冠军

上午10点，在麟游县两亭中学简短的捐赠仪式上，徐佳莉跟孩子们一起分享了几个人生小故事，关于自己，关于命运，关于成功。她告诉学生们，成功没有范例，尽管自己一个眼睛看不见，一个耳朵听不清，但她热爱体育，热爱帆船。四岁开始体育生涯，10岁开始帆船训练，从小离开父母家人，经历了无数的伤痛，甚至致命的坎坷，但都凭着顽强的意志成功地跨了过去，最终扬帆逐梦，登上了全世界帆船运动的最高峰。她勉励学生们一定要认准自己的兴趣爱好，坚持梦想，把所有的小磨难都当作成长的催熟剂，放开双脚，一步步探索，迎接属于自己的未来和人生。

同学们听得津津有味，心灵里种下了梦想的种子。

仪式结束后，徐佳莉和同学们一起上体育课，一起做游戏，并提醒他们要注意自己的站姿，保持良好的体型和精神状态。同学们与世界冠军积极互动，共同完成了两个游戏，一个游戏是赶球比赛，一个是老鹰抓小鸡。操场顿时成了欢乐的海洋。

中午，徐莉佳在学校食堂和师生共用午餐，并不时地跟学生们交流，同学们纷纷请她签名并与她合影。

下午，徐莉佳又不辞疲劳，赶到千阳县南寨中学。她再一次讲述了自己与海浪搏斗的经历，勉励学生们珍惜青春时光，刻苦学习，坚定梦想，努力成为人生舞台上的冠军。学生们围着徐莉佳热切交谈，签名留念。对于西部山区的农村孩子们来说，能和世界冠军在一起，他们收获的不仅仅是物质上的扶持和帮助，更多的是精神上的润泽。

与同学们一起上体育课

2013年徐莉佳被评为“感动上海”人物，徐莉佳说，作为长年征战在外的运动员，自己实事做得并不多，周围有太多的榜样值得自己去学习。她特地去了解了其他候选人的故事。

事实上，一直以来，从陕西宝鸡贫困中学公益活动，到新疆阿勒泰志愿服务，再到帆船慈善赛、RT公益形象大使（RT公益——致力于关爱留守老人的公益组织），处处都有徐莉佳的身影。她始终关心着身边的弱势群体，希望以自身的励志经历鼓舞青少年。她说：“中国运动员要承担更多的社会责任，作为竞技场上的成功者，我们有责任把个体的成功变成社会的财富。”

在国际体育界，明星做公益已成为一种习惯。从网球名将阿加西帮助孩子们圆梦大满贯，到自行车名将阿姆斯特朗募捐慈善抗癌基金，再到车王舒马赫捐建秘鲁孤儿院……他们不仅身体力行，更通过自身的号召力影响他人做公益。他们的公益行动已超越了种族与国界，让人们感受到体育的魅力不仅在于胜负和奖牌，还有责任、关怀、温情与爱心。

在宝鸡公益活动中

近些年，中国体育界也开始在公益行动上与国际接轨，更多的体育明星投身公益行动，更多的公益慈善活动陆续登场：关爱儿童、乡村支教、筹办义赛……无论是知名的还是不知名的运动员，在了解和参与体育公益的过程中开始意识到，自己的价值体现不仅在赛场，还在更广阔的社会。南非前总统曼德拉曾说，体育拥有改变世界的力量。如何体现这种力量？正如奥林匹克公益合作联盟的口号——每一个人的奥林匹克。

徐莉佳也正依靠自身的影响和努力，开始注视、关爱着弱势群体。“希望以自身的经历激励鼓舞着青少年，作为竞技场上的成功者，我们有责任把个体的成功变成社会的财富。”

多次参与慈善活动，徐莉佳也有了自己的体会：“慈善是需要我们用真心来付出的，慈善是一种情怀。如果光是捐钱捐物，那只是一种没有心灵交流的举动。当然，这些能捐赠的人要比毫无行动的人强上千百倍。但是我们的慈善不光是救济，从某种意义上讲，慈善是一种慈悲和良善的情感，慰藉别人心灵的义举。融入了真情的慈善，不仅能让那些被帮助者在生活上体会到关怀，而且心里的创伤也因此得到抚慰。其实做慈善的人，我们也能得到心灵上的安慰，甚至连灵魂都得到宁静。”

既要有运动成绩，也要有公益成就，这已成为徐莉佳的全新追求。

爱我所爱　无怨无悔

奥运夺金归来，频繁的商业和庆功活动，一度令徐莉佳身心俱疲。“老实说，心情很烦躁”，这是徐莉佳的心里话。

面对记者，要侃侃而谈；面对热情粉丝，要面带笑容。最令她招架不住的是，“根本没有个人时间，回到家，只想睡觉”。那段日子，她甚至不知道外面的世界发生了什么。“我不知道上海有NBA季前赛、网球大师赛，我也不知道社会上发生了什么新闻……因为我连开电视机的时间都没有。回到家吃完饭就累得睡着了。”令她焦急的是，难得的休息时光，本是应该用来回归校园、完成学业的。

2012年9月申报封面人物（Cover of a weekly newspaper Shanghai Times Sep 2012）

但很快，徐莉佳学会了掩饰烦恼、克服烦躁。“比如接受英文采访后，我会自己看重播，发现自己的英语比以前更流利了，这对我来说，是一种提高。”离开大海，徐莉佳都在做自己原本不擅长的工作，“身为奥运冠军，这是我必须经历的过程，有得有失吧。我现在想通了，参加各种活动，能培养自己的社交能力，这对于社会经验不足的我来说，是一个机会。”徐莉佳颇为自豪地说，“我也懂得了不同场合的礼仪表现，这不，参加文艺活动，还跟主持人学着哼几句歌词呢！”

唯一还不太适应的，是穿各种礼服和裙子。她那一身运动员的气质，运动服，才是属于她的，穿其他服装，都不习惯。“没办法，性格使然。参加活动，都是主办方给我着装建议。”

徐莉佳是个普通的女孩，但她和一般的女孩又不同，她非常好学上进，英文就学得很棒：在国外接受采访时，流利的英语让不少国内运动员羡慕；和记者聊天谈起她平时最喜欢看的美剧时，所有的剧名都是直接说英文名；连给她看过病的华山医院医生也这样夸奖她，“给她用进口药，一般人拿到就扫两眼，她拿起来仔细看，还读出来赞两声，她的英文真是好！”

不过，徐莉佳并不满足于这些，她说自己是真正想学点东西，“英文只是一门工具而已，我是真正想学一门知识，所以选择了工商管理。以前也是和全日制的同学一起上课，没有开过小灶。接下来，我想尽快回到学校完成学业”。其实，她想的是读完本科再读研究生，“做个大学问给父母看”。2010年，徐莉佳进入上海交通大学攻读工商管理本科学位，现在她已重返校园充实自己。

徐莉佳认为，体育虽有残酷的一面，但也有它纯粹的一面。道德无处不在，每一个项目都有明确的规则，只要在不违背它的情况下，向自己的目标发起冲击即可。就这一点来说，做一个体育赛场上的“感动人物”，远比做一个生活中的道德模范简单得多。“从某一方面来说，体育竞技是残酷的，得与失往往就是一瞬间的事。在这种情况下，人很容易被激情冲昏头脑，所以更需要以严格的道德准则约束自己。”徐莉佳这样说。

第六届中国杯蓝色盛典时代率骑士勋章得主（Award for the 6th China Cup event October 2012）

“我热爱帆船，热爱大海，我会一直和它们在一起，直到我必须和它们分开的那一天。”27岁的徐莉佳明确表示不会退役。她的妈妈告诉记者：“在去伦敦时女儿就说过，如果身体允许，一定要坚持到2016年。”

此时此刻，记者脑海里浮现出一幅画面：2012年央视体坛风云人物，徐莉佳获得特殊贡献奖时，她面对欢呼的人群说，“我赢或者不赢，团队都在那里，不怨不悔；我开心或失落，朋友都在那里，不悲不喜；我安康或者伤痛，父母都在那里，不离不弃；感谢你们成就了今天的莉佳，我梦想像600年前的郑和一样，让中国航海在世界扬名。男或女，老或少，高或矮，贵或贫，帆船都在那里，等着大家去玩，让我们载着中国体育的强国之梦，扬帆远航，踏浪前行”。

回想16年来的驾帆船之旅，和经历的风风雨雨，徐莉佳这才发现人生恰需“选我所爱，爱我所选”，自己选的“航道”原来如此美丽。是帆船让她领略到大海的波澜壮阔，而这种广阔，能够让她更自信地面对身体的缺陷，面对人生的波折。“帆船是我的爱好，我会一辈子玩下去，总之，爱我所爱，无怨无悔。”

宫赛赛

慈善感言：

慈爱不仅是种品质、精神，更是一种能力。要用善心、用智慧从事慈善，坚持慈善事业！

许译雯，有着六年媒体和十年奢侈品牌市场营销工作经历，热爱慈善、心地善良的都市白领。

用智慧来做慈善

在中国传统文化典籍中，“慈”是“爱”的意思，“善”的本义是“吉祥，美好”。对于什么是慈善，中华慈善总会创始人崔乃夫有极为精辟的概括：什么叫慈呢？父母对子女的爱为慈。什么是善呢？人与人之间的关爱为善。什么是慈善呢？慈善是有同情心的人们之间的互助行为。

许译雯很有同情心，她放弃奢侈品公司高薪的职位，从业余慈善做到专职慈善。7年多时间里，她带领一群志愿者在贫困地区建起了小学、养老院。如今，她供职于上海慈善教育培训中心，任项目发展部副主任，主要负责少年儿童慈善创意艺术活动——“献给未来的地球”公益项目。与此同时，许译雯自发组织的公益慈善项目“Love Garden”（爱心花园）也已经走过了6个年头。

慈善初体验

大学毕业后，许译雯进了东方出版中心工作。“我学的是市场营销，所以说去出版中心是一种缘分。”许译雯回忆，她从事的正是最早的时尚杂志《大都市》的出版工作。工作六年后，机缘巧合，她又先后进入欧美化妆品公司和时装公司担任市场营销、公共关系等工作。

早在十年前，由于工作关系，她为服务的品牌策划了一个市场公关项目，其中会将部分的销售所得捐赠给联合国儿童基金会，然后和联合国儿童基金会联手完成一个与“水”相关的公益慈善项目。从策划、谈判、宣传到最后的执行，忙前忙后足足一年有余。项目最终落实在了北京郊区的一所小学，帮助学校改建了有抽水设备的厕所、学生洗手净水等设备建设，同时在学校里普及了有关“水”的教育内容。

这是一次难能可贵的体验，让许译雯深切感受到，只要我们付出爱心并做那么一点点事情就能改善一部分需要帮助的人的生活质量。而且，通过品牌和媒体的力量，带领着更多人一起参与，那能让项目变得更具意义和价值。

从此，许译雯与慈善结缘！

2009年，许译雯和朋友报名参加了东方早报“雪域童年”志愿者自发组织的“雪域园丁”活动。在位于余姚路的同乐坊芷江梦工厂，许译雯策划组织了一场“爱的名悦会”慈善义卖义拍活动。在上百名热心市民的参与下，活动一次性筹集了7万元的培训经费。

“那时候，我的工作非常忙，经常要出差，错过了‘雪域童年’组织志愿者去四川叠溪一所小学开展的支教活动。”许译雯说，她买了些文具，委托志愿者带去。志愿者回来后，许译雯了解到志愿者此行所去的地方已经不缺物资，缺的是师资力量。

“缺师资怎么办？就算去义务支教，也只能是短期的。”许译雯说，他们想了个主意，索性把那里的老师接到上海来，给他们培训。主意有了，问题还有一大堆：去哪里培训？差旅费、住宿费加上各种开销，估算一下，至少也得六、七万元，这笔钱从何而来？一心要做慈善的许译雯咬咬牙说：“这笔钱我来出。”没想到话一出口，就遭到其他志愿者的反对：“你出这笔钱没意思，难道是为了显示你很有钱？我们应该号召更多的人加入，才有意义啊！”许译雯觉得伙伴们的建议很有道理。后来在众人的力量下，培训外地教师这件事做成了。

“我曾经觉得，做慈善的对象是弱势群体、贫困人群，其实我们都市人，更加需要慈善。”许译雯说，“我们衣食无忧，所以并不知道没衣服穿、没东西吃、没书读的感觉。一切都来得太容易了，反而会不知道如何去感恩。所以如果你单单和他说要懂得感恩，他既没有失去过，也没有比较过，感恩之心从何而来？我觉得都市人需要有个净化心灵的机会，我愿意来创造这个机会。”许译雯有很多十分有爱心的朋友，他们也鼓励她：“只要你一声令下，我们一定会来出力的。”就这样，许译雯开始策划她的爱心活动了。

在奢侈品公司工作的许译雯一直觉得自己身边有很多不环保的现象：“别的不说，就拿我和我的同行们举例，因为工作关系或其他各种原因，购买和使用奢侈品已经是我们生活中必不可少的一部分，每一季都会将最新款收入囊中。然而那些奢侈品往往没用几次就被束之高阁，久而久之，越堆越多。这其实也是一种资源浪费。”由此，许译雯想到了一个点子：何不动员大家把自己家中闲置的包、皮带、饰品等奢侈品捐出来义卖？自己来搭建这样一个平台，所得的款项就捐赠给教师培训项目。

做慈善的人最美丽

2009年夏天，许译雯组建了一支慈善团队。团队的六七位核心成员四处奔走，通过“朋友圈”再去鼓励大家整理出自家闲置的奢侈品。“很多朋友都说，不整理不知道，一整理，这个包，我竟然没用过；还有的人发现买的名牌围巾一次都没戴过。于是，这些东西都成了义拍品。还有朋友捐了全新水晶玻璃、法式餐具。这样的慈善拍卖，对参与者而言，是一种双赢，比如我自己捐了个原价2万元购进的名牌包包，义卖时的标价才6 000多元，这对于喜欢这个牌子的白领而言太划算了。既能买到喜欢的东西，又能做慈善。”许译雯说，但因为是第一次搞这样的活动，所以不仅得找到捐物者，还得找买东西的人。后来，她又通过朋友宣传、介绍，找来了200多个买家。

许译雯从事的市场营销工作，最擅长的就是做活动。她给这个小小的慈善组织取了个好听的名字：“Love Garden”（爱心花园）。她利用平时积攒的资源，找朋友免费租了个场地，将大家捐出来的东西整理好，把现场布置成了一个小集市，再把志愿者在当地拍的照片串起来，做了个短片，“得让现场的买家知道，钱是被捐到哪里去了。”

拍卖会开始了，在一轮轮叫价下，白领们捐出的奢侈品找到了新主人。“来现场的买家中，有些人的确是需要这些义拍品，但有些人是不需要这些东西的，他们就直接捐钱。这也是大家出于对我和‘Love Garden’活动的信任。”第一次做义拍，许译雯定的目标是7万元，没想到一个下午就完成了任务。很多买家都说，买便宜的名牌包不是目的，主要还是做慈善。活动顺利完成，四川叠溪的两个老师也被接来了上海，顺利完成了培训项目。

“第一次做‘Love Garden’的活动，只觉得爱心种子也是在花园里培育的，它培育的也是爱心。坦白说，根本没想到后面还会有第二次、第三次，一直持续到现在的第六次。”许译雯说。

四川建小学和养老院

第一年的“Love Garden”顺利结束了。没想到几个月后，还有朋友来问许译雯：“你的‘Love Garden’活动还会继续吗？”

“他们是说，如果继续，我们就再来捧场，继续捐东西。”这也让许译雯的朋友们养成了一个习惯，什么东西不用了，闲置了，就来捐给“Love Garden”。还有朋友买名牌包时，就想好了，用一年，第二年就捐掉。渐渐地，大家达成了这样的默契。

许译雯坦言，对他们这个小小的民间草根组织而言，这些年做慈善，最令她头疼的不是资金，而是找项目。“我们不像基金会有比较大的平台，而且我们组织的每个成员平时都有全职工作，并且大部分人还都有家庭和孩子，所以我们就是努力用有限的时间和精力把公信力做好，把项目执行好。”为此，每个项目从评估到选择、实施、回顾总结，许译雯和她的伙伴们总是亲力亲为。“我选择捐助的地方、项目有一个原则——必须了解当地的真实情况，他们要的是什么，如何做项目的预算。我们一般先派两个志愿者去当地考察几次，接下来项目的实施也要派人去监督，最后志愿者会再去那里，用自己的眼睛看，并拍回视频、照片，告诉捐物者，我们的项目进行得如何，是否与我们的初衷吻合。”

许译雯说：“我不是那种别人拍几张照片，就会贸然捐钱的人。”她也不

建议一下子把钱扔出去，这样对捐款人和收款人都不负责任。“贫困地区的人困难了一辈子，突然收到一大笔钱，也许会把他们的生活搞得一团糟。所以做慈善，更重要的是，要先了解对方需要什么，是物质方面的，还是精神方面的。我们现在很多时候是单方面的一厢情愿。”许译雯举了个例子，有时候买一批文具或一箱书，就这么送过去了，却从未想过，如果把这些汉文的书送到藏族地区去，那里的小孩子是否会读懂。有些人突然想到去支教，给山区的孩子上课，却从没想过他上的课是否适合当地的孩子。“有些人会跑去教他们英文，其实这对那里的大部分孩子而言，是毫无意义的。”许译雯觉得，做慈善，必须先要尊重当地的文化、生活方式、文字和语言。“这些年的经验告诉我，慈善不单单要有爱心，还得有智慧。”

两年前，许译雯怀孕生二宝。她对自己的伙伴们说：“今年的项目，你们主导，我辅助。”可直到自己临进产房，项目还是没有定下来。躺在床上，许译雯说：“这个项目再不拍板不行了。”

“Maggie（许译雯的英文名）你说，你说什么我们就做什么。”团队成员说。

这时，许译雯想到了一个朋友曾和她说起过的一所希望小学，小学在四川省石渠县本日村，在地震中被震毁。那朋友曾多次去那里做义工志愿者，听说许译雯在找项目，也曾来找过她。他们很认真地写了希望小学的建造面积、需要砖瓦的数量、建造需要的人工，做了个预估，18万元左右。想到这里，许译雯当即决定：当年项目就是——建造本日村的希望小学被震毁的校舍。

慰问四川灾区的孩子

产后双满月，许译雯就组织了当年“Love Garden”的慈善义拍，目标定了18万元。“我们每年拍卖，结果总会离预计目标有缺口，这时候，我就动员Love Garden的核心成员们捐款。那年的缺口差不多有2万多，我和我的Love Garden的伙伴们都各自根据自己的经济能力，‘分工’认领了。”

一年之后，“Love Garden”捐赠的希望小学造好了，项目团队的志愿者来到本日村。他们去家访了学校的小朋友及其家庭，也探望了不少当地的孤老。这里居住的人口大多是游牧民族，留在村里的则是老弱病残。“说老人，其实也就50岁出头，在高原雪山地区，年过半百的人看起来就像平原地区70多岁的老人。”许译雯介绍，志愿者回上海后，给她看了他们采访老人的视频，他们尽管年龄不大，但病痛很多，高原雪山让不少人都得了青光眼。于是，许译雯定好了2013年的项目内容——在四川省石渠县本日村建造一家养老院。

许译雯很感谢自己的好搭档，搭档每年会去本日村好几趟，每次都会带回那里的最新消息：“Maggie，我们开工了。”这是好消息。不过也有坏消息，“有两个上次出现在视频中的老人已经去世了。”他们每次去本日村，都会带很多药去，有治疗青光眼需要的眼药水，也有给小朋友打寄生虫的药。

2014年8月，在四川省石渠县本日村考察

和许译雯打交道，你会被她无限的能量打动，所以“哪来那么多时间”这个问题是必须要问的。她的回答很坦然：“我原来做这些事，用的都是业余时间。生好老二之后，特别忙，我也有过困惑，我问自己，我到底是钱多、精力多还是时间多？其实答案很简单，大家都是每天24个小时。大概我在

潜意识里有种使命感，觉得我有这份责任，必须要把这件事坚持到底。”

2014年8月底，许译雯带着自己的团队，来到了四川省石渠县本日村。“‘Love Garden’项目做了好几年，捐了希望小学，重建了地震中被摧毁的校舍，也建造了养老院，志愿者们都去过多次了，作为召集人，我觉得我还是得亲自去看一看。”这次去本日村还有个原因，建造养老院的实际成本超出了预算，硬件、基建基本都已完工，内部装修还需要些什么，也得去计划一下。

8月28日晚上，许译雯和志愿者们下班后在上海的机场集合，晚上11点多，他们飞到了西安。第二天凌晨三四点，他们起床，从西安乘飞机到达西宁，马上再转机到玉树。玉树的海拔有3 600多米，到那里以后，许译雯和同伴们吸了氧，适应后，立刻向海拔4 600多米的石渠县进军。天公不作美，在雨中，他们坐了十几个小时的车，在城里人看来根本不是路的烂泥地中行进，颠簸到石渠县已经是29日深夜了。

8月30日是周六，上午当地的学生要去上学。许译雯一行整理好东西，就去学校看望孩子们。那天阳光特别明媚，孩子们知道他们要去，很早就在外面的草地上欢迎等候了。放学后，志愿者们带着孩子们去他们住的地方领捐赠品。志愿者们临时居住点是地震后的一幢危楼，也是当地的物资信息交流中心，各方面捐赠的物资也都堆放在那里。每隔一段时间，村里就会组织发放这些物资。许译雯一行志愿者在的那天，就成了物资发放日。对当地人而言，这天就像过年一样欢乐。“一些学生家长自发跑来，和我们一起劳动，帮我们拆包、把物资分类。”许译雯说，整理好后，他们再根据每户人家孩子数量的不同，按需分配衣物。随后，他们又给小朋友们发了从上海带去的教科书，给他们吃了打虫药，发了小零食、羊毛袜，还给他们每人发了一把小梳子。孩子们可高兴了！

在本日村，许译雯还去看望了当地的老人。有名70多岁的孤老，一个人睡在帐篷里，她的家乡还属于游牧民族，年轻人都外出了。她没有结过婚，也没有孩子，妹妹的儿子有时会来照顾她。“我们去的季节算是他们那里一年中温度最高的季节，但即便如此，我已经穿上滑雪衫戴上羽绒帽了。那里日夜温差很大，白天20多度，晚上只有1度左右。再过一阵，就要下雪了，一下雪，就是零下二三十度的天气。”许译雯说，“可当地的老人连床都没有，只是在草地上铺了层羊皮褥子当作床。水资源缺乏，卫生条件也非常差。那里的孤老，不是多么孤单的问题，而是连基本的生活条件也不具备，生存下去都很困难。”

为了能更多地帮助当地人，许译雯和她的伙伴们去周围村庄调研，了解他们的文化、生活状况。她们通过不断探索、研究、总结，逐渐摸出道道，希望找到一条健康且可持续发展的慈善之路。

辞职做慈善

2013年10月，许译雯放弃了自己在奢侈品公司的职位，她说过去的自己只懂得取，却不懂得怎么舍，自己的时间精力就这么一点，孰重孰轻，必须学会取舍。上海慈善教育培训中心主任徐佩莉得知许译雯的情况后，开导她："你到了这个年纪，人生是要做些调整和安排。从事公益事业，可能会成为你事业的第二春。"这句话点中了许译雯心中所想："其实我当初做'Love Garden'，没想把立意拔得这么高，只不过是想脚踏实地做些我力所能及的事情，再带动周围的一些朋友。"没过多久，许译雯就加入了上海慈善教育培训中心，开始全职做慈善了。

和上海慈善教育培训中心主任徐佩莉在一起

许译雯有个朋友Lillian，她像所有的妈妈一样，总想把更多的时间用来陪伴女儿成长。她觉得每个小孩都是上天给予的恩赐，就像最美的艺术品，每一天都能带来新的惊喜。偶尔她也会遇到跟女儿差不多大的小孩，因为穷困或者残障，得不到更多的机会，陷于贫病和无知的境地。越来越多的心灵触动，使Lillian萌生了给一些有需要的小孩创造更多接触艺术教育的想法。她把自己的这个想法告诉了许译雯，没想到两人一拍即合。说干就干，两人立即商量和丰富了活动的想法和构架，于是延续"Love Garden"的部分形式，"Art Garden"（艺术花园）应运而生了。

许译雯和Lillian做好了计划书和PPT，通过相熟的幼儿园和小学，布置给小孩子一个“任务”，让他们以“献给未来的地球”为主题，创作画作。在挑选作品上也注意到学校的平衡，不仅有公立的、私立的以及国际的学生习作，还特意加入了智障及自闭孩童的画作。

做画展，需要场地；搞活动，需要经费。当时算了一下，做一次活动再精简节约，至少也需要几万元钱。Lillian已经考虑自己贴这钱。“你不能永远贴钱的，除非你只想做一次。持续性的项目需要不断投入，如果老贴钱，会没有积极性，也没有后续的力量。”许译雯提醒她。

于是，两人开始找资源，拉赞助。做公益，筹款是最艰难的工作之一。可没想到，租借场地，筹集款项，她们遇到了不少困难。

一开始她们想得很单纯，一周左右的活动，又是公益的，大家应该会很帮忙，可是真要落实却很难。“大多数地方都要求高额场地费，有些一开始说可以，但听说用一周，我们又没有什么资质，就不给了。”许译雯觉得，还是得找官方帮忙。上海市慈善基金会有关负责人听了许译雯和Lillian的想法之后，非常感兴趣。“现在政府很支持艺术文化教育，而基金会还没有这样的公益项目，所以他们很支持我们的想法。上海慈善基金会直属的上海慈善教育培训中心给了我们大力的协助，包括场地、老师和义工等等。”许译雯说。

2014年1月18日至1月26日，“牵手艺术彩虹，献给未来地球”冬季儿童慈善创意艺术周开幕。考虑到来的家长大多数携带小孩，她们不仅设置了画廊展示及捐赠、认购、义拍区域，每天还安排两场免费的艺术互动课程，包括手工剪纸、园艺、绘画、折纸，以及博物馆之旅，每一场活动都有专职老师现场演示或讲解。“这样，小孩子就不会觉得闷，他们会愿意停留更长时间。”许译雯和Lillian都是妈妈，所以很懂小孩的心。

尽管办活动的过程有些坎坷曲折，但活动还是非常圆满地成功了。冬季儿童慈善创意艺术周期间，她们征集到380余幅画作，数千名观众到场观展，募集资金约5.86万元。

启智是目的

做艺术周，筹集善款，这只是第一步。因为受到上海市慈善基金会的管理，需要对整个项目有更完善的调控。之后，在上海莫干山路的M50创意园区，以及上海顾村公园，都曾经出现过许译雯和她的志愿者们“大手牵小手”、“小手牵小手”的欢乐身影。

“通过不同年龄、不同国籍的孩子的主题绘画及作品制作，展开创意的翅膀，以心灵和双手描绘心中未来地球的模样——人类和自然共存；人类成为动物的朋友；安全、科技给地球带来福音；社会文明、民族和谐对地球的保护；期待未来的森林、海洋及地球环境出现美好的变幻等等。以创意艺术激发少儿对地球未来命运的关心和爱护。让孩子用宽广的视野去看待世界、善待地球、亲近自然、崇尚环保、重视安全，让爱心点亮生活，创意成就梦想。”许译雯和Lillian是这样定义她们的项目的。

她们还准备通过展示、捐赠和义卖少年儿童创作的作品，筹集善款，用于开发和实施“启智童艺”的项目，善款的捐赠对象是残障、智障、自闭症患儿和困难家庭的少年儿童，让他们共享创意艺术教育。同时，在参与捐赠

在“2014献给未来的地球”春季艺术工作室之旅中

的少年儿童中开展“做小小创意家”的项目，提升他们对创意的追求，对艺术的热爱。

在事先设计好的方案里，这些艺术启智活动，才是她们的主要目的，所以项目的名字被定为“启智童艺”。许译雯和Lillian在冬季活动中筹集的善款全部用在了春季的十站工艺慈善艺术之旅中。小朋友们跟随艺术大师在陶坯上作画、在顾村公园樱花正盛的户外嬉戏、在书画院的老师们麾下尝试技巧——这一切，都是许译雯和Lillian精心策划的，不仅有健康的小孩，还有自闭症及残障儿童加入。

“‘Art Garden’是对儿童的一种艺术教育，主要是德育和美育方面。”许译雯说，美育就是艺术，画画、看展览、走访一些艺术家，和他们面对面对话。如果我们今后有能力，可能带他们走出国门，去看看外面的世界，了解国外的小朋友的创意思路，为以后我国的设计、创新行业提供人才。

“我们希望通过活动，让弱势家庭的小朋友和他们的家庭知道，他们不

她的身影融在了孩子们中间

做创意慈善最快乐

是孤单的，社会上还是有很多人愿意关爱并帮助他们的，以增强他们的自信心和对家庭、社会的感恩心。同时，也让其他小朋友知道，他们是有能力的，可以通过自己的爱心去帮助另一部分小朋友。”许译雯介绍，他们希望通过这样的项目，让阳光班和彩虹班的小朋友互相横向关注。“我希望能让阳光的小朋友更阳光，让他们觉得我不是被社会遗弃的，我也不是另类，慢慢地我也可以和大家一样的。”

自那以后，许译雯和Lillian定下目标，以后持续下去，并尝试不同的形式，在假期为小孩们举行艺术周活动，然后不定期举行户外艺术课程或组织艺术之旅。

有了冬季和春季的活动经验，许译雯和Lillian的信心更加足了。现在和上海市慈善教育培训中心共同承办的“Art Garden”（艺术花园）这个活动，已经在上海慈善基金会立项，可以募集专项基金。之后，她们还打算让这个项目成为独立的慈善项目，“当然，这个事情还有点远，但是慢慢做，就一定能成功。”大家计划在2015年，在香港、台湾和上海两岸三地一起联手，以

"献给未来的地球"为主题举办慈善活动。

如今的许译雯已经是两个宝宝的妈妈，"因为职业的关系，平时比较忙，家里的事情父母帮了我很多，所以我觉得一个成功的女性背后离不开她的家庭，这里包括大家庭和小家庭。"许译雯笑着说，"我先生有时对我也颇有微词，但对我做的事，家里人还是非常支持的。"2014年9月1日开学，许译雯因为去了四川和青海考察"Love Garden"的项目，没赶上两个女儿的开学。"我不是不爱她们，但她们已经比其他孩子拥有更多的东西了，她们应该有独立的精神了。"

从本日村回来以后，许译雯看到女儿带回的测验考卷，深受感动。考卷上有一道考题，问："如果你拥有一支马良的神笔，你会用它画什么？"女儿的答案是："如果我有一支神笔，我会画一所学校，送给山区没有学上的孩子。"看到这样的回答，许译雯感动极了。在提供孩子们物质生活的同时，作为家长更应该给到她们心理和精神上的东西，让她们成为有爱的下一代。

在接下来的日子里，许译雯决定要花些时间考虑"Love Garden"何去何从，她想重新定义这个小组织的使命：到底要做哪个范畴的慈善。"如果资金或者捐助都比较多，可以多做几个项目。但现在人力、财力都还不是很充裕，所以我们决定还是集中做一个领域。"现在许译雯从事的是少儿慈善教育方面的工作，所以她希望"Love Garden"能继续从事少儿教育方面工作。"每个人都有接受教育的权利。但有些孩子可能因为自身或家庭的问题而无法像正常孩子那样背着书包去学校上课。如果能通过我们的善心、我们的专业、我们的项目，帮到这些孩子找回自信、找回生活的乐趣，从而能相对独立并自由地生活，甚至能怀着感恩的心情去回报自己的家庭和社会，那是我们做慈善项目的大愿景。"许译雯的话很实在。

尽管生活在都市里，她也希望自己身边的伙伴们能通过一个个项目充实自己的精神世界，懂得感恩，许译雯说："我希望通过我的一些经历和经验的分享，让大家对公益和慈善事业引起关注，并予以参与和支持。很多事情也不是我一个人能做的起来的，也是需要领导和朋友们的热情参与，是集体的智慧和力量！慈善对我们而言，也是一种净化，当你给予人快乐的时候，自己也是快乐的。"

王瑜明

慈善感言：

做好玩的慈善　享快乐的人生

何筱琳，1983年出生，2005年从华东理工大学社会工作专业毕业，先进入上海市慈善基金会浦东新区分会工作，后进入民办非企业单位——浦东新区慈爱公益服务社工作。2010年完成香港理工大学社会工作硕士（中国）课程，现为浦东新区慈爱公益服务社社长，中共党员。

曾获第六届上海市"慈善之星"、第四届上海公益伙伴日"公益人物"称号。

做慈善的人是快乐的

秋天的阳光温暖而明亮，浦东张杨路1050弄那个摆放着各式各样物品的慈善超市，浸润在一片宁静祥和的气氛之中。

从超市旁的楼梯口上去，右转到底，走廊末尾那间办公室里，就见到了本文的女主角何筱琳。在办公室旁的一个堆满了奖状的房间里，听着楼下操场上传来的孩子们的喧闹声，何筱琳的慈善故事，就这样聊开了头。

反其道而行的慈善选择

1983年出生的何筱琳是一名标准的“80后”。她本科就读于华东理工大学社会工作专业，毕业后，进入上海市慈善基金会浦东新区分会工作。从2008年开始，她在慈爱服务社兼职，担任社长一职，到2012年的时候，何筱琳做出了一个艰难的选择：“离开浦东分会，全职到慈爱公益服务社去。”

说是艰难，其实也是站在旁观者的角度，何筱琳自己并不这么看，她甚至都说不出有什么很特别的原因：“我就是觉得，做社会组织是件很开心的事情。”何筱琳笑着说。

其实，她这个选择，有一点“逆流而行”的味道：“一般的公益行业从业者跳槽会有一种规律：先做一线社工，再到某个支持型的机构，最后是去某个基金会，这是一个从下游到上游、从前线服务到后台支援的过程。”何筱琳介绍说。而她自己呢？“我是从后方资助的机构到了前方服务的机构，正好和其他人反过来。”何筱琳说，前方服务的机构有很多好玩、有趣的事，这些是待在后方的资助机构里经历不到的，“资助机构更多的，是资源的整合和协调，对一些项目做评估，想办法给它们对接资源，找到哪些企业愿意资助，然后把这些企业对接到项目上，最后再对项目的执行情况做监督和审核。”而前线机构接触的则是形形色色的人，比如社区里的服务对象，“平时要处理的都是很具体的工作，遇到的事情、碰到的困难，都和资

宣传慈善是我的责任

助机构不一样”。

从基金会到慈爱公益服务社，何筱琳感触良多：“过去在慈善基金会浦东分会，经常是什么情况？就是一个机构、一个项目的主管，来给我讲他们的困难，或者是一个总经理助理、一个企业代表，来告诉我他们的愿望，我只需要把双方对接好就够了。”何筱琳在基金会的时候曾经做过一个为期六年的项目，刚开始做的时候，还是一个南汇区的项目，等做完，南汇区已经并入浦东新区了。在这个过程中，她强烈地感觉到，“站在基金会的角度，我只是一个旁观者，无法参与资助的小朋友的发展过程”，但是来到慈爱服务社之后，不过几年时间，她就经历了一个机构的快速变化和成长。

“以前做基金会，资金来源相对有保证，只要完成手中的份内事就好了，做了慈爱公益服务社之后，首先就要考虑人员的问题，还要考虑资金的问题，更多的还要考虑之前从未经历，甚至想都没想到过的大大小小的问题。”何筱琳说，她以前在基金会的时候，大家对慈善的认识非常简单，“尽可能多地筹款，然后把这些筹到的款项用出去”，等到做了慈爱服务社，才慢慢明白一个道理：“做慈善最重要的是人，如果不能够解决人的问题，那么后续的任何事情，都是谈不上的。”这类切身经历让她深深地感到，到前线去做服务性机构，是件很有意思也很有意义的事情。

选择绝非第一次

其实，从上海市慈善基金会浦东新区分会到慈爱服务社工作，并非何筱琳第一次作出人生选择，之前还有过一次。

那还是她读本科的时候。何筱琳在德国某家质量体系认证公司做过很长时间的实习生，毕业的时候，她原本是有机会留在公司工作的。“我是上海人，我和很多的上海年轻人一样，认为最好的工作是在世界五百强企业里面做白领。”而她小时候也正是这样设想自己的未来工作的，“工作地点在很漂亮的office里面，有二十几层高，我的穿着打扮就像电影、电视剧里面那样。”何筱琳笑着回忆道，她当时根本没有想过自己会做慈善，更从来没想到自己会成为慈善机构的负责人，“小时候的想法很简单：此生能够做好一个打工仔已经很不错了”。

2005年，也就是何筱琳临近毕业、将要选择未来何去何从的时候，社工还不像如今一样为人所知，“当时社工的数量是很少的，社区里面尤其是这样”。而在何筱琳读社会工作本科的时候，社工专业一直存在两种声音：悲观的声音说，社工是西方的舶来品，不符合中国国情，只能在西方社会中生存，在中国社会里无法发展；乐观的声音则说，社工是社会经济发展到一定阶段

慈爱社推出的“素衣彩绘”公益募捐项目，何筱琳（前排中）和工作人员合影

之后的产物，上海已经发展到了这种阶段，民众需要社工来为他们提供服务，满足他们的需求。何筱琳一边在外企实习，一边也在思考：社工到底有没有可能在中国发展起来呢？

就像她自己说的那样，“读社会工作的人如果读进去的话，会有一点社工情结的”。一位教过她的老师打来电话，推荐她去一家社区调研机构工作。一方面因为专业教育带给她的社工情结，一方面也因为不甘心，“社工刚刚起步，为什么未来就不能有长足的发展呢？我读了四年的社会工作专业难道真的就这么不堪吗？”她听从了老师的建议，去了这家机构工作。三天之后，德国公司的电话来了，HR说，很希望她到公司来工作，何筱琳的回复是：“不好意思，我已经找到工作了。”她的人生轨迹也就因此发生了巨大的变化。

压力当然是存在的。最初的压力来自父母：“他们对我很不理解，好好的外企不去，跑去什么社区机构，到底想干什么？”而第一份工作也不顺利，那家机构挂了块“民非”——民办非企业单位的牌子，“谁都不知道它到底是干嘛的”。何筱琳说，直到现在，很多人还是搞不清楚到底什么是“民非”，她得不断地解释：“人家都会问：‘你是公务员吗？’‘不是。’‘你是企业吗？’‘不是。’‘你是事业单位吗？’‘不是。’‘你有编制吗？’‘没有。’‘那你们交金吗？’‘……’”一连串连珠炮式的问题，背后是极其现实的经济利益的考量。让何筱琳更感压力的，是自身的能力和经验的欠缺，“当时做民非，谁都没有经验，所以受到不少挫折”。

好在，后来由于机缘巧合，何筱琳得以进入慈善基金会浦东分会工作，生活慢慢稳定下来，这才让父母安下心来。

也正因为这样，2012年何筱琳选择到慈爱公益服务社做全职工作，家人又一次表示了不理解。何筱琳的应对办法是沟通：不厌其烦地、反复多次地解释自己的想法，说明自己的兴趣，“有点像是上课”，多年以来，她早已习惯了这样。“我的同学都是做汽车的、做旅游的、做销售的，他们的工作，一说别人就明白，偏偏我是做慈善、做公益的，一直有人问我为什么做出这个选择，我也就一直不停地向别人解释。”靠着大学接受的社会工作专业教育，和在多年工作中逐渐形成的一整套慈善理念，何筱琳成功地说服了她的父母，也让身边的朋友、同学理解了她的想法。

从基金会到慈爱公益服务社

在浦东新区慈善基金会工作的时候，何筱琳主要做资源方面的对接，也负责策划募款、搞宣传活动。上海市慈善基金会在各个区县的分会人手并不多，“浦东还算多的，有十个人，其他的区只有两三个人”。也就是说，各个分会的慈善从业者，常需要一人身兼数职。日常工作中，何筱琳常常要为一些企业策划一些项目，“有些企业很愿意回馈社会，我就为它们联系一些机构”，一些行政事务，比如对项目的审计和监管、检查和评估，也由何筱琳来完成。除此之外，虽然没有指标的要求，何筱琳也会关注一些企业的募捐活动，“每年年底，都会有大型的捐赠活动。在这个时间之外，也会有企业慕名而来，想要募捐。这就要求我一方面了解企业的需要，帮他们找对接的组织，一方面自己也必须策划一些活动”。

有一个资助残疾孤儿的六年项目，她一直铭记于心。这个项目针对的是在社区寄养的福利院的残疾孩子：这些小朋友罹患严重残疾，如四肢不健全、脑瘫等，基本没有机会接受教育，而这个项目给他们提供了受教育的机会。六年间，何筱琳联同资助方、寄养院的社工们一起，请老师、编课本，像普通小学教育一样，给这些残疾孩子排课程，“虽然课程的时间都比较短——因为这些小朋友无法坚持很长时间，但他们依然学习数学、语文、美术、音乐，学习了以后，这些小朋友都有明显的提高”。何筱琳感叹说，有些残疾孩子其实很聪明，如果能够进入正规的教育系统，会表现得很好。

有了他们牵头，福利院对这些残疾孩子的文化知识教育工作也开始重视起来。项目结束之后，寄养院也开始联系有关部门，希望使孩子们在院内学习的课程能得到教育系统的认可，这让何筱琳感到非常欣慰。毕竟，这是一个从一开始就由何筱琳一手策划的项目，只是结尾，何筱琳没有参与。

相对于慈善基金会浦东分会来说，成立于2003年的慈爱公益服务社的历史就短多了，最开始，它只是一家慈善超市及其加工整理部。而在何筱琳和她的团队的努力之下，慈爱服务社已成功转型，把核心业务定位在“慈善物资管理”，也就是说，根据捐助双方的需求进行分配与协调。

转型的契机，是2008年的汶川大地震。灾难发生之后，社会的慈善热情

何筱琳（右三）和慈爱社的工作人员参加中国公益慈善项目展示交流会

高涨，不管是物资捐赠，还是金钱捐赠，都很积极踊跃，“我都不知道该怎么形容那些物资的数量，我们收集到的物资，堆满了几十间屋子”。何筱琳说，震后第三天，她就开始张罗，在浦东大型集会场所放募捐箱。她一圈跑下来，“浦东机场，还有家乐福、易初莲花这些超市都设了募捐箱”，结果，“企业排着队来捐款，每天下午三点钟是银行结款的时间，银行结了款以后，还是有人络绎不绝来捐款，所以男同事都睡在募捐箱上守夜”。

何筱琳说：“其实这是我们第一次遇到大的灾害，大家都没经验，但大家的思路都很清晰，我们就做好后勤保障工作，募款募物，不会贸然冲上前线，等到灾情稳定，再把物资发上前线。我们都希望不要再来第二次，但是如果来的话，我们已经有了充分的准备，当然，灾区应急措施也都有了长足的进步。对我们来说，是磨砺，对他们来讲，却是劫难。”

这也让何筱琳意识到了一件事："其实民众都是很愿意捐助的，尤其是遇到地震这种灾难。而我们需要寻求一个合适的方式，设计一些简单而又吸引人的项目，从而激励他们去自发地做慈善。"

于是何筱琳开始想方设法地策划新的慈善项目。除去传统的"一米阳光"敬老项目、"义起来"义工俱乐部等相关活动外，慈爱公益服务社还推出了几大特色项目。

其一，是经常性捐赠项目，叫作"旧衣新旅"。何筱琳介绍说，这个项目结合现有的社区经常性捐赠点服务，接受二手物品的捐赠；回收的物品一部分由上海市慈善物资管理中心统一处置，一部分用于帮困慈善义卖，一部分进入循环再利用渠道，衍生为新的可用物品。

其二，是"格来格趣"格子铺寄卖，这也是一个颇具特色的项目。"格来格趣"始于2009年，借鉴了当下热门的"格子铺"方式，鼓励社区居民将尚有使用价值的闲置物品放在慈善超市寄卖。"格主"除了要支付少量的租金外，还须将不少于交易金额的百分之二十用于慈善捐赠。"格来格趣"发展至今，已有了一百多位"格主"，这种创新的慈善模式，甚至被不少人当作一种时尚的生活方式。

何筱琳说，她想要做的，是与众不同的慈善超市。"超市"的概念要逐渐淡化，凸显的，是每家新开店铺自己的特色，这也是慈爱公益服务社从单一的慈善超市向慈善物资管理机构转型的方向，"现在的社会组织实在太多了，慈善事业的格局也有了很大的变化，企业大宗的捐助已经大幅减少。所以，我们要发动民众，让他们把闲置的物品拿出来循环再利用。这样既达到了环保目的，也筹集到了物资，对个人而言，也是一种很好的慈善行为。这就是'一举三得'"。

当然，困难总是存在的。比如，向企业寻求资助的时候，"企业喜欢做教育类项目，比如资助困难学生这种。若想找企业做老年人的项目、大重病的项目就很困难，除非企业老总有这样的经历，能够感同身受，才会容易接受这样的项目"。慈爱公益服务社的志愿者也常常带有很明显的倾向性，"志愿者最愿意选择小朋友和养老院的项目——养老院也分很多种，有些养老院情况很好，老年人都是可以活动交流的，志愿者就比较喜欢去；而对那些瘫痪在床或者患老年痴呆的老人，一些志愿者却不愿意去"。何筱琳说，她只能尽量做到最好。

“慈善毕竟是政府救助的补充。设计这些项目的初衷，也是希望动员社会的力量，补充政府救助的不足。”何筱琳明白，当下中国社会，慈善的理念也好，捐赠的方式也罢，都还在培育之中，有待成长，企业、志愿者能尽一份心，已然很好。“如果企业对有些慈善项目一时接受不了，没有关系，我们先做能做的。我们的工作人员已经养成习惯：一方面听取企业的要求，另一方面也会推荐项目给企业。但是，首先还是尊重企业的意愿和需求”。如今何筱琳和她的团队就像“销售人员”一样，时刻准备着把公益项目推销出去，他们甚至会设计“慈善套餐”，“这个套餐里面，老人的也有，孩子的也有，什么都做一点”。

有梦想的现实主义者

虽然困难这么多，压力这么大，何筱琳仍然保持着乐观。在她看来，社工都是“有梦想的现实主义者”，他们的自我治愈能力都很强大，“既能治愈自己，也给别人打气，让他们振作起来”。

“这个社会很现实，不可能要求人人都和我一样，有着相同的价值观”，何筱琳说，而社工是很讲究价值观的，“遇到价值观不一样的人，我会说我接纳他。接纳和接受不一样，你和我虽然观点不同，我们仍然可以彼此合作，也可以做朋友，说不定哪一天，你会改变自己的想法。”

何筱琳说，尽管挫折一直都在，她的团队却没有人不开心，很重要的原因，就是因为他们都怀着一颗感恩的心，满怀热情地对待身边愿意帮助和支持慈善事业的人。

2012年底，何筱琳曾经写过一篇文章，总结这一年的慈善生活。那一年，正好是网络上戏说的“末日年”，文章一开头，她就引用了网上流传的一个小段子：“当世界末日只剩下一分钟时，别人只能对你说三个字，猜猜看会是哪三个字？转发给不同的朋友就会得到很多不同的有趣答案。”何筱琳也尝试着转发了一下：“得到的答案果然千奇百怪，十分好玩。有的说‘有票吗’，有的说‘一起走’，各种调侃、窝心，尽显各人个性。如果把同样一个问题请慈爱作答，我想我们的回答一定是：感谢你！”

这一声“感谢你”中，包含了很多，很多。就在2012年，慈爱公益服务社经历了三件让人印象深刻的公益事件。

其一，是“检验检疫献爱心，合格油米帮社区”。2012年，浦东新区开设了31家社区慈善超市，遍布浦东各个社区，协助慈善基金会浦东分会为社区困难群体发放帮困物资，其中最主要也最重要的，就是食用油和大米。为保证粮油安全，慈善基金会先定点采购，再通过社区慈善超市发放给困难家庭。让何筱琳感动的是，浦东新区粮油检验检疫所了解这一情况后，主动将各食品生产企业送检并通过检验的食品样品捐赠给慈善基金会浦东分会，再由慈爱公益服务社分配给各个社区慈善超市，既帮助基金会节省了采购资金，也为部分慈善超市缓解了帮困物资短缺的困境。

其二，是“民办教育汇众力，捐建书室帮居民”。慈爱公益服务社与多个社会组织联手筹备公益图书馆项目，旨在为社区困难家庭小朋友提供服务。圆桌进修学校是浦东新区的一家民办教育机构，得知这一情况后，他们与学

冯国勤来到我们的慈爱超市

校的主体投资方——吉德堡教育集团联系，这家来自台湾的儿童教育机构慷慨地向慈爱公益服务社捐赠了几百册儿童英语读物，之后又捐赠了由吉德堡自行编制的儿童课外阅读教程。吉德堡的老师们还表示，愿意到各个图书室为小朋友们提供义务教育服务。

其三，是“跨国银行做义工，冬日捐助暖人心”。澳洲联邦银行上海分行的财务运营部是一个由七人组成的小团队。这个小团队每月都会定期组织一次团队活动，2012年的最后一个月，他们把主题确定为：参加一次公益活动，做一回慈善义工。12月初的上海正好入冬，活动当天气候寒冷，澳洲银行的义工们不畏寒冷，来到慈爱公益服务社与工作人员一起整理“旧衣新旅”项目的捐赠衣物。这个活动不但有财务部门的工作人员参与，两位香港籍主管也一同参加。活动当日，澳洲银行的义工还为慈爱公益服务社捐赠了一些必备的工具物料，既出钱、又出力。

何筱琳说，但凡帮助过自己的机构与人，她都会真诚地送上一句：“感谢你！”因为，“公益机构能一路走过来，必有许多坎坷和艰辛，也有许多不同的苦与乐。如果没有来自方方面面的同行者，公益人也会觉得寒冷和孤单。当每个人都能勇敢地、坦诚地付出他们的爱与善，即使是在寒冷冬日，都会有温暖的‘慈’和‘爱’包围在我们身边，这些温暖也让我们这样的公益机构感恩并珍惜。”

而正是在2012年，何筱琳和她的团队迎来了崭新的未来：慈爱公益服务社的团队在扩大；慈爱公益服务社参加了首届中国公益慈善项目交流展示会；慈爱公益服务社加入了上海青年公益联盟；慈爱的“义齐来”义工俱乐部、“格来格趣”格子铺寄卖服务以及“旧衣新旅”捐助项目，正陆续显现品牌效应……

其中最关键的，是慈爱公益服务社从4A级社会组织升级成为5A级社会组织——这是现在社会组织的最高荣誉。为此，何筱琳感到既兴奋，又欣慰：“社会组织要获得公信力，财务公开透明、工作流程规范是很重要的一个方面，而5A级的荣誉，可以帮助人们快速认识我们，就像出差住酒店，大家都认为五星级酒店一定比三星级好，这个5A级社会组织，就像是一张很好的名片。”何筱琳说，有不少企业因为她的5A级社会组织慕名而来，“有时候我们也会问，企业是怎么找到我们的，企业总是回答，我们是网上搜的。你用

在5A级社会组织授牌仪式上

百度搜一下就会发现，我们的排名是相当靠前的，我们可没给过百度广告费哦！”何筱琳笑着说。

慈善可以是一种主流的生活方式

聊到自己的感情状况，何筱琳坦然地承认自己还是单身，“不知道是不是工作的影响，慈善这个圈子里单身的女孩子蛮多的”。最主要的，还因为价值观的原因，“每逢遇到一个新朋友，往往先要给他开课，告诉他我认为正确的东西，把他的价值观给‘掰’过来，但这样实在是太难了。我身边的朋友对我都是知根知底的，但他们也要‘消化’一段时间，才能接受我现在的慈善工作。”一旦接受之后，事情就好办多了，“他们很多都已经做了家长，小孩已经很大了，都很愿意来做公益”。但是，面对庞大的社会，社工人员依然是渺小的，还是需要社会的温暖，“我知道的好的女孩子很多，但是不少都没有解决个人问题”。

收入也是重要原因之一。“这个行业的平均收入目前还只是社会平均收入的中下水平”，何筱琳说，她的父母起初也很担心她的收入问题，“这些年下来，养活我自己是没问题的”，何筱琳笑着说。而就在两年前，如何养活慈爱公益服务社，养活自己团队里的工作人员，还是个让何筱琳无比头疼的问题，她不得不尽一切可能争取资源，“如果明年的项目减少了，整个机构的运作都会受到非常大的影响”。2012年到2013年整整一年，“项目很少，才九个，非常缺钱，有段时间，资金链差一点就断掉了。你猜，我们今年是几个项目？”何筱琳说，“很巧，我昨天刚刚盘查了一下，2014年大大小小，一共是31个项目。一个慈善机构，只有量做到这么大，才能够撑得下去。”

除了钱，人员也成了问题。“我发现团队非常缺少合适的合作伙伴，全职人员、兼职志愿者数量都很少，一个项目经理走掉，很长时间都找不到合适人选，有些项目甚至会被迫停止，因为慈善机构的项目经理往往身兼数职。”更让何筱琳揪心的是，人员的流失会引发连锁反应，直接影响后续能否承接更多更好的项目。这对何筱琳来说是很大的挑战：“管好一个机构，不但要找人找钱，还要会用人用钱。”不过，她个人乐在其中，“虽然压力很大，但做得还是蛮开心的！”

做慈善的人最快乐

何筱琳说，她以前曾经遇见过一个到慈爱公益服务社来工作的男青年，“他原来在金融机构工作，收入虽然不错，但是工作环境比较压抑，让他非常不开心，就到我们这里换个环境”。虽然这个男青年最后还是选择了离开，“但在我们这里，他厘清了很多东西，他在辞职信里面也说，这里让他认识了一群不一样的人，也让他重新认识了慈善和公益”。现在，何筱琳组织公益活动，只要有空，他依然愿意过来。

桃李不言，下自成蹊

作为一名80后，何筱琳和她的团队一直追求的目标，是让慈善行为变得“有趣、好玩、易行”，使得慈善公益的理念被更多的大众接受，慈善公益的活动有广大的普通市民一起来参与。何筱琳所希望的，是慈善和公益逐渐成为人们在业余生活里可以选择的一种休闲方式，“在工作日的晚上，在双休日、在长假里，你可以选择唱K、泡吧、聚会、交友、玩桌游，同样，你也可以选择做慈善公益。当慈善公益的参与方式越来越时尚，越来越好玩的时候，我们的影响力才有可能越来越大范围地被扩散开去”。“我希望我可以做好玩的慈善，享快乐的人生。慈善不是沉重的，不是边缘的，而是一种主流的生活方式。虽然现在大家收入都不高，但做慈善的人不是苦行僧，不是社会怪胎，不需要用同情的眼光看待我们，大家保持一颗平常心就好了。”

“偶尔回顾过往，我发现，即使再有一次可以从头选择的机会，我依然会做出相同的决定。”何筱琳坚定地说。

郑诗亮

慈善感言：

用年轻的创意给老人带去体贴的爱意。

杨磊，1986 年生于上海，毕业于英国纽卡斯尔大学，生物化学学士学位。2009 年留学回沪，创办了上海伙伴聚家养老服务社。从初创时的 3 人发展至今有 100 余名中青年员工，累计已服务 7 000 多位老人。

2012 年杨磊及团队获“上海市先进社会组织”、“上海市青年五四奖章集体”称号，杨磊个人获得“年度上海青年公益达人”称号、“孝亲敬老之星”。2013 年，被评为上海青年公益达人、上海市三八红旗手。2014 年，伙伴聚家养老服务社获上海市社会团队管理局颁发的“4A 社会组织”，而杨磊个人则获得慈善公益爱心奖、上海市十大社会工作突出贡献人才奖、浦东新区十大杰出青年称号等。

我用青春歌唱不老的歌

23岁的你正在做什么？是在重重的就业压力下焦灼地备战考研？还是带着满腔的热情，为刚找到的第一份工作任劳任怨地加班到深夜？或是在纠结是否要为自己的男（女）朋友背井离乡？

当其他同龄人都在忙着享受青春，肆意撒欢的时候，23岁的上海女孩杨磊却选择了公益创业。

很少有人会把公益事业当作自己人生创业的起点。大多数人可能是在衣食无忧、有了一定的经济基础之后再投身公益。在很多人看来，这位年轻的“海归”学着与高科技相关的生物化学，回国创业却选择了“夕阳”事业，天天和老年人打交道，这步入社会的临门一脚是如此的特别。

公益创业也是这几年才在国内开始被人所熟知，它指的是社会组织（企业、非盈利组织等）在经营过程中，将社会价值与经济价值创造性地融合一体的过程。在杨磊成立的上海伙伴聚家养老服务社里，建立了一整套专业的养老体系，将日托所从原先只是“老人活动室”的模式脱胎换骨，为每位来中心活动的老年人建立信息档案管理，并提出了“合租养老”的理念。

6年的创业经历让杨磊学到了很多，她需要对整个团队负责，替机构做决定，制定目标。不论是做人，还是个人的成长，都让杨磊比同龄人显得更为成熟、干练。对杨磊而言，公益没有让她收获更多物质上的改变，但绝对是让她用最短时间实现了人生最快的成长。

在杨磊消瘦的身体里，蕴藏着一种力量，让她选择且执着于一个“托老梦”——让老人在保姆、养老院之外，多一种养老选择。“公益创业这条路确实很艰难，我不想永远成为付出型的机构，不谈回报。我更希望托老所能够作为一个可以长久维系下去的事业运转起来，足够支持我走下去。”

成长从独立开始

如同许多80后的孩子一样，杨磊从小是在父母的关爱下长大，在他们既定的人生路线里成长的。与众不同的是，杨磊有一对独具慧眼的父母，他们对商机都非常敏感，这也在日后给女儿的择业带来了很大的影响。在外人看来，这一家人的骨子里都流淌着从商的基因，而事实是，成功的背后总是连带着辛勤的付出和沉重的压力。

杨磊的父亲是个刚毅的技术人才，在女儿的成长中一直扮演着慈父的角色。20世纪80年代，当大多数人还在计划经济的桎梏束缚中观望时，杨磊父亲最先从国有事业单位辞职下海，成就了一番“弄潮儿”的雄风。在使用铅笔极为普及的当时，他看准了商机，开了一家小小的工厂，经营制造铅笔机器的零配件加工生意。

相对稳扎稳打的父亲而言，母亲的下海经历显得更具有挑战。杨磊的母亲学的是生理卫生专业，早些时候是一名公务员，先后在医院、卫校、政府部门工作。90年代初期，政府大手一挥，开始实施上海浦东开发开放这项举世瞩目的跨世纪国家战略，杨磊的母亲去了国有的金桥集团公司工作，当金桥忙着为这片荒芜之地招商引资时，她则忙着为大批量从国内外引进的技术人员、高层管理人员、企业员工，完善周边的配套生活设施，如学校、医院等。之前与医疗相关的学习、工作经历使她在负责医院、学校这块规划时驾轻就熟。直到招商引资完成，母亲对金桥地区开发的每条马路都极为熟悉。整个金桥项目完成之后，母亲又转行管理起了浦东知名的平和双语学校。如今母亲已经退休，却也没闲着，又开始在奉贤创办起了IB培训学校。

母亲对杨磊在人生规划的影响颇多。比如，出国留学这个作为杨磊成长中关键的决定，就是母亲做的。

正因为有了丰富的管理学校的经验，杨磊的母亲发现中国的教育体系相较于国外还是有明显的区别。于是，在杨磊高一那年，母亲为她报名了为期两周的剑桥游学团。见到游学回来的女儿对英国这个国度，以及当地的生活学习氛围并不排斥时，母亲坚定了将杨磊送去英国留学的信念。

尽管一开始的路径是被规划好的，但在之后的人生选择点上，杨磊都根

据自己的心愿把握着未来。

2003年，杨磊离开了温暖的家，只身前往英国牛津大学读预科。由于还未成年，她被学校安排到一对80多岁的英国老夫妻家寄宿（Home Stay）。在那个温馨的小家，她成了家庭的一员，和老夫妻一起看电视，一起吃晚餐，一起洗衣服，一起愉快的交谈。这个特殊的经历让小杨磊以最快的速度，学习了纯正的英国文化，并提高了口语。

杨磊把生活安排得非常充实。为了体会打工赚零花钱的乐趣，她利用假期勤工俭学，因为年龄小，她所从事的只能是一些低端且辛苦的工作，比如厨房清洁工、机场服务员、酒店客房服务、税务局杂工等，但她不辞辛劳。为了全面了解英国各地的文化差异，杨磊会在闲暇时与同学结伴，坐着火车在英国各地旅游，直到考试前，发现自己已经收集了厚厚一打火车票，她才意识到自己已经游历了英国的不少地方。

到了选择大学专业的时候，很多中国学生都会选择比较热门的商科。而杨磊在读预科的这一年里，发现在国内非常热门的“市场营销”、“计算机”等专业，在国外并不是非常受欢迎，国外的学生普遍都会根据自己的喜好和兴趣来选择专业。于是，杨磊冷静思考起来：“商科是我喜欢的吗？”她判断自己对商科并不感兴趣，于是目光转向了比较务实的基础学科。在心理类学科、机械类学科，以及生化类学科中徘徊后，最终杨磊攻读了生物化学专业。

2004年，杨磊以优异的成绩考上了纽卡索大学，成为一名生物化学专业的大一新生。

人生需要早规划

到国外留学，在完全陌生的环境里，如何才能尽快适应并融入，是每个留学生都面临的一个难题。这一点，对于杨磊来说似乎是个例外。这绝对和她自内而外所散发出的刚毅性格有关。

在第一天上入学欢迎课上，杨磊发现200多人的新生里只有4个中国人，这与计算机系的情形有了鲜明的对比。加上另外3位同胞选择的是药剂学，与她专业不同，于是杨磊接触的圈子完全摆脱了中国人扎堆的现象。

与杨磊同寝室的大多来自英国本地。率真的她以极快的速度与寝室同学打成了一片：她们会在下课后结伴去酒吧，经常参加朋友们的家庭聚会，杨磊热衷于了解当地年轻人的生活方式。也因此，每每需要与不同的同学成组做实验时，她都能融洽相处。

大学生活带给杨磊最大的震撼，便是来自那些热爱自己专业、对未来的生活准备充分的外国同学们。

“学自己真正喜欢的”是外国学生学习的动力。一开始，每每和英国同学交流，杨磊总会讶异于他们选择学习的那些冷门专业，她很好奇他们将来如何就业。一个学海洋工程朋友告诉她，自己学这个专业并不是为了考大学容易，或者将来工作好找，而是发自内心地喜欢数学。她会因为动了很多脑筋，花了很大心血完成考核获得高分而有成就感。至于将来从事哪种职业只需看自己的切入点是什么，各行各业都能找到最适合自己的生活状态。正因为他们都非常热爱自己的专业，所以英国员工跳槽的概率非常少。

同寝室一位学地理的同学告诉杨磊，自己未来的理想是做老师，她在大二的时候，就与男朋友一起规划好了未来，他们将来要在哪里工作，在哪里买房子，什么时候开始存钱结婚，目标非常明确。这与不少中国年轻人结婚还需要依靠家人买房有着极大的文化差异。

受此影响，杨磊也形成了自己的职业价值观：要找一份自己喜欢热爱的工作，从而不至于很快就倦怠，也不能只为一点高工资而劳碌。

在国外学习、生活的经历，让杨磊很快发现了自己身上的不足之处——独生子女惯有的冷漠和自私。在国外的家庭中，多以三四个子女居多，这些有兄弟姐妹的孩子相对于独生子女而言，更为顾忌他人的感受，他们会主动减少自我意识，为人处世也更为圆通。

事实上，从初中开始就住校的杨磊生活自理能力极佳，从不会给他人增添麻烦，但为别人付出的行动还是欠缺的。大二开始，杨磊和同寝室的另外5位同学准备搬出学校宿舍，另找房子合租。其中2个女孩子非常积极地寻找房源，杨磊却并不很起劲，直到这两位提出需要她的参与，才意识到自己也应该积极行动，因为合租是大家的事。6人住在一起后，需要用一个厨房，杨磊通常会将自己用过灶具和餐具清洗干净，但其他就不顾了，而她的室友会在清洗自己餐具的同时，顺便将其他人用过的餐具也清洗干净。这让杨磊很自责，看清了作为独生子女身上存在的问题。

用行动创造机遇

无意的一场打工经历让杨磊走进了英国的社区，深入地了解了当地的养老模式。

英国的大学一年有3个学期，中间被复活节、圣诞节、暑假分隔开。与其假期往返国内探亲，倒不如做一些有意义的事情，于是打工变成了杨磊假期中的必修课。

一天，杨磊的英国室友提起她在养老机构打工的经历。当时，正读大学

喜欢与老人聊天，倾听他们的感受

常受到老人由衷的称赞

二年级的杨磊在专业课程中涉及到了很多疾病，其中有一部分是关于老年痴呆的病理，既难懂又难记。于是，杨磊想到养老院打工，既挣钱，又能巩固专业知识，何乐而不为呢！

杨磊在校学生会的工作中心里找到了室友向她推荐的服务养老机构Care UK。

经过半年的申请、审查、面试、培训，杨磊正式开始工作。工作第一天，她就惊奇地发现，原来英国老人的生活是这么快乐。几名失智老人共同生活在一栋小楼内，每位老人都有一间属于自己的房间，想要独处时，就在自己的房间里，想要热闹时就聚到客厅里。虽然是一些失智老人，但是还有一些思维和判断能力。他们的日常生活由管理机构派出的专业人士进行照料。而杨磊的工作就是陪他们聊天，带他们出去玩，甚至是陪同他们去购物。

一次，杨磊陪着一位60多岁、患有阅读障碍和轻度强迫症的奶奶Kate参加一场婚礼。她们在车站等车，可公共汽车迟迟没有出现，Kate开始焦躁不安起来，在杨磊的百般劝慰下，她才平静了下来。Kate需要24小时有人陪同，尤其在外出时，她因为无法辨识路牌地图，常害怕到无法行走。她和男友David合租了一栋公寓，David患了重度智障。Care UK就替两位老人管理养老费用，并派出3名工作人员，24小时轮流陪伴，为他们做饭、外出采购、维修房屋，并陪伴参加社交活动。

这种在国内看来很新奇，在英国却非常普遍的居家养老模式，叫做社区照顾。

二战结束后，英国政府就开始考虑社区照顾的可能性。最早受惠的人群是常年住院的患有精神疾病或智障的老人，20世纪70年代，社区照顾已成为英国人养老的主要方式，1990年，英国还为此出台了相关法令。研究者认为，老人们在“家一般”的环境里生活，晚年的生活质量明显高于住养老机构和医院。于是才有了如今这种在英国十分普及的养老方式：几名老人共同生活，将自己的养老金和政府补贴拿出来，交由一家专业的养老机构负责管理，由专业的机构统一安排，对他们进行照顾。

那天的公交车没有等太久，杨磊陪着Kate准时出现在婚礼上。晚上Kate拉着杨磊跳舞，杨磊看到了她的笑容，这是住在医院里的Kate不可能有的快乐。

慢慢地，杨磊对英国养老的模式有了更深入的认识。每位老人都有一个属于自己的档案柜，里面有对老人每天详细的记录。在资金的管理上更是严

带日托老人游玩

格，每笔支出都有详细的记录。工作人员交接班时，必做的工作就是数钱，核对无误后，还需双方签字。机构在管理上有一套很完善的制度。

2007年，杨磊毕业回国，原本打算在国内休整一番后，前往美国继续攻读研究生学位。爷爷和外婆的相继过世，打乱了她的计划。

外婆患上了肺癌，不慎摔了一跤后，彻底丧失了行动和表达能力，只能在护理院度过最后的时光。虽然杨磊回国后一直守在外婆的病床前，但仍然觉得有颇多的遗憾。印象中，外婆一直很懂得生活，七十岁时，还能在小区的广场上看到她舞动的身影。看到自己的子女都很忙碌，她也不会说什么，但是杨磊知道，外婆还是觉得孤独的。为什么中国老人不能像英国老人那般开心呢？

在送走外婆后，杨磊思虑良多，决定放弃留学计划，着手创业，在国内推行英国的养老模式。

改变从细节开始

中国人口老龄化形势愈发严峻。联合国人口基金驻华代表处代表何安瑞说，目前全球每9个人中就有一人年龄在60岁以上。据预测，到2050年将达到全球每5人中有一人，而在中国将为每3人中有一人。

上海，是中国最早进入老龄化的地区。早在1979年，上海60岁以上人口就占总人口的10%，达到联合国对老龄化社会的统计标准。最近10年，伴随着外来劳动力的大量涌入，上海65岁以上人口比例有所下降，但仍超过10%。

飞速老去的未来，让伴随着经济发展而规模缩小的家庭，承受着巨大的养老压力。尤其20世纪70年代中后期出生的第一代独生子女的父母，正陆续进入老年，年届30的独生子女，面临抚养子女和赡养老人的双重压力。另一方面，在熟悉的家庭环境里养老，仍是中国大部分老年人的选择。

“社区是最适合老人生活的地方。”英国经验让杨磊相信这点。回国后，正遇上中国推广居家养老政策，契合了杨磊的想法。2008年，她花费半年时间写了一份十几页的报告，陈述开办一所民间居家养老服务中心的可行性，直接寄往上海民政局。同时，父亲建议她去尝试工商注册。工商局答复她：“办养老院要去民政局”，民政局答复，能民营的只有家政公司。皮球踢来踢

幸福家庭日启动仪式与员工的合影

去，她前后交涉了两个月，才最终注册成功。

2009年2月，杨磊向父母借了10万元作为注册资金，再加上在国外打工的积蓄，开始了创业生涯。“上海伙伴聚家养老服务社”在浦东正式成立，成为一家民非机构，即民办非企业单位，指的是企业事业单位、社会团体和其他社会力量以及公民个人利用非国有资产举办的，从事非营利性社会服务活动的社会组织。说白了，也就是帮助国家为民服务。

创业始初，杨磊想得特单纯，父母会越来越老，养老服务总是需要有人来做。然而困难却是一重又一重，此起彼伏。

她向潍坊街道争取到试管理“源竹日托中心”3个月的机会。而这正是杨磊所需要的，这是一个可以和老人深入接触的平台。虽然只是一个点，将来有可能发展成为一个面。“聚家养老”从点做起。2009年4月，杨磊接下了潍坊的“订单”，正式管理源竹日托所，当时日托所内只有6位老人。

万事开头难，为了让附近的老人都愿意来日托所，杨磊主动登门介绍。在这一过程中，没少遭遇怀疑的目光，甚至还有来自政府部门的不理解。比如，在她所提供的服务内容中，有很专业的康复理疗项目，即便不是日托所的老人也可以在家享受。为此杨磊和她的合伙人会亲自拜访小区居委会，希望对方能提供小区内行动不便而需要康复治疗的老人名单。从居委会工作人员质疑的目光中，杨磊读到了强烈的防范：你们为什么需要这些名单？你们是不是什么欺骗老人的组织？连在居委都遇上这样的阻挡，更何况上门去说服老人家，吃闭门羹是常有的事。

再有，日托所内有老人淋浴的设施，这些设施大多是老人从来没有使用过的。当时，有人劝诫杨磊：最好不要进行老人沐浴项目，因为容易发生意外。而杨磊不这么认为，有这个项目就应该为老人服务。

但是，看过淋浴房后，杨磊发现淋浴房内的很多设施并不合理，老人在淋浴时确实容易发生意外。于是改造淋浴房成了她当年支出中最大的工程。

杨磊和同事们拟出一份改造计划书，为浴室铺上防滑地砖，加装扶手、安装通风装置和警报器，每一项她都按照英国的标准进行了调整。她订立了员工“为老助浴守则”：每位老人洗澡前，都要先做健康评估；洗浴时间不超过15分钟；如果老人要独自洗澡，同性工作人员必须等候在浴室门外，每隔两三分钟敲一次门……

此外，杨磊还按照英国的模式，给每位老人建立了一套档案，里面清楚地记录着老人最初的状况，以及每天享受到的服务和身体变化情况，并详细记录了其饮食习惯、兴趣爱好、参与活动情况等。连享受上门服务的老人也有自己的档案。在日托所内，杨磊将在英国学到的许多方法都运用起来。在管理源竹日托中心的试用期满后，潍坊街道与她签订的合同延长至一年。

渐渐地，日托所里老人多了起来，他们在这里做康复训练，上养生保健课，看电影，甚至计划去旅游。日托所里，每一处都透着专业关怀：家具拐角都打磨成了圆角；康复器材的使用频率、理疗服务等专门造册……

在浦东新区潍坊街道源竹老年人日托中心里，你常能看到老人们围坐在一起，拉着看护的“家长”高兴地说：“子女也没有你们好啊！”那些老人的笑容是如此的生动。

在源竹老年人日托中心“站住脚”后，服务社又将目光瞄准了患有帕金森氏综合症、老年痴呆症等不便出门的老年群体，为他们提供上门护理、康复等服务。

2010年，杨磊获得潍坊社区组织颁发的“优秀组织奖”。2011年，伙伴聚家获得浦东新区社会组织公益活动月组委会颁发的“最佳创意奖”、为老综

俞正声参访源竹日托中心

合项目“最有影响力奖”。

作为一个点，一个日托所可以辐射一片社区，多片社区就可以形成一个面，面与面联合就可以树起社会的新风气。从点及面让更多的人了解到“聚家养老”的模式，才会有更多的老人能够接受，愿意尝试新的生活方式。因此，杨磊需要竞标、管理更多的日托所。

杨磊开始忙着潍坊二村的招标事宜。为在潍坊街道的潍坊二村老年日托所管理项目招标中取胜，她做了大量的准备工作，资料累积了厚厚的一大摞。但是最终的结果却是残酷的——她与日托所擦肩而过。

其实，她算过一笔账，即使招标成功，整个项目也是赚不到钱的。“项目的购买费用是15万。我用了三个工作人员，一年的人工支出至少需要9万，而日托所每个月的日常支出就需要8千。一年就是9.6万元，怎么算都是亏本！”

对于这笔亏本的买卖流标，杨磊“耿耿于怀”。原因很简单，因为这次失利，为她的“聚家养老”之路又增加了难度。

梦想靠毅力守护

杨磊走的公益创业这条路非常艰难。虽然能得到一些来自政府的帮助，但“伙伴聚家养老服务社”仍然连亏两年。2009年，政府的相关招投标项目只有3个，2010年为0，直到2011年，浦东新区政府开放了30个居家养老服务的招投标项目，“伙伴聚家”才达到财务持平。

杨磊申请到8个项目，为浦东11个街镇开设培训活动、为老人提供免费康复护理服务。但居家养老服务的市场需求尚属微量，接受伙伴聚家上门康复治疗的老人只有30户，其中大部分需要政府补助、免费服务。夹在强势政府和不成熟市场中间的民间组织，夹缝中求生存，何其难也！

如果运营正规托老服务，用市场化的操作模式很难实行。大多数老人们只愿意花费，或负担2 000元以下的服务，而此时，单个的人工成本在3 000—3 800元，这种矛盾很激烈。而供需关系也是严重不平衡，人口的老龄化需要越来越多的人从事养老服务，而社会上专业医师、护工奇缺。

首先，从事这个行业的工作人员被看得很低端，他们大多等同于保姆，属低收入人群，所以年轻人不愿意加入这个行业，为老人服务的专业化队伍很难培养。与之相反的是，在英国，从事养老服务的有大学生、硕士、博士，都是综合素质较高的人群。

杨磊的托老所70%—80%的资金来自政府拨款，仅有一小部分来自市场化的收入。2011年，杨磊接到一个20万元的拨款项目。经过测算，无自理能力的老人雇佣住家保姆的费用是1 800元，而杨磊所带领的专业化护理团队签的是正规劳动合同，每天工作8小时，那么，另外16小时就需要另有人填补，一位老人每天需要3个工作人员轮班护理，一个人按照3 000元人工成本计算，服务一个老人至少需要人工成本9 000元，绝大多数老人都负担不起。如果按照服务35户老人计算，每个月光人工成本就要亏损20万元。

考虑到所有项目80%以上的费用都花在人工成本上，杨磊提出了通过推广英国的居家合住养老，来分解老人居家服务的负担。

何为“聚家养老”？聚家养老指的是，老年人在签署合同的前提下，进入一家愿意提供住房供其他老人合住的家庭，入住老人则将自己的房屋出租。

伙伴聚家养老服务社5周年庆上，与90岁以上老人的合影

服务社指派服务人员入驻合住家庭，为老年人提供24小时陪护服务。出租房屋的老人可以得到租金，其中部分租金按期付给提供住房的老人，这样双方都有一笔额外的经济收入，可以用来支付各种服务费用。

"聚家养老"的养老理念一经提出，就引起了政府和社会的关注。在随后举行的上海市首届公益创投大赛中，杨磊以"聚家养老"项目参赛，引起了媒体的纷纷报道。毕竟在国内，让老人聚集在某一位老人家中养老，这种方式是从来没有过的。

很快杨磊便发现，在如今的社会环境下，推行实施"聚家养老"的方式难度太大了。即使有政府的大力支持，媒体的大肆宣传，只有10多位老人表达了愿意结伴养老。但是因为报名老人分散在不同的区域，愿意提供自家住房的老人少之又少，配对的可能性几乎为零。同时还遭遇到了传统观念的反对，中国子女通常自动继承长辈房产，拒绝让父母出租房屋，一些老人担心自己搬

2013年有了儿子

走后，再也无法返回自己的家。“聚家养老”搁浅了。

在举步维艰之际，杨磊开始检查自己的操之过急，并从问题中找原因。杨磊发现想要实施“聚家养老”，一定要在一个固定的区域内，让老人们普遍了解，并且接受这个概念，这绝非一朝一夕就能完成的。

都说单名的女孩子性格很坚强、独立，父母为杨磊取名“磊”，期许女儿的一生能够光明磊落，这与杨磊刚毅的性格特质很是匹配。

杨磊说，她不会放弃推广“聚家养老”这种模式。她非常坚信聚家养老市场会在今后几年慢慢被接受。正如乔布斯说的，引导客户需求才是高手之道，杨磊他们正在引导一种养老需求，希望有一天通过自己的努力，让老年人们会有这样的共识：除了保姆、养老院、日托所，还有其他养老的选择。

在杨磊的办公桌对面，挂着一幅1 500块的拼图画，创作这幅画的画家从寻找出版社开始，一点点努力，最终获得了诺贝尔奖。耐心地一块块拼出这幅画的杨磊说，所有的成就都是从支离破碎的小事开始的，她有耐心等待属于她的成功。

詹　静

慈善感言：

帮助他人，服务社会，也是提升自我的过程。

杨明辉，生于1979年10月，大学本科学历，小学高级教师，上海市江宁学校数学教师。

曾荣获全国道德模范提名奖、全国见义勇为先进分子、全国优秀共青团员、上海市劳动模范、市十大杰出青年、市五一劳动奖章、市五一巾帼奖、市见义勇为先进分子、市三八红旗手及标兵提名奖、新中国60年百位杰出女教师等荣誉称号。

用青春书写师爱真谛

三尺讲台，一支粉笔，教师这个太阳底下光辉而平凡的职业，通常不会和灾难联系在一起。

然而10年前，危险却猝不及防地降临到了时年26岁的上海江宁学校年轻的教师杨明辉面前。令人感叹的是，这位年轻女教师“见义智为”，向手持尖刀、情绪失控的歹徒提出，用自己交换被劫持的学生，并机智地与歹徒周旋，为警方解救人质争取了时间，学生最终平安脱险。

当诸多荣誉飞来，杨明辉不是躺在荣誉簿上居功自赏，而是努力鞭策自己、回馈社会。10年来，杨明辉积极投身义工志愿者队伍中，同时又兢兢业业于教育事业：班主任、数学老师、学校教工团支部书记、区教育系统志愿队带头人、国栋慈善基金义工……每一个角色，她都全力以赴，每一个角色，她都做得很出色。

“把孩子放了，让我来替他！”

2005年2月24日上午10时许，杨明辉正在一年级四班上课。突然，教室的门被重重地撞开了，一个衣衫不整、神色仓皇的青年男子闯了进来——他是个小偷，在学校附近的“半岛花园”住宅区行窃未遂，被小区保安追赶，情急之下窜入江宁学校，闯进了一（4）班。

冲进教室后，歹徒不由分说一把抓住了靠他最近的一个男孩，对着杨明辉发出咆哮：“你给我出去，把门锁上！”

杨明辉和孩子们都惊呆了。这名男子紧紧地抓住那个小男孩，手握锋利的尖刀对准了孩子的胸口。杨明辉立刻意识到：我的学生有生命危险！

本能地，杨明辉向前迈出两步，一边说：“快把孩子放了！”一边想去拉孩子。歹徒见状，立即后退到黑板，握刀的手勒得更紧了。见此情形，杨明辉心想，千万不能蛮干，要不孩子会有危险。她的手下意识地伸向口袋，想要拿出手机报警。但这一动作立即被歹徒发现了："你要干什么？别动！"歹徒的神情更加紧张了，他倚着墙缓缓退缩到角落，凶狠地对杨明辉嚷道："快给我出去，听见没有！"他边叫喊边拿起讲台上书本和杨明辉的包，狠狠地向杨明辉砸来。

这时，教室里有几个孩子被吓哭了，有的孩子还哭喊着离开了座位，教室里出现了骚动，被劫持的孩子也在不断挣扎，歹徒的情绪更加烦躁了。杨明辉意识到，一旦歹徒的情绪失控，不仅被劫持的孩子，全班38名孩子随时都可能被危及生命。一定要稳住歹徒的情绪，一定要想办法让孩子脱离危险。想到这里，杨明辉反而镇定了下来，对歹徒说："你不要伤害孩子，他太小，会吓坏的，放了他，让我和他换！"

杨明辉用眼神暗示被劫持的孩子不要挣扎，又冷静地对其他孩子说："不要害怕，不要哭，有老师在！"孩子们似乎感受到了老师的勇气，几个哭闹的孩子立即止住了哭声，教室里静了下来。

歹徒听了杨明辉的话，也愣了一下，但他似乎意识到杨明辉在有意拖延时间，情绪更加激动，歇斯底里地叫喊："快给我出去，你再不出去，我就杀了他！"说着，把锋利的刀刃移向了孩子的喉咙，孩子的生死悬于一线之间。杨明辉克制住紧张和愤怒，尽量用平和的语气继续与歹徒周旋，再次要求用自己交换人质。歹徒的情绪总算稳定了一些，但他仍然不肯让杨明辉替换孩子，握刀的手也始终没有放松。

时间一分一秒地过去，杨明辉感到被劫持的孩子处境已相当危险，其他学生同样面临着死亡的威胁，再继续势单力孤地与歹徒周旋不是办法，必须及时把这里的情况通知学校。于是，她边与歹徒交涉,边用眼睛的余光观察周围动静。此时，教室外静悄悄的，没有一个人走过；教室后门和窗户都紧闭着，只有前门是敞开的。怎样才能引起外界的注意，又不让歹徒恼怒呢？对了，用声音！杨明辉灵机一动，继续安抚孩子，并故意提高声音与歹徒周旋，希望能引起学校同事们的注意。果然，杨明辉异常的声音引起了一位老师的注意，他通知了学校领导和其他老师，大家立即报警，并陆续赶到了现场。

看到来了那么多人，歹徒更紧张了，喊道："你们都不许进来，进来我就杀了他。"杨明辉连忙说："他们只是想把其他孩子带走，你让他们走，我留下！”歹徒不耐烦地叫道：“快点！快点！”并指着被劫持的孩子说：“他不许走。”

在场的老师迅速进入教室，组织学生撤离，并把其他各班的学生也疏散到了安全地点。为了不让学生幼小的心灵受到惊吓，老师们默契地编了一个“善意的谎言”：“这是电视台在拍摄‘小鬼当家’节目呢！”很快，民警赶到学校，迅速控制了现场。这时，杨明辉才听从警方的指挥撤离了教室。

经过周密部署，中午12点40分左右，警方果断采取行动，制服歹徒，安全营救了被劫持学生。这起上海市建国以来首例校园劫持人质事件，得到了完满的解决。

当人们问杨明辉面对穷凶极恶、手持利刃的歹徒，哪来如此的勇气镇定地与之周旋时，杨明辉回答：“我当时只想保护我的学生，只想尽到一个老师的责任。我相信任何一个老师遇到这种情况，都会这样做的。”

勇气，源于寻常岁月孕育的真情

危急时刻迸发的勇气和智慧，源于寻常岁月孕育的真情。熟悉杨明辉的人，对她在危机时刻能够舍身忘我没有感到过奇怪，因为他们知道杨明辉素来就有颗炽热的仁爱之心，无论是对学生，对同事，还是陌生人。

“见到老人必须让座，一个人一辈子绝对不能做坏事”，这是杨明辉从小接受的家教。

妈妈、大姑妈都是教师，杨明辉从小就对教师这个职业充满憧憬。所以杨明辉初中毕业时义无反顾地选择了师范专业，希望自己能和妈妈一样，成为一名光荣的人民教师。

因为有一付热心肠，当得知本校的退休老教师纪老师患上了尿毒症，卧床不起，经常有医疗单据需要辗转于医院、学校和家中，而老伴行动也不便时，杨明辉承担起了这份额外的工作，不厌其烦地来回奔波。校工会主席见状，准备给杨明辉适当的补贴，被杨明辉谢绝了。

爱孩子的杨明辉把自己的学生唤作“宝宝”，而孩子们则乐于把杨明辉看作妈妈。班里有孩子生病住院，杨明辉会带着鲜花和水果去探望；孩子病愈返校，杨明辉会利用休息时间帮他把拉下的课一一补上。她还常常和学生一起大扫除、出黑板报，自掏腰包给学生买冷饮和礼物；生怕低年级的学生会出事，杨明辉从来不去食堂吃午饭，总是请人把饭菜带到教室，和学生一起吃，饭后也不回办公室休息，与学生们在一起，实在犯困了，就伏在讲台上眯一会儿。

无论是带班还是教学，杨明辉都很用心，肯下工夫钻研，也愿意挑重担。2005学年，她不仅承担了起始年级的班主任工作，还承担了试用新教材的两个班的数学教学工作。新教材信息量大，内容活，和老教材有很大的不同。为了能准确把握新课程的标准和要求，杨明辉主动放弃暑假休息，报名参加了上海市教师数学新教材培训。为了不影响新教材的教学工作，她甚至放弃了蜜月旅行的计划，并主动将原本10天的婚假减少为1天。

在一次家长开放日活动中，她承担了一年级三班的数学教学展示任务，这是首届新教材试点班的首次教学展示。为了把一学期的教学成果更直观全面地展现出来，杨明辉全力以赴，精心准备。然而，就在开放日前不久，与她合作的另一位数学教师意外地摔伤了。谁来设计游艺宫活动呢？教研组长着急了。“我来吧！”杨明辉主动请缨，随后的几天里，她一边备课、准备教具、制作课件，一边争分夺秒地进行游艺宫活动的设计。由于疲劳过度，她病倒了，感冒加上肠胃炎，边吃药边打吊针，一直到凌晨3点。谁也没有想到，第二天一早，她又准时踏进了校门。开放日那天，学生们在家长的陪同下畅游游艺宫，杨明辉设计的活动丰富多彩、寓教于乐，孩子们在学中玩、在玩中学，不亦乐乎。家长们看到自己孩子的精彩表现欣慰不已。

爱，在接力中温暖更多人

面对诸多荣誉，杨明辉感到过惶恐：“制服歹徒，全校老师都是功臣，警方的及时行动也是关键，我个人真不算什么。其实，每个人身上都有闪光点，我不过机遇好一些。”

当一个人有了名气，别人就喜欢用放大镜来看他（她），对他（她）的期望与以前大不一样了。“说实话，我感到有压力，但来自方方面面的鼓励和支持更让我激发出一股动力。”杨明辉说。素来富有责任感的杨明辉决心回馈社会，积极参与社会公益工作，弘扬志愿服务精神。

中华见义勇为基金会奖励的3万元，被杨明辉全数捐献给了上海市综治办的见义勇为专项经费，“见义勇为、匡扶正义是我们中华民族的传统美德，我希望更多的人能见义勇为。”她说。紧接着，杨明辉加盟了上海市国栋慈善助学基金，成为该基金义工中心组的成员。

上海市国栋慈善助学基金是上海市原市委书记陈国栋的亲属为了却父母生前遗愿捐赠发起的，以帮助上海市家庭困难、品学兼优的学生顺利完成学业的助学专项基金。杨明辉和二十几位在学校担任一线班主任的教师，结对帮助一些高中生和大学生，倾听他们的心声，疏导他们的心理，帮助他们健康成长。作为中心组成员，杨明辉还需要参与活动策划和组织，占用了许多业余时间。

尽管如此，杨明辉仍然乐此不疲，甚至怀孕期间也没有把做义工的事拉下。

对于一位高考在即却缺乏信心的高中生，杨明辉保持至少一周见一次面，并以一个大姐姐、一个朋友的身份经常用电话和短信与这位学生保持沟通，给予激励和疏导。结果，这位男孩成功通过面试，被复旦大学录取。

一位女学生遭遇父亲车祸亡故，性格变得孤僻，与母亲的关系也产生隔阂。杨明辉多方了解情况，希望找到帮助这位女孩的切入口。那时，杨明辉正怀着身孕，发现女孩对她肚子里的宝宝很感兴趣，便拉着女孩的手让她摸自己的肚子，感受胎动，趁机讲述母爱的伟大，让女孩理解母亲对她的付出。女孩深受触动，逐渐变得关心他人，不仅修复了与母亲的关系，还提笔写信给相关部门，使得小区门口乱停车的问题得以解决。看到女儿的转变，母亲紧握杨明辉的手，激动地哭了。而此时，杨明辉也欣喜地流下了眼泪。

杨明辉的“泪点低”是公认的，这其实正源于她对他人拳拳的爱。说起和一位受助高中生在肯德基就餐的事，她的眼圈就有点发红。“我给孩子买了两只汉堡包，他一口气就吃完了，我问他怎么这么饿？他怯怯地告诉我说，这是他第一次吃肯德基。这让我很吃惊。处于逆境的这位孩子，成绩那么优秀，那么上进、那么克制自己的欲望，我从他身上学到了很多。”

近十年来，杨明辉坚持义工服务不间断，受助学生换了好几届，最长的

结对时间有4年。作为模范人物，杨明辉有机会享受规格较高的休养，但是杨明辉却一口推辞了，她更愿意和受助学生一起去参加条件不那么好的夏令营，“虽然我们吃的食物、住的旅馆、出行坐的车都是最普通的，条件很一般，但是能和孩子们在一起，真的很开心。”

最让杨明辉开心的，是受助孩子们的成熟成长，走上社会后对社会做出成绩。更让杨明辉感动的是，曾经受到国栋义工老师帮助的同学们走上工作岗位后，把自己第一个月的工资捐给了国栋基金会；一些受助学生大学毕业后自发成立了“国栋之友”，也参加到义工队伍中，回馈社会。他们中很多人被评为“国栋之星”。爱，在接力中温暖更多的人。

榜样的力量是无穷的，为了点燃更多人心中的激情，弘扬“奉献、进步、友爱、互助”精神，普陀区教育团工委以杨明辉的名字命名，在团员青年教师中搭建起服务学生、奉献爱心的平台——明辉爱生志愿者服务站，任命杨

纪念陈国栋诞辰100周年座谈会合影（第一排右二为杨明辉）

明辉为站长。

2006年3月5日，“向雷锋同志学习”43周年纪念日，杨明辉在明辉爱生志愿者服务站成立大会上深情吟诵雷锋的诗句：“如果你是一滴水，你是否滋润了一寸土地？如果你是一线阳光，你是否照亮了一分黑暗？……”她相信，雷锋精神犹如一颗不灭的火种，在神州大地薪火相传，至今仍然在发光发热，指引我们前行。在杨明辉的带领下，普陀区教育系统的青年教师组织起一支队伍，利用节假日无偿为学生义务提供学习辅导、心理疏导等服务。

2007年，普陀区教育系统志愿者活动以“明辉”为品牌，进一步吹响集结号，“明辉爱生志愿者服务队”成立。先锋的感召力很强，400多名普陀区教师积极报名参加。如今，明辉爱生志愿者服务队已经分为公益讲座、敬老助残、社区服务、文明巡防、爱心义教5个大组，中心组成员共12人，还有了分支机构。如教育局结算中心、人才交流中心等都成立了“明辉”志愿者

国栋助学金颁发仪式上义工老师合影（第一排右二为杨明辉）

服务队等。

翻阅明辉志愿者服务队的活动日志，可以发现他们的活动频繁而注重实效。

比如依托“爱心假日学校”开展的“图书漂流献爱心”，活动这样设计：志愿者每人捐出几本自己喜爱的图书，在每本书里留下一张书友联系卡，写明推荐这本书的理由和自己的联系方式，表明希望和阅读这本书的学生交朋友。这一活动得到青年志愿者的积极响应和踊跃参与，老师们针对学生的特点精心挑选书籍、制作书卡、撰写赠言，而课后，学生们纷纷涌到图书漂流点，争相借阅书籍，尽享读书之乐。

明辉志愿者队伍还积极参与区创卫工作检查、区级文明行业创建工作检查。志愿者们利用业余时间暗访区教育系统内的校园周边环境及交通安全整治情况，用数码相机或手机拍摄照片，向各单位进行反馈。

明辉爱生志愿者服务站成立

区内“阳光之家”和残疾人寄养院，也频频留下明辉志愿者的身影，他们以慰问交流、歌舞表演、体育比赛、绘画泥塑、消防知识宣讲等形式，开展丰富多彩的阳光助残献爱心活动。

上海世博会期间，明辉志愿者服务队的队员们来到普陀区特殊教育学校——启星学校，和残障学生组成一个个临时家庭，一起去上海世博会展示中心参观；随后，又带孩子们走进上海书城，为每一个孩子购买喜欢的书籍；接着到公园一起表演节目、做游戏。

同时，杨明辉又报名参加上海世博会城市志愿者服务。她被安排在清水湾大酒店，为到访的海内外参观者提供信息咨询、语言翻译和应急服务。这期间，杨明辉以良好的精神面貌、热忱的服务，荣获“上海世博会城市志愿服务站点志愿者之星”。

这么一件“悄悄事”，也足以说明杨明辉做公益不是表面应付，而是真心

当一名世博志愿者

投入。从事公益，杨明辉得到的是充实和快乐，“帮助他人，服务社会，也是提升自我的过程。参加志愿者服务后，我更加关注学生的身心发展，更加关注身边需要帮助的群体，更加关注社会的和谐。在伸出援助之手的同时，我深感作为志愿者的责任和为社会服务的光荣”。

这些年，杨明辉还慷慨解囊，多次向启星学校、敬老院、红军小学、爱心超市等社会各方面捐款捐物，累计达人民币五万多元。为此她被评为“上海市优秀志愿者”、“普陀区十佳志愿者”。

把青春刻进三尺讲台

为人低调，做事高调，除了做公益事业外，教书育人，始终是杨明辉的立足根本。

为了能准确把握教育新课标的要求，杨明辉参加了市数学新教材培训、上海市骨干班主任培训班等等，向优秀班主任学习带班经验和治班之道。现在她又有了一位直接带教的好师傅——江宁学校副校长匡华伟。

“我们学校的气氛特别好，校领导的治校理念超前，对青年教师关怀爱护，老师们都积极上进，又乐于互相帮助，所以大家成长得都很快，现在基本上都有小学高级教师职称了。”杨明辉有些自豪地说。她透露，自己能够在教学大奖赛上获一等奖，也是传帮带的结果，给她提供支持的有校数学组的老师、她的带教师傅、区里相关专家等等。“比赛的结果不重要，我非常看重的是比赛的过程，从初赛、复赛到决赛的过程，让我各方面都得到了提升。”杨明辉说。

现在，杨明辉的教学理念和方法越来越成熟，做杨明辉的学生不会感到上学是件压抑的事，因为她会站在学生的角度来考虑问题。

对于孩子有时表现出来的撒谎、打人等行为，杨明辉不会简单地批评或是向家长告状，而是抱着宽容之心耐心疏导，“孩子做错事，总是有原因的，找出原因对症下药才是关键，所以要和孩子们多沟通。我常和孩子们说，我是你们的妈妈，你们有任何事情都可以直接来找我。”杨明辉说。

学生做错题，杨明辉不是指责，而是挖掘他思路中的正确之处，加以疏导。在杨明辉看来，孩子的兴趣高了，就不会学不好。为此，杨明辉也积极

国栋北京夏令营义工老师合影（左二为杨明辉）

做家长的工作，让他们在教育孩子时以鼓励为主。

她也非常注重孩子的能力培养，竞选班干部，杨明辉鼓励所有孩子都可以参加，避免班干部被“小能人”垄断，让大家轮流得到锻炼。一位以前很封闭的孩子当上了小队长，变得开朗了很多，有一次申城连日雾霾，这位小队长主动提出要把家里的空气净化器带到班里给大家使用。

在杨明辉的热情鼓励下，学生添添的绘画才能得以展露，从寡言少语缺乏自信，到主动承担班级黑板报工作，进而在全国精神文明绘画大赛中获得三等奖，从此他充满自信，成绩更是名列前茅。杨明辉发现学生涛涛对电脑特别感兴趣，就鼓励他自学flash制作，报名参加市、区各类比赛。几经磨砺，孩子的计算机水平大有提高，制作的flash作品在“上海市中小学师生电脑作品展”和“普陀区圆方杯学生电脑作品比赛”中均荣获一等奖。杨明辉指导的“雏鹰假日小队”策划活动，给予队员们充分的时间和空间驰骋创意想象，赢得了“上海市优秀雏鹰假日小队”的荣誉。

最令人欣喜的遗传

在江宁学校，杨明辉还担任教工团支部书记。她和青年团员们都是以姐妹相称，“和她们在一起，我感觉很有力量，其实每个人身上都有一份热情，关键就是怎样去激发。”

就在杨明辉接待我的校图书馆，到了放学后会成为“爱心晚托班”场地，每天都有两位35岁以下的青年教师留下来，义务照顾那些不能被家长及时接回家的孩子。

杨明辉自己的孩子也已经到了上学年龄，我很好奇这个大忙人是否能照顾到家里。她坦言道：“时间真的不够用，好在家庭给了我非常大的支持，我很感谢他们。”杨明辉的父母帮忙照顾外孙女，杨明辉的爱人虽然工作很忙，但是在精神上给了她很多的鼓励。

尽管有强大后援，杨明辉还是非常在意亲子关系，坚持一有空就与孩子在一起，她信奉的是“一代管一代”，自己的孩子必须由自己承担起教育责任。所以，每天在父母家吃完晚饭，杨明辉就会把孩子带回家自己照看。第二天一早，杨明辉因为要早点到校工作，7点20分前就把女儿送到了学校，而女儿是8点半才正式上课的。为此，杨明辉总感到愧疚于女儿，女儿却一点不抱怨，反而欢喜地告诉妈妈：“早点到学校，我可以为咱班同学排排座椅呀！”

区教育系统创卫志愿服务（中为杨明辉）

让杨明辉欣喜的是，女儿也非常有爱心、喜欢帮助别人。开学了，女儿会主动跟妈妈说：“我们把家里的餐巾纸、洗手液带到学校给同学用吧。”在小区里看到垃圾，女儿会弯腰捡起，用餐巾纸包好后扔到垃圾桶里去。女儿经常骄傲地说：“我妈妈是义工，我也要和她一样！”杨明辉有种强烈的预感：女儿将来也一定会走上义工的道路，奉献社会，对此，她表示坚决支持。

不过，在鼓励女儿学习见义勇为精神的同时，杨明辉也会教导女儿在行动中更要“见义智为”。在一次网络互动节目中，有网友问杨明辉：“父母不支持我见义勇为，因为担心我的安全，如果真的碰到危急情况，我是应该去做还是迟疑呢？”杨明辉的回答很明确：“当然不要迟疑。但在见义勇为的时候一定要选择最聪明的方法，要量力而行，千万不要蛮干。很多人都认为见义勇为一定会付出缺胳膊少腿或者失去生命的代价，其实不然，只要我们大家用智慧，齐心协力，犯罪分子就没有可乘之机。”

是的，我们处于一个崭新的时代，勇气可嘉，智慧也同样可贵。杨明辉正是用智慧加勇气制服了歹徒、保全了大家的生命，这种不流血的英雄行为让我们受到了很多启迪；杨明辉又用热忱、奉献揭示了师爱的真谛，谱写出人生的多姿多彩。

我们，要向这样的老师致敬！

唐蓓茗